Malte Zierden

Der traurigste Himmel auf Erden

Mein Name ist Malte Zierden und dies ist die Geschichte, wie ich mein Herz an den Tierschutz verloren habe. So eigenartig es auch klingen mag, es begann alles mit einer Stadttaube, die sich in mein Badezimmerfenster verirrte. Ich hätte ja nicht ahnen können, dass sie mein Leben verändern wird. Sie hat mich dazu bewegt, mein Leben zu überdenken. Seither reise ich mit den tollsten Menschen der Welt dorthin, wo sich kaum jemand hintraut: in Kriegs- und Krisengebiete, um Tiere zu retten. Ich möchte mein Leben den hilflosen Seelen da draußen widmen, um denen eine Stimme zu geben, die keine haben.

Malte Zierden
mit Lisa Bitzer

Der traurigste Himmel auf Erden

Warum ich alles für die Tiere gebe. Immer!

Triggerwarnung:
Dieses Buch enthält explizite Darstellungen von Tierleid. Da solche Inhalte potenziell belastend sein oder triggernd wirken können, achte bitte beim Lesen auf dich.

2. Auflage der Taschenbuchausgabe 2025

Sternstraße 117
20357 Hamburg
Deutschland

ISBN: 978-3-911034-23-4

Texte: Malte Zierden und Lisa Bitzer
Lektorat: Alexandra Eckl
Umschlaggestaltung: Adrijan Karavdić
Umschlagfotos: Philipp Gladsome
Satz, Korrektorat und Bildbearbeitung: Eberl & Koesel Studio, Kempten
Fotos und Bilder im Innenteil: Fabian Schmidt, Finn Waldherr, Broder Böll, Falk Lehmann und Malte Zierden
Handschriftliche Gestaltung auf dem Umschlag und im Innenteil: Angela Doe und Malte Zierden
Druck und Bindung: CPI books GmbH, Leck

WeCreate Books – Ein Verlag der WeCreate Germany GmbH
www.wecreate-books.com
books@wecreate.media

Pass auf dich auf, da wo du gerade bist.
Es tut mir leid, dass ich dich nicht beschützen konnte.
Du hast das alles nicht verdient. ♡

Inhalt

Vorwort ♡

Aus der Ferne betrachtet könnte mein Leben leicht mit einem viel zu hektischen Videospiel verwechselt werden, bei dem der Spieler von einem gefährlichen Moment in den nächsten geworfen wird. Es wirkt wie eines dieser gnadenlos schweren Spiele, die dir keine Fehler verzeihen. Doch wenn man etwas genauer hinschaut, dann sieht man einen jungen, leicht zotteligen Kerl, der einzig und allein mit seiner Naivität bewaffnet in der realen Welt seine Konflikte ausfechtet. Eine Welt, in der man keine Pause-Taste drücken kann, um für einen kurzen Augenblick innezuhalten.

Ich stehe am Fuße eines brennenden Berges. Wie in einem Film oder genau wie in einem dieser Videospiele. Die Luft ist erfüllt vom Knistern und Knacken des Holzes, durch das sich riesige Flammen fressen. Der Himmel über meinem Kopf ist schwarz vor Rauch. Die Atmosphäre flackert. Jeder Atemzug schmeckt verkohlt, ich fühle mich wie früher, wenn ich als Kind einen Schritt zu nah ans Osterfeuer machte. Den kühlenden Wind würde ich bei dieser Hitze eigentlich begrüßen, wenn er die lodernden Stämme vor mir nicht zusätzlich anfachen würde. Mein Gesicht brennt. Ich hätte niemals gedacht, dass Luft so verdammt heiß werden kann.

Amir kommt auf mich zu. »Wir müssen da jetzt rauf! Es wird Zeit.«

Ich mustere diesen wahnsinnigen Mann, hinter ihm der brennende Berg. Ihm zu folgen ist eine ausgesprochen dumme Idee.

Bevor ich antworten kann, dreht Amir sich um und läuft los. Storno! Ich will da nicht hoch. Das ist doch völlig wahnsinnig. Aber ich bin nicht nach Hatay gekommen, um jetzt aufzugeben. Ich will Tiere retten, und dafür muss ich meine Angst überwinden. Oder? Ich weiß ja nicht. Jedenfalls habe ich eine scheiß Angst. Angst, etwas falsch zu machen – Angst, dabei draufzugehen.

Amir marschiert wie ein verdammter Superheld auf den Wald zu, verschwindet langsam im Rauchnebel, und ich bin verrückt genug, ihm hinterherzulaufen, hinein in den Wald, der weit am Horizont bereits zu großen Teilen in Flammen steht. Auf einem schmalen, kurvenreichen Pfad geht Amir vor mir her und ignoriert die Bäume um uns herum, die bereits Feuer gefangen haben. Aus dem Augenwinkel sehe ich, wie einige Meter von uns entfernt ein Stamm umkippt. Die Funken sprühen und es kracht, als das schwarze Holz in der Mitte durchbricht, als wäre es ein Zahnstocher.

Das ist nicht nur eine dumme Idee, das ist lebensmüde.

Babette sagt immer, dass wir uns bei unseren Einsätzen niemals trennen sollen. Hervorragende Leistung – ich habe mich gerade von der Gruppe getrennt und latsche allein mit einem Typen, den ich seit zweieinhalb Tagen kenne, einen brennenden Berg hinauf. Wenn mich die Flammen nicht töten, tut es Phia, sobald sie von meiner geistreichen Aktion erfährt.

Bergauflaufen ist anstrengend, auch ohne glühendes Inferno herum. Das Atmen fällt mir schwer. Jeder Schritt fühlt sich an, als würde ich durch tiefen Sand laufen. Ich schwitze so sehr. Mein Shirt ist komplett nass, und spätestens jetzt sollte ich mir eingestehen, dass die Baumwoll-Jogginghose nicht die beste Wahl für einen Waldbrand war. Genau wie meine Chucks. Die Sohle wirkt schlabbrig, als ob das Gummi geschmolzen wäre. Kann man einem Mensch noch mehr ansehen, dass er hier nichts zu suchen hat?

Egal, sage ich mir und treibe mich an. Alles für die Tiere, immer! Ich habe diesen Satz selten mit so wenig Überzeugung gedacht. Trotzdem laufe ich weiter, Schritt für Schritt, mit meiner Angst im Gepäck, dem lodernden Untergang entgegen.

Der Rauch wird dichter, die Luft dünner und die Chucks weicher. Ich bekomme kaum noch Luft. Ich könnte die FFP2-Maske aufziehen, die mir vorhin jemand in die Hand gedrückt hat. Aber was soll die bitte bringen?

Der Weg verläuft schlangenförmig immer weiter nach oben. Die Flammen greifen nach uns. »Achtung!«, ruft Amir, als fünf Meter vor uns plötzlich ein Ast vom Himmel fällt und ein Stück auf uns zurollt. Wir weichen aus, rennen weiter.

Dann lichtet sich endlich der Rauch, ich stolpere auf eine Lichtung. Was ist das? Dort, im leichten Nebel, steht eine Gestalt. Eine alte Frau, mitten auf dem Weg in diesem brennenden Wald, dessen angesengte Baumstämme wie gigantische Grillspieße in den dunklen Himmel ragen. Es ist unglaublich heiß hier, die Erde glüht.

Wir bleiben vor der Frau stehen, und mein Blick fällt auf den Korb neben ihr. Amir und sie sprechen auf Türkisch miteinander. Ich verstehe zwar kein Wort, aber die Frau strahlt eine besondere Ruhe aus. Irgendwie vertraue ich ihr. Zumindest mehr als Amir.

Plötzlich drückt sie mir einen Becher in die Hand. »Içmek!«

Ich habe keine Ahnung, was sie mir sagen will. Meine Augen wandern von ihrem auffordernden Blick zu dem weißen Becher in meiner Hand. Dann lese ich laut, was in roter Schrift auf ihm geschrieben steht. »Ayran?«

Die alte Frau nickt und blickt mir tief in die Augen.

Hilfesuchend schaue ich Amir an.

»Trink!«, ermahnt er mich ebenfalls.

Eine Erinnerung ploppt in meinem Gedächtnis auf. Unnützes Wissen, das ich mir besser merke als wichtige Termine beim Finanzamt oder Geburtstage von mir lieben Menschen: Das Trinken von Milchprodukten soll Giftstoffe aus dem Körper transportieren. Der Ayran ist angeblich so was wie ein Schutzschild gegen die Kohlendioxide in der Luft. Aber hatte ich nicht auch gelesen, dass das ein Irrglaube sei? Dass es zwar viele Menschen gibt, die an die heilende Macht von Milchprodukten wie Ayran glauben, die Wissenschaft das jedoch längst widerlegt hat?

Was soll ich tun? Ich bin umringt von brennenden Bäumen und starrenden Menschen, die an die wundersame Kraft von Ayran glauben und von mir wollen, dass ich ihn trinke – und ich bin verunsichert, ob es überhaupt wirkt.

Das andere, für mich viel größere Problem: Ich lebe verdammt noch mal vegan.

»Trink!«, wiederholt Amir laut. Seine Stimme bekommt einen wütenden Unterton. Er greift sich einen der Becher und leert ihn auf ex. »Jetzt, Malte!«

Amir und die Frau starren mich erwartungsvoll an. Ich bin maßlos überfordert. Soll ich diesen Ayran wirklich trinken, obwohl ich keine tierischen Produkte zu mir nehmen möchte, einfach um dem Konflikt aus dem Weg zu gehen? Ich bin ein People Pleaser wie er im Buche steht, ich würde so was tun, keine Frage. Das Feuer breitet sich immer weiter aus. Der Blick der alten Frau durchbohrt mich, Amir wirkt ungehalten. Sie halten mir einen Zaubertrank hin, der mich vor den Gefahren beschützen soll, und ich zögere.

Verdammt. Ich trink das jetzt. Runter mit dem Ayran, er kann mein schlechtes Gewissen gleich mit nach unten spülen. Ich hebe den Becher an die Lippen, lasse meinen Kopf nach hinten fallen, öffne den Mund und fange an zu trinken …

```
Spieler: Malte
Klasse: Abenteurer/Tierschützer
Level: 7
Inventarliste: Hundeschlinge, FFP2-Maske,
Tim&Struppi-Glücksbringer, Tiertransportbox

Drücke die Leertaste, um den Trank zu aktivieren.
```

Kaum dass ich den Becher leer getrunken habe, schnellt der Energiebalken oben rechts in meinem Sichtfeld hoch auf 90 Prozent. Mein Körper scheint zu leuchten, als ob er von einer fluoreszierenden Aura umgeben wäre. Der Rauch lichtet sich, der Weg wirkt mit einem Mal breiter.

»Let's go!«, ruft Amir.

Wir rennen den Berg weiter hinauf. Es geht seit dem Trank besser als vorher, meine Energie hält, und die Flammenarme zu unseren Seiten weichen vor uns zurück. Wir überqueren einen ausgetrockneten Bach, der von steilen, qualmenden Felswänden eingerahmt wird, und landen schließlich auf einer breiten Straße. Ein Militärfahrzeug biegt mit lautem Motorgeräusch um die Ecke und bremst so hart vor uns, dass die Kiesel in alle Richtungen fliegen.

```
Option 1: Steig auf die Ladefläche.
Option 2: Kämpfe dich zu Fuß nach oben.
Option 3: Kehre ins Dorf zurück.

Spieler wählt Option 1
```

Der Wagen gibt Gas, gerade als wir auf die Ladefläche geklettert sind, und rast über die Straße den Berg nach oben. Wir kommen an Einsatzfahrzeugen vorbei, die riesige Brände löschen, und gelangen in einen Bereich, in dem das Feuer noch nicht wie verrückt wütet. Der Wagen hält auf dem Bergplateau vor einer kleinen hügeligen Siedlung. In der Ferne kann ich die Flammen sehen, sie drohen die Häuser langsam einzukreisen. Am Horizont erscheint ein riesiger Schriftzug: LEVEL 2 - GROUND ZERO, der gleich wieder im Rauch verschwindet. Wir befinden uns an dem Ort, an dem sich die Einsatzkräfte sammeln, um die letzten Lebewesen zu retten und das Meer der Flammen zu bekämpfen. Niemand hier weiß, ob das Feuer uns einkesseln und nicht mehr gehen lassen wird, oder ob wir es rechtzeitig rausschaffen.

Amir und ich springen von der Ladefläche, ich renne auf eines der Gebäude zu und stoße die Tür auf, genau in dem Moment, als sich meine Aura langsam auflöst. Der Schutztrank scheint schon aufgebraucht zu sein. Ich stolpere durch den Flur des Hauses, biege in das erste Zimmer links ab. Es sieht chaotisch aus. Ich hebe Sofakissen an und öffne Schubladen, kann jedoch nichts finden.

Weiter hinten an der Wand entdecke ich eine Tür. Ich öffne sie – und weiche zurück. Das Zimmer ist vernebelt vom Rauch, ich kann kaum etwas erkennen, nur dass rechts oben in meinem Sichtfeld ein Alarmsignal blinkt: WARNING! OXYGEN LOW!

Es wird Zeit für die FFP2-Maske. Ich checke mein Inventar, aktiviere die Maske und ziehe sie auf. Das WARNING-Symbol verschwindet wieder. Yes! Dann betrete ich den Raum. Die Sicht bleibt schlecht, ich kann höchstens zwei Meter weit sehen. Hätte ich nur so etwas wie einen Miniventilator im Inventar, um mir den Blick freizupusten. Egal.

Ich befinde mich in einem Schlafzimmer, taste mich langsam voran. Am Kleiderschrank angekommen, öffne ich die Tür. Etwas springt mir entgegen, ich schlage um mich, werde getroffen. Kritischer Treffer, meine Energieleiste sinkt auf 40 Prozent. Zu viel, um aufzugeben, zu wenig, um mich sicher zu fühlen. Wieder fällt mich etwas von der Seite an, ich mache einen gewaltigen Sprung, strecke die Arme aus und – ERWISCHT! Ich halte eine Katze in den Händen und verfrachte sie in die Transportbox. Unten links in meinem Sichtfeld erscheint das Symbol einer Katze, daneben steht: 1/8. Ich soll also acht Katzen einsammeln, um die Mission zu erfüllen.

Während ich unter der Bettdecke eine weitere Katze finde, die mit ihren scharfen Krallen nach mir schlägt, rauscht mein Energie-Level weiter in den Keller. Das muss schneller gehen!

Dann fällt es mir ein. Ich reiße eine Gardine von der Wand und nutze sie als Schutz vor den Katzenkrallen. Durch das Fenster nehme ich einen orangeroten Schein wahr. Ich darf das Feuer nicht vergessen. Ich muss mich beeilen.

Eine weitere Katze sitzt vor mir und starrt mich an, unternimmt aber keinen Versuch, mich anzugreifen. Sie scheint wohl für Anfänger zu sein. Ich pflücke die Katze vom Boden und schiebe sie in die Transportbox. 2/8. Dann fasse ich das Bett am Fußteil, hebe es an und stelle es hochkant gegen die Wand. Darunter kauern zwei weitere Tiere, vor Angst gelähmt. Ich greife zu, stopfe sie in die Box. 4/8. Danach 5/8, 6/8, 7/8. Mir fehlt nur noch eine Katze! Wo ist sie?

Ich blicke zum Fenster. Die Flammen sind jetzt ganz nah, und meine Energie liegt bei 17 Prozent. Mein Sichtfeld fängt an zu blinken.

Etwas zischt an mir vorbei. Die letzte Katze. Sie sitzt auf dem Kleiderschrank und faucht mich an. Ich antworte mit einem Schrei: »Ich will dich doch retten, Mann!«

Ich springe nach vorn, versuche, sie zu fassen, greife nach ihrem Schwanz, aber sie schlägt mit ihren Krallen nach mir.

»Aua!«

11 Prozent. Es wird immer stickiger hier drin.

Ein letzter Versuch. Ich baue eine Falle. Dränge die Katze in die Ecke, sodass sie nur noch in meine Richtung fliehen kann. Fest entschlossen, mit der geöffneten Katzenbox in der Hand, gehe ich auf sie zu. Sie faucht und macht einen Buckel, ich kann ihre Krallen funkeln sehen. Wir starren uns an. Eines ihrer Augen ist strahlend blau, das andere knallgrün. Eine ganz besondere Zucht. Aus dem Augenwinkel nehme ich wahr, dass Amir den Raum betreten hat. Hoffentlich kapiert er, was ich vorhabe.

Ich hole tief Luft und rufe: »Jetzt!«

Amir wirft eine Decke über den Kopf der Katze. Sie springt nach vorn, verhüllt vom Stoff, direkt in meine Box. 8/8!

Dann läuft plötzlich alles in Slow Motion ab. Der Rauch ist verflogen, die Welt wird wieder klar, ich bekomme einen Energieschub, und über meiner Figur erscheint: LEVEL UP. Ich habe es geschafft!

Du hast die Mission erfüllt. Drücke die Enter-Taste für das nächste Level.

*

Eine halbe Stunde später sitze ich erneut auf der Transportfläche des Militärfahrzeugs, umgeben von mehreren Tierboxen, in denen die Katzen maunzen. Wir verlassen den Ground Zero und fahren nach unten, zu unserem Treffpunkt. Der Einsatz fühlte sich zwar an wie eines dieser Videospiele, die ich in meiner Kindheit und Jugend ohne Ende gesuchtet habe, aber der brennende Berg war echt. Ich war wirklich dort oben. Als ich das begreife, nimmt mich meine Angst wieder ein, wie die Flammen den Berg in der südtürkischen Erdbebenprovinz von Hatay an diesem 16. Juli 2023. Ich schnappe nach Luft, kralle mich an der Karosserie des Wagens fest, spüre, wie sich mein Magen umdreht.

Atmen, Malte. Locker bleiben, rede ich mir gut zu, wohlwissend, dass ich mir gerade selbst etwas vormache. Ich schließe die Augen, während das Militärfahrzeug den kurvenreichen Weg nach unten brettert.

Nach einer Viertelstunde sind wir endlich bei den anderen angekommen, die am Fuße des Berges ein kleines Notfalllager für die gefundenen Tiere aufgeschlagen haben. Mit weichen Knien und zitternden Fingern reiche ich Babette die Boxen von der Ladefläche, dann klettere ich selbst vom Wagen.

»Alles gut?«, will sie wissen, während sie in der Hosentasche nach einem Feuerzeug kramt, um sich eine Kippe anzuzünden.

»Alles super«, lüge ich und versuche mich an einem gequälten Lächeln.

Es gibt zwar Leute, die mir vorwerfen, dass ich den Tieren helfe, nicht den Menschen. Andere meinen, ich sei ein Held. Gerade fühle ich mich aber überhaupt nicht heldenhaft. Im Gegenteil. Was bitte mache ich hier? Bin ich völlig wahnsinnig geworden? Meine Gedanken rotieren, mir wird schwindelig. Dann fange ich heftig zu husten an.

Babette hat das, was ich hier tue, das härteste Praktikum der Welt genannt. Langsam glaube ich, sie könnte recht haben.

Teßßi ♡

Wenn mir jemand vor etwas mehr als vier Jahren erzählt hätte, dass mich meine Zahnlücke zu einer Person des öffentlichen Lebens machen würde – ich hätte laut gelacht. Es ist Teil meiner Persönlichkeit, dass ich das Maul immer wieder weit aufreiße, doch zu dieser Zeit tat ich es besonders häufig in zahnmedizinischen Einrichtungen.

Tatsächlich hat sich das Universum bei meinem Kiefer nämlich einen kleinen Spaß erlaubt und so ziemlich alle unnötigen Extras eingebaut, die es im Angebot hat. Es scheint, als hätte die Schöpfung einen Kater gehabt, als sie mich stümperhaft zusammensetzte, weshalb ich auch überproportional oft Krankenhäusern und Notaufnahmen einen Besuch abstatte und bei meiner Krankenkasse bestimmt schon auf der Schwarzen Liste stehe. Fakt ist: Ich bin der feuchte Traum eines jeden Kieferchirurgen. Mein Oberkiefer ist seit der Geburt zu schmal, ich habe einen Kreuz- und Überbiss, weshalb mir die Backenzähne zerbröseln und ich bis heute nicht weiß, wie es sich anfühlt, vernünftig abzubeißen. Ich habe in meinem Leben noch nie etwas so gebissen wie andere Menschen. Vielmehr muss ich jede halbfeste Mahlzeit reißen. Das kam mir vor der Diagnose ehrlicherweise nicht merkwürdig vor. Warum auch? Ich kannte es ja nicht anders. Erst als ich zum Kieferorthopäden rannte, weil mir nach und nach Zähne ausfielen, wurde mir klar, dass mit meinem Gebiss einiges nicht stimmt. Einen gefühlten Wimpernschlag später fand ich mich mit einem OP-Termin in der Mund-Kiefer-Gesichtschirurgie wieder. Dabei hatte ich mir doch nicht mehr als ein perfektes 08/15-Zahnpastalächeln gewünscht.

Mein Problem ist, dass ich ein recht sorgloser Mensch bin, auch beim Thema Zähne. Selbstverständlich wirkte die Vorstellung einer »Gaumennahterweiterung« nicht gerade vertrauenerweckend auf mich, aber ich dachte mir auch nicht viel dabei, als ich an diesem Tag vor vier Jahren im Krankenhaus saß und binnen weniger Stunden mehr Weißkittel kennenlernte als in meinem restlichen Leben zuvor. Informiert hatte ich mich auch nicht. Bisher rutschte ich in meinem Leben privilegiert und unbedacht von einem Abschnitt in den nächsten. Nützt ja nichts, das war damals mein Lebensmotto.

Weil ich als Kind und Jugendlicher die meiste Zeit zockend vor Bildschirmen verbracht hatte und bis heute latent bildschirmsüchtig bin, vertrieb ich mir die Zeit des Wartens natürlich im Internet. Ich meine, was soll man auch anderes im Krankenhaus tun? Wie unverschämt eintönig können diese Orte bitte sein? Irgendwie sind die meisten in den Achtzigern hängen geblieben. Jeder Besuch in einem Krankenhaus (deren Anzahl sich mittlerweile im niedrigen dreistelligen Bereich bewegen müsste) fühlt sich wie eine kleine Zeitreise an. Allerdings keine von der lohnenswerten Sorte.

Eben so eine Reise dokumentierte ich jedoch, indem ich die monotone Krankenhaus-Romantik filmte. Mein Tag im Krankenbett. Mein Tag mit Krankenhausessen. Mein Tag mit endlos viel Tilidin gegen die Schmerzen. Shit, war ich davon breit. So breit, dass es mir egal war, wie die Menschen im Internet mich wahrnahmen. Ich zeigte mich schonungslos ehrlich und zugegebenermaßen ein wenig zu blutig. Wen sollte es auch interessieren? Ich hatte zu diesem Zeitpunkt ohnehin kaum Follower.

Das sollte sich jedoch innerhalb einer Nacht ändern. Merkwürdigerweise ging mein Schwellkörpergesicht nämlich binnen weniger Stunden durch die digitale Decke, und ich wurde unfreiwillig zu einem Internetphänomen. Ausgerechnet im Jahr 2019, in dem es eigentlich eine Menge interessanterer Meldungen gegeben hätte: der Terroranschlag auf zwei Moscheen in Neuseeland, die Bombenanschläge auf Kirchen und Hotels in Sri Lanka oder die Ermordung des CDU-Politikers Walter Lübcke durch einen Neonazi. War ja nicht so, dass nichts los war in der Welt … Aber die Menschen fühlten sich offenbar medial so unterversorgt, dass sie einem Typen aus Ostfriesland, der neben dem Studium in einer Bar jobbte und ansonsten nicht viel zu melden hatte, beim Aufsägen des Gaumens zugucken wollten.

Das ist übrigens genauso unappetitlich, wie es sich anhört, und wenn ich gewusst hätte, was in der Zeit danach mit meinem Gesicht passiert, hätte ich mir das mit den Videos vielleicht nochmal überlegt oder wäre auf Podcasts umgestiegen. Auf jeden Fall etwas ohne Bilder. Davon ahnte ich jedoch nichts, und Besseres hatte ich auch nicht zu tun. Also filmte ich weiter und amüsierte die Leute mit dem absurden Alltag eines im Krankenhaus festgehaltenen Schwellkörpers.

Allerdings einem, dem auf einmal 100 000 Menschen beim Auf- und anschließenden Abquellen zuguckten. An alle schaulustigen Zuschauer da draußen: Was stimmt mit euch nicht? Ihr habt mir und meinem violett-blau verfärbten Gesicht dabei zugesehen, wie wir pürierte Nahrung durch eine fast zwei Zentimeter breite Zahnlücke schlürften. Eine künstlich angelegte Zahnlücke zwischen den Schneidezähnen, die ich mit einer kleinen Kurbel selbst jeden Tag um vier Millimeter vergrößern durfte. Jedes Mal, wenn ich den Kiefer weiter aufkurbelte, knackte er laut. Mein Kopf fühlte sich dann an, als würde er zerreißen, wie ein zu prall aufgeblasener Ballon, der jeden Moment platzen könnte.

Ein bisschen verstehe ich ja, warum Menschen das interessant fanden. Zum einen ist Voyeurismus einer der Hauptantriebe für Unterhaltungsmedien aller Art. Zum anderen war meine Kieferberichterstattung nicht selbstmitleidig, sondern ironisch, was ich unter anderem einer Lebensweisheit meiner Mutter zu verdanken habe: »Egal, was passiert, verliere niemals dein Lachen. Das kann dir keiner nehmen.« Ich glaube, hätte meine Mutter geahnt, wie mein Lachen eines Tages aussehen würde, wie viele Bänder, Schrauben und Haken meinen Kiefer und meine Zähne an Ort und Stelle halten würden, sie hätte mir eine andere Lebensweisheit mit auf den Weg gegeben. Aber von ihr habe ich gelernt, über mich selbst zu lachen, vor allem dann, wenn es nicht zum Weinen reicht.

Zum Heulen war in dieser Zeit so einiges, denn sechs Wochen lang durfte ich keine feste Nahrung zu mir nehmen. Das war beinahe so hart wie die Aussicht auf zwei weitere operative Eingriffe, die mir in den nächsten Jahren noch bevorstehen würden. Leider sollte diese Gaumennahterweiterung nämlich nur der Anfang meiner grotesken Kiefermisere sein. Nach der Gaumennahterweiterung würde eine *Bimaxilläre Umstellungsosteotomie* folgen. Anders ausgedrückt: Man trennt Ober- und Unterkiefer vom Schädel und schraubt sie gerade ausgerichtet wieder drauf. Das wiederum würde ein noch geschwolleneres Gesicht und drei weitere Monate Flüssignahrung bedeuten. Aber wie sagte der behandelnde Arzt damals so liebevoll? »Herr Zierden, das wird nicht schön, das wird verdammt schmerzhaft.« Das beruhigte mich wirklich ungemein. Gut, dass der Mann Arzt und nicht Lifecoach geworden ist.

Vermutlich wäre es leichter gewesen, sich den Kiefer in einer guten alten Schlägerei brechen zu lassen. Zu meinem Bedauern bin ich Pazifist und lehne Gewalt in den meisten Fällen ab. Dann also doch die Bimax. Nützt ja nichts.

Ich gewann sogar recht eigenartige und prominente Unterstützer. Til Schweiger zum Beispiel, der mir Moderationsjobs im Fernsehen vermitteln wollte. Stell dir das bitte mal vor, du hängst im Bett ab, erholst dich von deiner OP, und plötzlich kommt da diese Nachricht rein. Wie reagiert man da? Ich für meinen Teil war jedenfalls recht überfordert, zudem war mir die ganze Sache irgendwie unangenehm. Mir schrieben fremde Leute, die ich aus Kinofilmen kannte! Und das nur, weil ich mich in den größten Schwellkörper der Welt verwandelt hatte. Immerhin einen mit Fans. Das kann nicht jeder Schwellkörper von sich behaupten.

Also zog ich durch und hielt meine immer größer werdende Zahnlücke in die Handykamera. Mittlerweile hatte ich ein respektables Lißpeln etabliert und den wenig eleganten Namen »Malte mit der Spalte« verliehen bekommen. Ich dachte bis zu diesem Zeitpunkt, dass ich einer der Menschen bin, denen alles egal ist. Einer von denen, die einfach ihr Ding machen, wann und wie sie wollen. Damit belog ich mich wohl selbst. Wenn dir auf einen Schlag 100 000 Leute bei deiner Reise zuschauen, bekommst du recht schnell das Gefühl, mehr für die Unterhaltung dieser Personen als für dich und deine Liebsten da zu sein.

Dabei bin ich im Grunde ein zutiefst unsicherer Mensch, der das Rampenlicht scheut. Und nun war ich ungeplant so bekannt geworden, dass bei meinem Job in der Bar immer häufiger Leute reinkamen und mich bedrängten. Ich stand hinter der Theke, mixte Drinks und durfte mir von Wildfremden anhören: »Ey, Malte, zeig mal Spalte!« Es wurde langsam aber sicher unangenehm. Trotzdem machte ich weiter, bespaßte die Leute in den sozialen Medien. Ich konnte einfach nicht damit aufhören.

Meine Lebenswirklichkeit veränderte sich, und zwar schneller, als ich Schritt halten konnte. Mich begleitete immer häufiger das Gefühl, beobachtet zu werden, was ironisch klingt aus dem Mund von jemandem, der Fremde durchs Handy in sein Schlafzimmer lässt. Aber wie bei allen anderen Menschen gibt es auch bei mir diese Tage, an denen man absolut gar keinen Bock auf andere hat. Tage, an denen man selbst bei Freunden nicht ans Telefon geht – und an diesen Tagen wollte ich nicht »Malte mit der Spalte« und vor allem nicht in der Öffentlichkeit sein. Zudem studierte ich damals in Vechta, einer wirklich kleinen Stadt, und plötzlich war ich dort bekannter als ein bunter Hund. Ein bunter Hund mit Zahnlücke. Das fühlte sich, ehrlich gesagt, ziemlich unschön an. Denn du bist nicht mehr du selbst, wenn du meinst, andauernd beobachtet zu werden. Ich glaube, viele Personen in der Öffentlichkeit tun so, als würde es ihnen nichts ausmachen, ständig im Fokus zu stehen. Doch es macht etwas mit dir. Es verändert dich. Zumindest mich.

Merkwürdigerweise fühlte sich diese überdimensionale Aufmerksamkeit über Nacht aber nicht nur verkehrt an. Menschen aus ganz Deutschland fanden mich witzig, lachten über meinen Humor und schrieben ununterbrochen, wie sehr sie meinen Mut und meine Ehrlichkeit schätzten. Balsam für meine unsichere Seele. Zumindest dann, wenn ich allein zu Hause war. Es ist zwar nicht alles Gold, was glänzt, aber dieses Gold glänzte verführerisch. Und war es nicht auch ein Privileg, dass es so unglaublich viele Menschen gab, die mir zur Seite standen?

Ich sag's, wie's ist: Die Anerkennung tat mir nicht gut. Wildfremde Frauen schrieben mir, wie toll sie mich fänden. Ich hatte nichts Besseres zu tun, als mich in dieser Anerkennung zu suhlen. Und leider erzählte ich meiner damaligen Freundin nicht von der Fanpost. Stattdessen versteckte ich die Nachrichten vor ihr, und noch schlimmer, ich versteckte meine Freundin vor der Öffentlichkeit und verletzte damit ausgerechnet die Person, die mir zu dieser Zeit alles bedeutete.

Die Beziehung überlebte meine Dummheit nicht, was ich bis heute bereue. Nicht, weil ich zurück in mein altes Leben möchte, sondern weil ich mich für mein Verhalten und mich zu dieser Zeit schäme. Dafür, dass ich Menschen verletzt habe, dafür, dass ich kein Rückgrat hatte, und dafür, dass ich nicht ich selbst war.

Immerhin, das Leben ließ mich dafür bluten. Nach der Trennung fühlte ich mich beschissen. Leer, einsam und wie der größte Schwachkopf des Jahrhunderts, dazu mit gebrochenem Herzen – natürlich alles selbst verschuldet. Ich dachte damals wirklich, schlimmer könnte es nicht werden.

Corona sollte mich eines Besseren belehren. Und so kam es, wie es kommen musste: Ich litt am heftigsten Liebeskummer meines Lebens und wurde in staatlich verordnete Isolation gesteckt. Aus heutiger Sicht das Beste, was mir damals passieren konnte, wenn man bedenkt, dass ich so ausreichend Zeit hatte, mich unter Tränen zu reflektieren. Von den Covid-Geschehnissen bekam ich Anfang 2020 nicht viel mit, ich war damit beschäftigt, den schlimmsten Herzschmerz aller Zeiten zu verarbeiten, und ich behaupte, dagegen waren die postoperativen Qualen der Gaumennahterweiterung ein Sonntagsspaziergang.

Ich tauchte ab. Das war während eines Lockdowns nun kein großes Kunststück, aber vor allem im Internet wurde es still um mich. Ich wollte meine Ruhe haben und die eine Million Splitter meines zerfetzten Herzens zusammenkehren, sortieren und wieder zusammenkleben. Dafür brauchte ich nun wirklich keine Zuschauer. Ich wollte einfach nur Malte sein. Nicht Malte mit der Spalte, sondern Malte mit dem kaputten Herzen.

Ich brauchte diese Zeit, nicht nur um den Liebeskummer zu überwinden, sondern auch um zu kapieren, dass nicht das Internetgame an meiner Misere schuld war. Die sozialen Medien waren ja nicht per se ein schlechter Ort, an dem Beziehungen zerstört wurden. Im Gegenteil, es gab viel Sinnvolles, was man tun konnte und das über meine Kieferberichterstattung hinausging. Und wäre es nicht ein versöhnliches, gutes Ende, wenn ich durch meine Reichweite im Internet etwas Positives bewirken könnte?

Während ich also irgendwo in den fünf Phasen der Trennung zwischen Verleugnung, Wut, Kompromissfindung, Zukunftsvisionen und Akzeptanz festhing, erreichte mich eine Nachricht in meinem längst verstaubten digitalen Postfach: Ein Tierschutzverein namens Hundegarten Serres wollte, dass ich mit nach

Griechenland komme und auf die Probleme vor Ort aufmerksam mache.

Moment mal. Ich? Ein Typ, der zu diesem Zeitpunkt maximal verloren war und seinen Platz in der Welt neu finden musste, sollte nach Griechenland, um Tieren zu helfen? Ich überlegte. Dann dachte ich: Ja, klar. Warum eigentlich nicht? Ich war auf einem Hof mit vielen Tieren irgendwo im Nirgendwo aufgewachsen. Ich hatte den Tieren zuliebe schon einige Zeit vegan gelebt. Und schon häufiger hatte ich gedacht, dass ich mit Tieren besser zurechtkam als mit Menschen. Kennst du die Leute, die immer als erstes den Hund begrüßen, wenn sie dich besuchen? Als wären sie und dein Hund seit Ewigkeiten beste Freunde, obwohl sie sich kaum kennen? So einer bin ich.

Allerdings – und da musste ich wieder selbstkritisch sein – tat ich noch nicht viel für die Tiere, also außer sie und das, was sie erzeugen, nicht mehr zu essen. Ich hatte in den letzten Jahren den Fokus auf mein Studium und meine Karriere als Berufsmusiker gelegt. Heute weiß ich, dass mir Tiere zwar immer wichtig gewesen waren, ich die Verbindung zu ihnen zeitweise aber komplett verloren hatte. Ich war einfach zu sehr mit mir beschäftigt und besaß die Fähigkeit nicht, mich um andere Lebewesen zu kümmern, geschweige denn, mich für sie einzusetzen. Ich war ein verplanter, naiver Chaot, der alle Hände voll damit zu tun hatte, den eigenen endlosen Berg an Problemen aufzuräumen und sein Leben in den Griff zu bekommen. Und ausgerechnet ich sollte nun verwahrloste Tiere in Griechenland retten?

*

Die Sonne brannte erbarmungslos vom Himmel herunter. Griechenland im Hochsommer ist eine völlig wahnsinnige Idee, und für jemanden, der genetisch zu den Rothaarigen gehört, der blanke Horror. Selbst bei geschlossener Wolkendecke und gemäßigten zehn Grad bekomme ich den Sonnenbrand des Todes.

Ich stand im Landesinneren von Thessaloniki in einem Ort namens Serres und war von oben bis unten nass geschwitzt. Jeder, der mich anguckte, merkte sofort, dass eine deutsche Kartoffel vor ihm stand. Fehlten eigentlich nur noch Tennissocken und

Schlappen. Ich kippte einen weiteren Liter Wasser in mich hinein, bestimmt den dritten an diesem Tag. Um mich herum jaulten, bellten und fiepten Hunderte von Hunden. Sie waren wahnsinnig laut.

Und es waren so viele. Kleine, große, alte, junge, stinkende, springende, kriechende, mit vier, drei oder gar zwei Beinen, ängstliche, schüchterne, desinteressierte, sterbende und tote. Ich war maximal überfordert. Wo fängt man in einem solchen Tierheim an, wo hört man auf?

Die anderen aus dem Team, das ich begleitete, schienen es jedenfalls zu wissen. Sie verabreichten Medikamente, fütterten, fotografierten und umsorgten all diese Hunde. Als wäre das nicht genug, schlichteten sie im Vorbeigehen Kämpfe zwischen den Tieren. Es war den Tierschützern anzusehen, dass sie das nicht zum ersten Mal machten, routiniert und souverän, wie man es beim Anblick der Enge, der Hitze und des allgegenwärtigen Elends in diesem Tierheim nur sein konnte. Kartoffel-Malte hingegen versteckte die eigene Unsicherheit hinter vermeintlichem Selbstbewusstsein, stolperte wie ein Anfänger zwischen den Zwingern umher und hatte offensichtlich keine Ahnung, was er dort tat.

Auf den Fuß folgte mir eine schwarze Hündin. Sie erinnerte mich an mich selbst: ein wenig zu naiv für diese grausame Welt. Nur eben ohne Zahnlücke. Gleich bei unserer Ankunft war sie mir auf der großen Auslauffläche im Innenhof in die Arme gesprungen und ließ mich seitdem nicht mehr aus den Augen. Liebe auf den ersten Blick, könnte man sagen. Es war genau die Hingabe, die ich nach den Monaten, in denen ich die Reste meines zertrümmerten Herzens wieder zusammengeklebt hatte, brauchte.

Nur leider waren wir beide uns in einer weiteren Sache ähnlich: Wir waren vom Pech verfolgt.

Was ich zu diesem Zeitpunkt nicht wusste: Hunde haben unsichtbare Territorien. Wagt sich ein fremder Hund in den Bereich eines anderen, können richtig schlimme Kämpfe und tödliche Beißereien entstehen. Im Gegensatz zu Menschen stellt es für die meisten Hunde kein Problem dar, sich in eine natürliche Rangordnung einzufinden. Es gibt die Tiere, die das Sagen haben, und die, die sich unterordnen. Und dann gibt es Hunde wie meine dunkelhaarige Verehrerin, die mir mit wedelndem Schwanz treudoof durchs ganze Tierheim hinterherlief, vorbei an all den anderen Rudeln und ihren zähneknirschenden Anführern. Und ich checkte nicht, wie sie in ihrem Verfolgungswahn geradewegs in das Territorium der anderen Hunde eindrang. Ja, moin.

Es ging so verdammt schnell, dass ich es eigentlich gar nicht richtig verstand. Plötzlich wurde die Hündin von einem riesigen Rudel angegriffen. Menschen brüllten, Blut spritzte, die Hündin schrie – und lag eine Sekunde später mit einer aufgerissenen Bauchdecke vor mir auf dem Boden.

»Scheiße!«, rief ich laut, aber mein Fluch wurde durch das entsetzliche Jaulen der Hündin überdeckt.

Ich sah Fleisch, leuchtend rot und in der Sonne glänzend, und ging vor dem verletzten Tier in die Knie. Die Hunde aus den anliegenden Zwingern bellten und sprangen gegen die Käfige. Ich fühlte mich wie in einem Stadion, in dem dich tausende Zuschauer für deine schlechte Leistung beschimpfen und ausbuhen. Es war so verdammt hektisch. So verdammt laut! Und ich war voller Adrenalin.

Frag mich nicht, wie ich die weinende Hündin da rausholte. Ich weiß nicht, wie, und ich weiß nicht, warum, aber ich fand mich auf einmal mit ihr auf dem Arm am Seitenausgang des Tierheims wieder. Sie starrte mir direkt in die Augen und schrie vor Schmerzen. So laut, dass ich nichts anderes mehr hören konnte.

Ich rannte mit ihr zum Parkplatz. Mir drehte sich der Magen um, aber ich lief einfach weiter. Was machte ich hier eigentlich? Keine halbe Stunde war ich in diesem verdammten Tierheim, und schon hatte ich eine verblutende, vor Schmerzen kreischende Hündin auf dem Arm.

Ich blieb stehen, legte sie auf den Boden, und wir starrten uns an. »Es tut mir leid, mein Herz«, flüsterte ich und bemerkte, wie mir eine Träne über die Wange lief. Die Hündin wand sich, weil sie mit dem Maul an die fast dreißig Zentimeter lange, klaffende Wunde kommen wollte, um die Blutung mit Schlecken zu stoppen. In ihren Augen war das Weiß zu sehen, sie stand sichtlich unter Schock und hechelte ohne Ende. Ich blieb bei ihr, versuchte, sie zu beruhigen.

Eine Frau aus dem Team der Tierschützer eilte auf uns zu.

»Was machen wir jetzt?«, rief ich ihr entgegen.

»Ich checke, ob wir ein Auto haben.«

Ich drehte den Kopf zu drei parkenden Wagen. »Wir haben doch welche hier!« Meine Stimme überschlug sich, die Hündin fiepte immer noch in meinem Arm.

Unweit von mir hockten drei Frauen und ein Mann, die für das Tierheim arbeiteten, an einem Tisch im Schatten, rauchten Kippen und tranken Kaffee. So als sei das alles völlig normal.

»Hallo? Sagt mal, brennt ihr?«, brüllte ich rüber. Zu meiner Verteidigung: In Stresssituationen vergesse ich oft, dass nicht jeder Deutsch spricht. Ich sag doch: Kartoffel.

Sie blickten mich an. Sahen einen verzweifelten Typen mit einem blutenden Hund auf dem Arm und taten: nichts.

Ich rappelte mich mühsam auf, drehte mich, damit sie den aufgeschlitzten Bauch der Hündin sehen und nahezu in sie reingucken konnten. Hatten sie den Zwischenfall nicht bemerkt? Das war doch etwas, was man nicht *nicht* mitbekommen konnte, oder? »Here!«

Der Mann trank demonstrativ von seinem Eiskaffee und drehte sich weg. Die Frauen lehnten sich in ihren Plastikstühlen zurück und begannen, sich zu unterhalten. Wo war ich hier bitte gelandet?! Wie gesagt, lehne ich Gewalt in den meisten Momenten ab. Diese vier Menschen hätte ich zu diesem Zeitpunkt aber gern umgeboxt.

»Was ist denn eigentlich los hier?«, fragte ich leiser, eher zu mir selbst. Ich kapierte nicht, warum sie sich nicht in Bewegung setzten. Die konnten doch nicht entspannt abhängen, während nebendran ein Tier verreckte.

Doch. Konnten sie. Es war ihnen wirklich egal, was mit der Hündin passierte – vermutlich sahen sie so etwas täglich. Vielleicht dachten sie: Schaut euch diesen Trottel an. Ist doch nur ein Hund. Soll er halt sterben. Ein Problem weniger.

Erst viel später erfuhr ich, dass im städtischen Tierheim von Serres keine Tierfreunde arbeiteten, sondern Menschen, die dort ihre Sozialstunden ableisteten, weil sie Steuern hinterzogen oder Drogen vertickt hatten, keine Ahnung, war mir in dem Augenblick auch scheißegal. Die gaben nämlich wirklich nichts auf Tiere. Die wollten einfach nur ihre Zeit absitzen und diesen lauten und stinkenden Ort möglichst schnell wieder verlassen.

In diesem Moment wurde mir zum ersten Mal bewusst, wie wenig ich Menschen verstehe. Es war eine bittere, aber notwendige Erkenntnis, die meinen Kopf – ich weiß, so sollte man sich in Büchern nicht ausdrücken – richtig hart fickte. Zum Glück wusste ich in diesem Augenblick, als ich die Hündin in meinen Armen hielt und jede Minute befürchtete, sie würde sterben, nicht, was für Menschen da gerade vor mir saßen. Ansonsten wäre ich vermutlich durchgedreht. So aber beschloss ich, mich auf diese arme, leidende Seele zu konzentrieren.

Es wurde zu einem einschneidenden Ereignis in meinem Leben. Ich meine, stell dir das mal vor. Du hältst einen verblutenden Hund in deinen Armen. Du hast keine Erfahrung und bist maßlos überfordert. Was würdest du tun? Ich wusste nichts. Nicht, ob ich die Hündin richtig anfasste, ob ich ihr Leiden verschlimmerte, denn ich hatte keinen Schimmer, wie man ein Tier notfallmäßig versorgt. Zu meinem Bedauern traute sich auch niemand anderes an die Hündin ran. Das Merkwürdige war, dass mein Gehirn immer noch auf Autopilot lief. Ich funktionierte einfach, blieb bei der Hündin, gab ihr Sicherheit und schützte sie, um jeden Preis.

Nach einer gefühlten Ewigkeit kamen die deutschen Helfer mit einem Autoschlüssel angerannt. Wir trugen die immer noch weinende Hündin zum Transporter, verfrachteten sie in eine Box auf der Rückbank und rasten los. Im Wagen war es endlos heiß. Keine Klimaanlage. Kaum zu öffnende Fenster. Alles egal.

Wir fuhren so schnell wir konnten. Eine Stunde lang über kaputte Straßen nach Thessaloniki. Beim Tierarzt stürmten wir direkt ins Behandlungszimmer und endlich hatten wir Glück. Der Veterinär erkannte die brenzlige Situation und begann sofort, alles für die Operation vorzubereiten.

Dann hieß es warten. Ich hielt es nicht länger in der Praxis aus, musste raus an die frische Luft. Kreidebleich ging ich auf der Straße vor der Tierarztpraxis auf und ab, weinte, schnorrte eine Zigarette von einer Passantin, und das, obwohl ich gar nicht rauche. Mein Shirt war verschwitzt, es stank nach Urin und war mit Blut beschmiert.

Irgendwann blieb ich stehen und sah mich um. Erst jetzt fiel mir auf, wie unpassend mein Erscheinungsbild auf einer der Hauptstraßen von Thessaloniki wirkte. Die Leute waren schick gekleidet, trugen Gucci-Sonnenbrillen und teure Klamotten und starrten mich auffällig unauffällig an. Ich konnte es ihnen kaum verübeln. Wenn ich ansatzweise so aussah, wie ich roch, musste der Anblick bemitleidenswert gewesen sein. Aber das juckte mich null. Das Einzige, was mich interessierte, war meine junge Verehrerin, die meinetwegen unter dem Messer lag.

Was für eine verdammte Scheiße. Wir waren hierhergekommen, um zu helfen, und nun kämpfte meinetwegen ein Hund ums Überleben. Das machte mich fertig.

Warum gab es solche Orte? Wie konnten Menschen zulassen, dass Tiere in solchen Zuständen lebten? Es waren vergessene Seelen. Und es gab kaum jemanden, der sie wirklich liebte. Sie hatten nicht genügend Futter und kämpften jeden Tag ums Überleben. Darauf kam ich überhaupt nicht klar. Mein Kopf platzte beinahe vor Unverständnis und Wut. Und immer wieder tauchte da dieser eine Satz auf, der mich nicht losließ: Wie kann ich den Tieren helfen?

Nach einigen Stunden voller Selbstvorwürfe wurden wir von der Tierarzthelferin wieder in die Praxis gebeten. Der Tierarzt lächelte uns müde an. »Sie hat es geschafft, fürs Erste. Wir konnten die Blutung stoppen. Aber sie benötigt eine weitere Operation. Es wurde zu viel Haut verletzt, es wird nekrotisch werden, sie braucht eine Hauttransplantation.«

In meiner glücklichen Überforderung äußerte ich das, was ich immer äußere, wenn ich nicht weiter weiß: »Okay.« Ohne zu wissen, ob wir uns die Kosten für die weitere Behandlung überhaupt leisten konnten.

Der Arzt hob die Hände. »Sie muss dafür in eine Spezialklinik.« Er hielt kurz inne. »Wie heißt sie eigentlich?«

Woher sollte ich das wissen? Ich kannte sie doch erst seit drei Stunden. Sie war eine von fünfhundert Seelen in einem Meer aus Tieren. Ich bezweifelte, dass sie einen Namen hatte. Doch ich versprach ihr und mir in dieser Sekunde: Ich werde mich um dich kümmern. Koste es, was es wolle. Sie würde in meine Obhut kommen, und ich würde alles – wirklich alles – tun, um sie zu retten.

Was ich außerdem wusste: Jede Seele braucht einen Namen.
»Sie heißt Teßßi«, lispelte ich deshalb.

*

Ich blieb so lange in Griechenland, bis Teßßi bereit war für die nächste Operation. In der Zwischenzeit zeigte ich den Menschen im Internet, was hier abging. In was für einer Parallelwelt ich auf einmal gelandet und vor allem, was Teßßi widerfahren war. Ich wollte alles in meiner Macht Stehende tun, damit so etwas nie wieder passierte, und dafür wollte ich den Tierschutzverein, mit dem ich nach Griechenland gekommen war, unterstützen. Denn sie hatten eine Vision.

»Wir wollen ein eigenes Tierheim bauen, in dem es Tieren gut geht. In dem Menschen arbeiten, die diese Hunde wirklich lieben«, erklärte ich den Leuten in Deutschland, die ich in dem Video, in dem ich von Teßßi erzählte, auch um Spenden bat.

Ich weiß nicht genau, was ich erwartete. Teßßis Geschichte war anders, und viele Menschen schrieben mir in diesen Tagen, nahmen aktiv Anteil an ihrem Schicksal, baten um Updates, erkundigten sich nach ihr. Ich rechnete damit, dass vielleicht ein paar Tausend Euro zusammenkommen würden, mit denen wir uns auf die Suche nach einem Grundstück machen könnten.

Ich rechnete aber nicht mit einer Viertelmillion.

Ich meine: ernsthaft. 250 000 Euro? In vier Tagen?

Man muss wissen, zu welcher Zeit sich das alles abspielte. Im August 2020 war die Pandemie noch allgegenwärtig, viele Deutsche saßen im Homeoffice fest, es gab einen regelrechten Hunde-Boom. Denn jetzt, wo ein Spaziergang der absolute Höhepunkt im immer gleichen Alltag war, verspürten viele den impulsiven Wunsch, eine drei- bis vierbeinige Begleitung bei diesen Ausgängen zu haben. Offenbar dachten einige nicht darüber nach, dass sich die Zeiten wieder ändern würden und man sich dann auch um den Hund kümmern müsse – was nach der Pandemie dafür sorgte, dass unendlich viele Hunde in deutschen Tierheimen abgegeben wurden. Keine Zeit. Macht zu viel Arbeit. Muss wieder ins Büro.

Was soll ich sagen? Wir Menschen sind nicht für unsere Weitsichtigkeit bekannt.

Im Sommer 2020 aber, als alle noch zu Hause rumsitzen mussten, waren die deutschen Tierheime leer gefegt, und die Puppy Mills im Ausland produzierten am laufenden Band, um den Welpenhunger des Landes zu stillen. Deutschland war verrückt nach Haustieren, vor allem Hunden, und machte das Portemonnaie weit auf. Auch für die wahnwitzige Idee, in Griechenland ein Tierheim zu errichten.

Dank der Spenden wurde Teßßi ein zweites Mal operiert und fand bald darauf ein Für-Immer-Zuhause auf einem Hof in Deutschland. Wir hatten 250 000 Euro gesammelt, die wir in ein wunderschönes Tierheim verwandeln wollten. Was also sollte da bitte schiefgehen?

Einfach alles.

Wenn eine Sache zu gut klingt, um wahr zu sein, ist sie das in den meisten Fällen auch. Hätte ich Babette, die Gründerin des Vereins Notpfote, damals schon gekannt, hätte sie mich wahrscheinlich wachgerüttelt und mir viele Tränen erspart. Vielleicht hätten wir das Tierheim in einem anderen Land gebaut. Möglicherweise hätte ich auch eingesehen, dass die Sache eine Nummer zu groß für mich war, zumindest damals. Oder ich hätte mir irgendwie die Kraft bis November 2023 eingeteilt, bis wir endlich die Baugenehmigung aus Athen bekamen, auf die wir schlappe drei Jahre warten mussten. Bestimmt hätte ich verhindern können, aus lauter Frust über die Stagnation in diesem Projekt den Tierschutz vorübergehend an den Nagel zu hängen. Ich wäre vorbereitet gewesen auf das, was auf mich wartete, auf all den Schmerz, den Frust, die Wut, das Unverständnis und die Trauer.

So aber marschierte ich mit wehenden Fahnen und der Überheblichkeit eines absoluten Anfängers in meinen persönlichen Albtraum hinein.

Behörden. Ämter. Verordnungen. Anträge. Genehmigungen. Zulassungen. Scheiße, wie sehr ich diese bürokratische Welt hasse! Ich dachte lange, dass Deutschland der Endgegner im Bürokratiegame sei. Aber weit vor ihm steht Griechenland an einsamer Spitze.

Wir bekamen nichts. Gar nichts. Nicht mal einen Stempel auf

dem Antragsformular. Ich weiß nicht mehr, wie oft wir nach Thessaloniki flogen, aber ich erinnere mich noch gut daran, dass meine Hoffnung mit jedem Rückflug in die Heimat ein bisschen mehr starb. Es war mir so unendlich unangenehm. Die ließen uns einfach kein Tierheim bauen, stattdessen legten sie uns ohne Ende Steine in den Weg. Für Formular A brauchten wir Bestätigung B, die jedoch erhielten wir nur durch Zertifikat C und Zustimmung von Amt D. Oder war es E? Es war absurd, wie in diesen Spiegellabyrinthen, wo man nach drei Minuten nicht mehr weiß, wie man hineingeraten ist. Da lag eine Viertelmillion Euro für die Tiere bei dem Tierschutzverein, und wir kämpften mit blutleeren Beamten um irgendwelche Papiere!

Der Gegenwind blies aber auch von anderer Seite. »Malte, die zweihundertfünfzigtausend sind doch nicht genug«, erklärte mir meine Mutter während eines Telefonats, in dem ich ihr von unserem Vorhaben erzählte. »Das reicht vielleicht für den Bau. Ihr müsst das Tierheim aber dauerhaft finanzieren. Was ist denn mit Futter, Medizin und Gehältern?«

Ach verdammt. Warum haben Mütter immer recht? Sie sprach all das aus, was ich nicht hören wollte. Ich fühlte mich schrecklich. Die Menschen hatten so viel Geld gespendet und uns so sehr vertraut – und jetzt hatte ich Angst, dass sie mich hassen würden. Ich konnte doch nicht einfach sagen: »Sorry, wir können das Tierheim leider doch nicht bauen. Danke … Tschüss.«

In meiner Verzweiflung tat ich das Dümmste, was man tun kann: Ich schwieg, in der Hoffnung, die Genehmigung für den Bau würde endlich kommen. Der Druck war kaum auszuhalten. Ich wollte beweisen, dass sich die Leute nicht in mir geirrt hatten! So kam es, dass ich wieder Mal allein, unsicher und einsam in meinem Zimmerchen in Vechta saß. Ich fühlte mich machtlos, so unendlich klein und naiv. In manchen Nächten hielt mich der Gedanke daran wach, wie eines Tages jemand fragen würde: »Was ist denn jetzt eigentlich mit diesem Tierheim? Kommt da noch was?« Und je häufiger Medien über das Projekt vom Hundegarten Serres e. V. berichteten, desto mehr fühlte ich mich wie ein Trottel, der den Leuten falsche Versprechungen gemacht hatte.

Ich fing an, mich zurückzuziehen, und distanzierte mich nach und nach von der Tierschutzarbeit. Es machte mich einfach fertig, dass das Projekt nicht voranging. Zudem war mir bewusst, dass es Hunderttausende von Hunden und Katzen allein im Ballungsgebiet von Thessaloniki gab, die auf der Straße lebten und hungerten. Das schlechte Gewissen, weil ich wirklich nichts vorzuweisen hatte, fraß mich nahezu auf. Ich wollte doch nur diesen armen Seelen helfen. Nicht mehr und nicht weniger.

So hoch, wie mich unsere Tierschutzarbeit im Jahr 2020 in Griechenland hatte fliegen lassen, so tief fiel ich auch wieder. Ich prallte ungebremst auf den Boden, mit der Zahnlücke voran, und diesmal schlug ich mir alle Beißer (oder besser Reißer) aus. Es ging wieder auf Anfang. Ich war Malte, ein naiver Idiot aus Ostfriesland, der manchmal studierte, manchmal in einer Bar arbeitete, und dem seine Kieferkorrektur mittlerweile über 300 000 Anhänger beschert hatte. Ich wusste nicht, was ich mit mir anstellen sollte, war wieder mal am Ende und fühlte mich so klein.

Super Voraussetzungen also, um die Frau fürs Leben kennenzulernen.

Oßkar ♡

Der Bus knallte in ein Schlagloch, das seinesgleichen suchte. Dann stieg der Fahrer so hart in die Eisen, dass wir mit dem Gesicht an die klebrigen Vordersitz gepresst wurden. »Vaffanculo!«, schrie der Mann hinter dem Steuer und zeigte einer vorbeisausenden Vespa den Mittelfinger.

Ich war in Italien. Neben mir saß die schönste Frau der Welt, zumindest meiner Welt. Und ich schwitzte wie ein Iltis.

Mailand im Spätsommer ist ein einziger Backofen. Ober- und Unterhitze, 270 Grad, nicht die kleinste Brise, die Erleichterung verschafft. Für mich als Winterkind bedeutet Hitze die Hölle. Dazu diese kaum auszuhaltende Nervosität, die mir den Magen umdrehte. Und weil es kaum schöner werden konnte, nahm der Busfahrer jedes noch so tiefe Schlagloch mit.

So hatte ich mir das erste Date mit Phia, der Liebe meines Lebens, eigentlich nicht vorgestellt. Vor allem nicht so … fucking still. Seit einer Stunde hockten wir in diesem Backofen auf vier Rädern vom Flughafen in Richtung City und schwiegen uns an. Dabei hatten wir in den vergangenen Wochen ununterbrochen miteinander geredet, jeden Tag, ohne Ende. Und jetzt? Peinlich berührte, unangenehme Stille, und der Schweiß floss in Strömen.

Im Grunde war Social Media an allem schuld. Mal wieder. Dort war mir Phia vor einigen Monaten nämlich aufgefallen. Es musste irgendwann im Frühjahr gewesen sein, also genau zu der Zeit, als ich wie einer der verlorenen Jungs durchs Nimmerland taperte und absolut keine Ahnung hatte, wer ich war. Da entdeckte ich plötzlich diese wahnsinnig schöne Frau. Phia Theresa Quantius. Ihr Name, die Ausstrahlung, dieses Lächeln und diese Art, wie sie sich bewegte. Einfach alles! Ich war so baff. Genau das war auch der Grund, warum ich meine Unsicherheiten überspielte, über meinen Schatten sprang und ihr einfach schrieb.

Was dann passierte? Sie las meine Nachricht, gab ihr einen Like und ghostete mich drei qualvolle Monate lang. Oder um es in nicht digitalen Worten zu sagen: Sie gab mir einen Korb. Und dies ist die Geschichte, wie Malte seinen letzten Anstandsrest an Selbstbewusstsein verlor. Zu Phias Verteidigung sei jedoch gesagt, dass sie sich zu dieser Zeit gerade in einer Trennungsphase befand. Konnte ja keiner ahnen … Während sie sich also schmerzhaft von einem Kapitel ihres Lebens verabschiedete, kämpfte ich wochenlang mit meinem gekränkten männlichen Stolz.

Bis zu diesem sonderbaren Tag, als sie mir endlich antwortete. Das war er also, der Moment, in dem ich meine Seelenverwandte kennenlernte. Wir verstanden uns auf Anhieb, hatten den gleichen unfassbar schlechten, unverwechselbar guten Humor, lachten über unsere eigenen Witze am lautesten. Wir waren füreinander bestimmt! Wir facetimeten täglich, manchmal so lange, bis wir sabbernd »nebeneinander« einschliefen. Diese Frau machte mein schweres Herz so leicht.

Doch leider konnte ich sie nicht treffen. Sie war zu dem Zeitpunkt in Italien und Asien unterwegs, um zu modeln. Und ich hockte in der Weltmetropole Vechta, um zu … ja, was eigentlich? Mich selbst zu finden, vermute ich mal.

Trotzdem passten wir wie Arsch auf Eimer. Das war schon fast gruselig, so sehr stimmte die Chemie. Wie Zwillinge, die nach der Geburt getrennt worden waren. Es gibt Menschen, die hätten vor Schmierigkeit erbrochen, wenn sie unseren Chat-Verlauf gelesen hätten. So Zucker war das.

Ich weiß noch, wie ich Phia in den Tagen nach der Rückkehr aus Thessaloniki schrieb: »Ich komme dich irgendwann in Mailand besuchen. Einfach so.«

Und sie: »Eh nicht.«

Ich war zwar pleite. Aber wenn Covid etwas Gutes hatte, dann dass die Flüge absurd günstig waren. Also flog ich zu Phia. Todesaufgeregt holte sie mich am Flughafen ab. Und dann begann sie, die unangenehmste und vielleicht auch längste Stunde meines Lebens. Zwei von Kopf bis Fuß ineinander verliebte Menschen in einem Bus unterwegs ins Stadtzentrum von Mailand. Es war so unerträglich. Diese peinliche Stille und unsere verunsicherten

Blicke. Wir waren doch eigentlich längst ineinander verknallt. Wieso sind verliebte Menschen so blockiert, wenn sie sich zum ersten Mal begegnen? Ich hatte mit kinofilmartiger Romantik gerechnet, mit endlos tiefen Blicken, die Welt um uns herum in Slow Motion, Gespräche verstummen, die Geräusche der Stadt verhallen, und in diesem tiefen Moment der Stille bewegen sich unsere Münder langsam aufeinander zu …

Stattdessen begrüßte mich Phia bei unserer ersten Begegnung vor dem Flughafen mit den Worten: »Junge, du bist aber groß.«

Und ich sagte danke. Danke?!

Ab dann schwiegen wir. Es hatte uns tatsächlich die Sprache verschlagen.

Besonders peinlich war mir, dass ich mich in den vergangenen Wochen nur von meiner Schokoladenseite präsentiert und versucht hatte, möglichst cool zu wirken. Du kennst das. Diese leicht aufgesetzte, fast zu perfekte Seite von dir in der Kennenlernphase. Jetzt saß ich da, völlig aufgeschmissen, und hatte vor Scham verlernt zu sprechen.

Zum Glück besteht selbst die unangenehmste Stunde nur aus sechzig Minuten. Wir stiegen im Stadtzentrum von Mailand aus, eine glühend heiße Hitze schlug mir ins Gesicht, wie Haare föhnen im Hochsommer. Bockt gar nicht. Du musst verstehen: Ich bin einer von den Menschen, die widerlich nass schwitzen. Mein Shirt wurde binnen einer Sekunde um drei Nuancen dunkler und klebte an mir fest.

»Pizza?«, fragte Phia.

Damit ich noch mehr schwitze?, dachte ich. Der People Pleaser in mir lächelte sie stattdessen an und antwortete enthusiastisch: »Klar!« Immerhin kann es beim Essen nicht noch stiller zwischen uns werden, überlegte ich und folgte ihr transpirierend.

Es wurde nur leider nicht erträglicher. Es wurde noch heißer, unglücklicherweise nicht auf eine knisternde, erotische Art. Ich bekam von der Hitze und der Aufregung nämlich Durchfall, was dafür sorgte, dass ich mit krampfendem Magen vor dieser wunderschönen Frau saß und auf cool machte. Alle zwanzig Minuten sprang ich vom Stuhl auf, um mich in der Keramikabteilung des Restaurants zu erleichtern. Stell dir vor, du könntest ein Traumdate haben, aber stattdessen sitzt du auf der Schüssel mit dem

Durchfall deines Lebens. Das ist schon ziemlich demütigend. Selbstverständlich versuchte ich immer noch, der souveräne Macker zu sein, den Phia via Facetime kennengelernt hatte. Heute würde ich mir für diese Leistung auf die Schulter klopfen. Ich meine, ich hatte das Gefühl, mich in meine molekularen Bestandteile aufzulösen, und trotzdem hielt ich die Stellung. Dazu das allgegenwärtige Schwitzen, die fremde Stadt, die viel zu tolle, aufregende Frau mir gegenüber … Ich sag mal so: Wenn das erste Date so dermaßen in die Hose geht, kann es danach eigentlich nur besser werden.

Wurde es auch. Bei diesem Trip nach Mailand kamen Phia und ich uns allen Widrigkeiten zum Trotz näher, denn nachdem wir die Sprache wiedergefunden hatten, fanden auch unsere Herzen zueinander. Wir verliebten uns unsterblich, ganz kitschig, wie bei Susi und Strolch, nur halt ohne die Spaghetti, sondern bei Pizza und Flottem Otto. Es war wunderschön.

*

Monate später saß ich in Hamburg, einer Stadt, die ich schon immer geliebt hatte, beim Tätowierer. Phia und ich hatten spaßeshalber schon öfter gesagt: Lass uns nach Hamburg ziehen! Aber keiner von uns machte sich wirklich Hoffnungen, dass das funktionieren würde. Ich war Student und Barmann oder so was. Phia hingegen wohnte noch bei ihren Eltern in Siegburg in der Nähe von Köln, wenn sie nicht gerade irgendwo auf der Welt modeln war. Das ist nun nicht gerade die Kombi, nach der sich ein Immobilienmakler die Finger leckt.

Während ich mir den schönsten Vogel, der jemals unter der Haut eines Menschen platziert wurde, auf den linken Unterarm stechen ließ, erzählte mir mein Tätowierer von seiner tollen neuen Wohnung. Mein Neid lag spürbar in der Luft. Ich wollte auch so gern nach Hamburg ziehen. Aber ich hatte keine Lust auf Wohnungssuche. Auf wochenlanges Anstehen vor Wohnungen. Arschgekrieche bei etwaigen Vermietern, und am Ende gewinnt der oder die mit dem dicksten Bankkonto.

Es fällt schwer, sich das vorzustellen, aber mein Tätowierer war mindestens genauso verballert wie ich und erwähnte in einem

Nebensatz: »Ich zieh in zwei Tagen aus und habe noch keinen Nachmieter. Ich hasse den Vermieter und wollte einfach nur raus. Kennst du jemanden, der kurzfristig 'ne Wohnung sucht?«

Zufälligerweise kannte ich da jemanden. Einen verlorenen, broken, frisch verliebten Ostfriesen, auf dessen Arm er gerade mit der Nadel herummalte.

Ich konnte es nicht glauben, aber er meinte es ernst. Er wollte mir die Wohnung geben. Und so fuhr ich am nächsten Tag wieder nach Hamburg und sah mir seine Wohnung an. Zugegeben, sie war renovierungsbedürftig, es gab keine Küche, die Türrahmen waren gelb verfärbt, als hätte jemand sein Leben lang Ernte 23 filterlos bei geschlossenem Fenster geraucht. Hier und da blühte der Schwarzschimmel, und um ins Badezimmer zu gelangen, musste ich den Kopf ziemlich einziehen, weil offenbar Hobbits die Bude gebaut hatten – was sich auch an der Badewanne zeigte, in die ich mich nur reinsetzen konnte, wenn ich die Knie bis zu den Ohren hochzog. Aber hey, man nimmt, was man kriegen kann. Die Wohnung war groß, befand sich im Herzen der Sternschanze, einem grünen Viertel, das ich gern mochte, außerdem kostete sie nur 1000 Euro warm, und wir konnten sie sofort haben.

Ich überfiel Phia über Facetime und zeigte ihr alles, zitternd vor Aufregung. Ich meine, die erste eigene Wohnung mit der Frau, die du über alles liebst. Kein Wohnen bei Mama, keine Studenten-WG mehr. Es war ein unglaubliches Gefühl.

Phia und ich bekamen Gänsehaut. Wir waren seit einigen Monaten zusammen und standen uns wirklich nah, aber natürlich hatten wir die Hosen noch nicht ganz voreinander runtergelassen. Zumindest nicht mit all den Problemen, die man aus seinem Leben davor meistens mitbringt. Sie wusste also nicht, dass ich nicht gut mit Geld umgehen konnte. Natürlich hoffte ich – wie jeder verliebte Trottel –, ich würde in dem Moment, in dem wir zusammenziehen würden, meine Finanzen schlagartig in den Griff kriegen. Als würde ich als armer Schlucker in die Zauberkugel von Marijke Amado steigen und als liquider Malte wieder rauskommen. Überraschung, es wurde nicht so. Im Gegenteil. Zum Glück wusste ich in diesem Augenblick noch nicht, dass Phia mir in der nächsten Zeit immer mal wieder finanziell aus der Patsche helfen würde, dass sie die Miete in manchen Monaten allein durch das Geld aus ihren Modeljobs stemmen und mich einmal sogar aus der Tankstelle auslösen musste, weil ich meine Kreditwürdigkeit überschätzt hatte. Hätte ich all das damals schon gewusst, hätte ich mich vielleicht anders entschieden. Ich war aber Malte, ein unreflektierter Junge, der hin und wieder die Wahrheit unterschlug, um besser dazustehen, und deswegen erzählte ich Phia erst mal nichts von meinen Problemen.

Wir schauten uns übers Handy in die Augen und wussten, dass wir diese Wohnung nehmen würden, dann unterschrieben wir den Mietvertrag. Völligst bekloppt, wir kannten uns erst seit ein paar Monaten, lebten in einer Fernbeziehung, außerdem hatten wir beide keine geregelten Einkommen. Aber wie es manchmal im Leben so ist: Man tut Dinge, die nicht wirklich clever sind, sich aber richtig anfühlen.

*

Als Phia aus Korea zurückkam, war es so weit. Wir fuhren mit dem kleinen Transporter eines Freundes nach Köln, um ihr Kinderzimmer auszuräumen. Das Auto war voll bis unters Dach, wir befanden uns auf der Autobahn, es war mitten in der Nacht, die Straße leer gefegt. Meine Gedanken drehten sich im Kreis – was typisch für mich ist. Erst machen, dann denken. Und im letzten Moment Zweifel bekommen. Ein Malte-Klassiker. War das wirklich das Richtige, was wir da taten? Was, wenn wir uns nicht verstehen würden? Oder wenn ich kein Geld verdiente?

Je tiefer ich im Sumpf meiner Sorgen versank, desto langsamer wurde unser Auto. Phia fährt wie eine Oma, sie schafft es selten über 80 Stundenkilometer, und heute war sie besonders langsam drauf. Mir machte das nichts, ich war in Gedanken sowieso woanders.

Bis zu dem Moment, als ich durch die Heckscheibe Blaulicht sah. Ein Wagen kam näher und winkte uns raus. Bei der nächsten Möglichkeit fuhren wir auf einen Parkplatz – und standen Zollbeamten gegenüber, die uns in freundlichem, aber durchaus misstrauischem Ton fragten, warum wir so langsam fuhren. Ja, genau: so langsam! Und das auf der linken Spur mit einem vollgepackten Wagen. Eigentlich hatten die Beamten einen anderen Fahrer verfolgen wollen, nur leider hatte unser Schneckentempo die Verfolgungsjagd vereitelt, weshalb sie nun also uns unter die Lupe nehmen wollten.

Phia und ich guckten uns an, verblüfft und ein wenig sprachlos, vor allem als die Beamten damit anfingen, das vollgepackte Auto zu entladen und uns nach allen Regeln der Kunst zu filzen. Das einzig Positive der Aktion war, dass ich durch den Einsatz auf andere Gedanken kam, denn nun sorgte ich mich nicht mehr ums Zusammenziehen, sondern um die Ladung, die wir selbstverständlich nicht ausreichend gesichert, sondern einfach nur irgendwie in die Karre gestopft hatten.

Nach erfolgloser Durchsuchung wurden wir von den Beamten entlassen und fuhren weiter. Langsam, natürlich, aber nicht so langsam, dass wir wieder Ärger befürchten mussten. Wir schauten uns an. Unsere Mundwinkel wanderten nach oben, dann folgte ein endloser Lachanfall. So sehr, dass wir kaum die Spur halten konnten. In diesem Moment wurde mir wieder mal bewusst, wie froh ich sein konnte, dass wir uns hatten. Wir vertrauten einander, wir liebten uns. Das war alles, was wir brauchten, um dem Glück eine Chance zu geben.

*

Der Morgen danach. Ich schlug die Augen auf, blinzelte und sah diese Frau, die selbst sabbernd und mit getrockneten Speichelfäden in den Mundwinkeln gut aussah. Wie machte sie das bloß? Während ich dem bezaubernden Klang ihres Schnarchens lauschte, drehte ich den Kopf nach links und schaute mich um. Wir waren echt zusammengezogen. Krass.

Als der Traummann, der ich für Phia immer noch versuchte zu sein, schlug ich die Bettdecke zurück und kämpfte mich von der Matratze hoch, die wir in Ermangelung eines vernünftigen Bettes einfach auf den Boden gelegt hatten. Dann drückte ich mich in den Flur, vorbei an den zu hoch und eng gestapelten Umzugskartons. Ich schwenkte nach rechts, wollte ins Bad und blieb – wieder einmal – mit der Stirn an der viel zu niedrigen Türzarge hängen. »Aua«, fluchte ich so leise, wie es mir möglich war, duckte mich und betrat das Badezimmer.

Beim Pinkeln hörte ich ein eigenartiges Geräusch. Es klang ... fremd. Ein Scharren. Es kam eindeutig aus der Richtung des gekippten Badezimmerfensters. Hinter dem Milchglas bewegten sich Silhouetten.

Ich schlich vorsichtig dem Geräusch entgegen. Es wurde lauter. Also stieg ich kurzerhand in die Wanne, die quer vor dem Fenster stand, und lurte durch den Schlitz des gekippten Fensters.

Dann sah ich sie. Unsere Nachbarn. Beim Sex.

Hastig trat ich einen Schritt zurück und spürte, wie die Schamesröte in meine Wangen stieg. Ich fühlte mich, als hätte ich meine Eltern im Bett erwischt – eine Vorstellung, die mich so sehr schockierte wie gruselte. Ich war ein Spätzünder, einer von denen, die nur verschämt über solche Dinge reden können. Und jetzt stand ich hier am Fenster und sah unseren Nachbarn beim Vögeln zu. Machte mich das schon zum Spanner? Wieder beugte ich mich nach vorn, schaute durch den Spalt – und zuckte peinlich berührt zurück. Die trieben es echt.

Ich überlegte, Phia zu rufen. Sie kommt aus einer sehr aufgeschlossenen Familie, in der über Sex gesprochen wird, als wäre es das Normalste der Welt, und in der Nacktsein zum guten Ton gehört. Als ich Phias Vater kennenlernte, öffnete er mir mit nicht mehr als einem schmalen Herrenschlüpfer bekleidet die Wohnungstür. Ausgerechnet mir!

Das Scharren wurde noch wilder. Die Nachbarn setzten gerade zum Höhepunkt an, der Typ legte sich richtig ins Zeug, als plötzlich eine Stimme hinter mir rief: »Malte! Was *machst* du da?«

Ich schrie, rutschte beinahe in der Wanne aus, krallte mich am Fensterbrett fest, durch die Scheibe hörte ich es hektisch flattern. Dann drehte ich mich langsam um.

Phia stand hinter mir im Bad, die Haare zerzaust, das Shirt auf links gedreht, mit nackten Füßen auf den Fliesen.

»Die Tauben haben Sex.«

»Lass sie doch«, seufzte Phia und wollte sich gerade wieder umdrehen.

»Davon stand aber nix im Mietvertrag«, hauchte ich verlegen.

Phia hielt inne und blickte mich lange an. »Du hast echt einen Vogel, Malte.«
Wie sehr sollte diese Frau recht behalten.

*

Es dauerte eine Weile, bis ich bemerkte, dass die Tauben vor unserem Fenster nicht zufällig vorbeikamen.

»Schau mal, mein Freund ist wieder da!«, rief ich eines Tages in die Wohnung hinein. Ich kniete gerade vor der Badewanne, um das Geschirr abzuspülen, wir besaßen nämlich keine Spülmaschine. Genau genommen ist das bis heute so.

Phia erschien in der Tür. »Die Taube ist nicht dein Freund, Malte.«

Noch nicht, dachte ich und ließ den Schwamm in das spinatgrüne Abwaschwasser fallen. Das musste warten – es gab Wichtigeres zu tun!

Phia sagte nichts, zog nur die Augenbrauen hoch und ging wieder. Doch ich hatte eine Mission. Ich wollte ein Haustier, und ich wollte diese Taube. Nur leider hing die für meinen Geschmack viel zu häufig beim Nachbarn ab, also im Badezimmerfenster der gegenüberliegenden Wohnung. Ich kannte die Leute nicht, die dort wohnten, war mir aber sicher, dass sie diese Taube nicht richtig wertschätzten. Ich nahm ihnen also nichts weg, im Gegenteil.

Am Abend erzählte ich Phia von meiner neuen Liebe: »Ich baue Oßkar ein eigenes Wohnzimmer, damit es ihm gut geht.«

»Oßkar?!«

»Na, mein bester Taubenfreund.«

»Woher weißt du, dass er ein Junge ist?«

Manchmal stellt diese Frau echt komische Fragen.

»Und warum ausgerechnet Oßkar?«

»Warum heißt du Phia und ich Malte? Manchmal passieren Dinge einfach.«

Ich lief in den Flur und holte einen Jutebeutel, in dem ich meine Eroberungen des letzten Flohmarktbesuchs aufbewahrte. Zuerst zog ich einen Miniatur-Perser aus dem Beutel. »Ein wunderschöner Teppich! Daneben dann dieses Sideboard.« Wie ein

Magier beförderte ich immer mehr winzige Möbel aus meinem Beutel, als wäre er ein verzauberter Zylinder. Nach Teppich und Kommode folgten eine Vitrine, ein kleiner Tisch und dazu passende Stühle. Natürlich durfte auch das Geschirr nicht fehlen, falls Oßkar mal Gäste mitbrachte oder ein Kaffeekränzchen veranstalten wollte. »Ich sag es dir, der Nachbar kann einpacken, wenn er das schönste Taubenwohnzimmer der Stadt sieht.«

Spätestens das war der Zeitpunkt, als Phia mich mit diesem ganz besonderen Blick ansah. Den kannte ich schon von ihr. Diesen Blick, den auch Mütter draufhaben, die ihr Kind bedingungslos lieben, aber genau wissen, dass es ein wenig sonderbar ist. Den bekam ich von Phia immer dann, wenn ich wieder etwas plante oder anstellte, was sie nicht verstand. Beispielsweise das Bettgestell in der Küche dunkel beizen und dabei die halbe Wand einsauen. Oder den Kühlschrank auf ihrer Lieblingskuscheldecke durch die Wohnung ziehen. Dinge, die ein Malte eben so macht. Sie guckt mich dann auf diese bestimmte Weise an, die mir sagen soll: »Du hast bei der Geburt zu wenig Sauerstoff bekommen.« Doch sie schweigt dabei einfach, und ich darf sagen, dass Phias Schweigen beinahe das Schlimmste ist. Auf Sätze kann man reagieren, auf vorwurfsvolle Blicke eher weniger.

Wie dem auch sei, Phia guckte mich genau so an, hob eine Augenbraue und widmete sich dann wieder ihren Dingen.

Es versteht sich von selbst, dass weder Blicke noch Warnungen irgendeine Auswirkung auf mein Verhalten haben. Ich stecke im Körper eines Erwachsenen fest, kann mich von meinem inneren Kind aber niemals trennen. Was bedeutet: Ich gehe unnötige Risiken ein, schieße den gesunden Menschenverstand oft und gern in den Wind und begeistere mich übertrieben für alle möglichen Dinge. Scheißegal, was. Hauptsache, es widerspricht der Vernunft.

Nun also Tauben. Mithilfe einer Tube Sekundenkleber machte ich mich an die Arbeit und richtete Oßkars Taubenwohnzimmer ein. Die Möbel befestigte ich an den Wänden, Teppich, Stühle und Tisch klebte ich in der Mitte des Fenstersimses fest. Ich bekam sogar ein Mini-Bild eines befreundeten Künstlers, Bobbie Serrano, das er extra mit viel zu kleinen Stiften für die viel zu kleine Taubenjunggesellenbude gemalt hatte, und das ich selbstverständlich aufhängte. Genau wie den winzigen, funktionierenden Kronleuchter, den ich geschossen hatte, und eine wunderschöne kleine Lichterkette. Ich wollte, dass Oßkar mein Freund wurde, also sollte er sich wohlfühlen.

Dann hieß es warten. Geduld ist aber leider nicht meine größte Stärke, denn dann wird es immer so still. Das ist so, seitdem ich ein Kind war. Früher versuchte man mich mit Ritalin ruhigzustellen – normale Behandlung bei ADHS. Meine Mutter hielt aber nie viel von Tabletten, vor allem von denen, die ihren Sohn anders machten – also setzte sie die Pillen bei mir wieder ab und ich bog erneut auf die Straße der Ungeduld ein. Das hat den positiven und oftmals auch negativen Nebeneffekt, dass ich meinen Kopf nie ausstellen kann und er vor Ideen nur so sprudelt.

Eine dieser Ideen war, Oßkar als mein Haustier zu gewinnen. Also klemmte ich mich vors Internet und begann zu recherchieren. Das, was man bei Google in die Suchleiste eingibt, sagt ja immer sehr viel über einen aus.

Bombe bauen mit Haushaltsmitteln.

Penisvergrößerung ohne Schmerzen.

Oder in meinem Fall: *Wie werden Tauben meine Freunde?*

Das Problem bei der Internetrecherche ist, dass sie sich aus zwei Bestandteilen zusammensetzt: erstens einem gigantischen, unendlichen Fundus an nützlichen und sinnlosen Informationen, durch die man wochenlang surfen kann; zweitens mir, dem Nutzer, der unglücklicherweise die Eigenschaft besitzt, sich übertrieben in Themen einzubuddeln, egal ob es um die Zucht von Kombucha-Kulturen auf dem Küchenregal oder das Verhalten von Breitmaulfröschen zur Paarungszeit geht. Gib mir eine Thematik, die mich interessiert, einen Internetzugang – und ich verschwinde im rabbit hole.

Ich wusste früher nicht, dass ich mit meiner Columbo'schen Trüffelnase nicht allein bin, sondern der Hyperfokus ein Symptom meiner ADHS ist. Es ist nämlich keineswegs so, dass sich ADHSler nicht konzentrieren können – nur tun sie es bei sehr ausgewählten Gebieten. Der Zustand des Hyperfokus ist nicht wirklich steuerbar, ich kann mein Hirn also nicht gezielt auf die Steuererklärung fokussieren, auch nicht auf so gewöhnliche Dinge wie einen Einkaufszettel. Stattdessen traumtanze ich durch die Welt, bis plötzlich etwas klickt, und dann grab ich mich ein. Der Hyperfokus fühlt sich übrigens total gut an, wie ein Flow, ich vergesse einfach alles um mich herum, habe keine körperlichen oder seelischen Bedürfnisse mehr, sieht man mal davon ab, dass ich JETZT UNBEDINGT ALLES über Tauben erfahren muss. Oder über irgendein anderes Thema, das meinen Weg kreuzt und in meinem Hirn ein Feuerwerk auslöst.

Was ich über Stadttauben herausfand, machte mich sprachlos. Das waren ja zutiefst missverstandene Wesen! Sie stammen von Haustauben ab, lebten früher bei den Menschen und haben einen Eins-a-Orientierungssinn. Im Ersten Weltkrieg arbeiteten Tauben sogar bei der Luftaufklärung. Die Menschen hängten ihnen eine Miniaturkamera um den Hals und schickten sie ins feindliche Gebiet. Das waren verdammte Spione, Mann! Oder sie übermittelten eben Liebesbriefe. Bis der Mensch auf Telegrafen, SMS und Facetime umstieg und die Haus- und Brieftauben aussetzte. Einfach so! Die Vögel, die in unseren Städten lebten, waren also obdachlose Haustiere. Das machte mich richtig traurig.

Bis heute bin ich fasziniert von Tauben, sie leben nämlich nicht nur in monogamen, sondern vor allem in gleichberechtigten Beziehungen, in denen sich beide Elternteile um den Nestbau, das Brüten, die Fütterung und die Erziehung der Kinder kümmern. Davon können sich einige Menschen eine Scheibe abschneiden. Auch sind Tauben, selbst wenn sich das Gerücht hartnäckig hält, eben keine Überträger gefährlicher Krankheiten, zumindest nicht mehr als Hunde oder Katzen, die teilweise in unseren Betten schlafen oder über unser Gesicht lecken dürfen, obwohl die Schnauze gerade noch am Arsch eines anderen klebte. Ich meine, jeder kann das machen, wie er es für richtig hält – aber fair ist das nicht.

Übel ist, dass es Stadttauben in der Menschenwelt richtig schwer haben, weil es eigentlich überall Fütterungsverbote gibt, die sie aushungern sollen. Die Tauben werden dazu gezwungen, all den Scheiß zu fressen, den wir auf der Straße hinterlassen: Brotkrümel, alte Pommes, Müll. Deshalb leiden sie ihr Leben lang unter Hungerstuhl, einem permanenten Durchfall durch Mangelernährung. Würde ich den ganzen Tag nur räudiges Fast Food essen, würde ich auch überall hinkacken. Im Grunde geht es Tauben ein Leben lang so, wie mir an dem Tag, an dem ich Phia das erste Mal in Mailand traf, und das wünsche ich nicht mal meinem größten Feind.

Dass es den Tauben so dreckig geht, ist also ein menschengemachtes Problem. Wir erschweren es ihnen unnötig, indem wir Stacheln und Spikes auf alles draufsetzen, wo sie ihre Nester bauen könnten. Tauben sind aber so von uns gezüchtet, dass sie einen Brutzwang haben. Wir haben zu verantworten, was sie heute sind, wir haben sie domestiziert und dann eines Tages einfach in dieser von und für Menschen gemachten Welt ausgesetzt. Heute verjagen wir sie, nehmen ihnen den Lebensraum und behaupten, dass sie gefährliche Krankheiten übertragen. Das ist auf so vielen Ebenen falsch! Warum stellt sich der Mensch über jedes Lebewesen? Was können denn die Tauben dafür, dass wir solche Arschlöcher sind? Wir sind in Sachen Arroganz wirklich nicht zu überbieten.

Je tiefer ich mich in das Thema reinwühlte, desto schockierter wurde ich, und nahm mir vor, Oßkar meine ganze Liebe zu schenken. Irgendwie waren Tauben für mich immer nur da gewesen, ohne dass ich sie richtig wahrgenommen hatte. Als Wiedergutmachung setzte ich mich nun jeden Tag für mehrere Stunden ans geöffnete Fenster im Badezimmer, damit Oßkar sich an mich gewöhnen konnte. Wie eine Statue stand ich oft da, so lange, bis mir der Arm beinahe abfiel, und bewegte mich unendlich langsam, um Oßkar nicht zu erschrecken. Wie anstrengend kann ruhig stehen bleiben eigentlich sein? Man schwitzt so sehr. Es ist absolut nicht für ADHSler gemacht.

Es dauerte Wochen, bis ich in der Lage war, gaaaaanz langsam mein Handy aus der Hosentasche zu ziehen, während ich da am Fenster ausharrte, ohne dass mein neuer Freund sofort die Flucht ergriff. In die Karten spielten mir bei meiner Annäherung in Super-Slow-Mo die festen Fütterungszeiten, die ich eingeführt hatte und mit einer gepfiffenen Melodie ankündigte. Oßkar sollte wissen, dass von mir nur Gutes kam, und seine Angst mir gegenüber verlieren. Ich entschied mich für die Melodie aus dem Videospiel The Legend of Zelda: Ocarina of Time, die ich fortan jeden Morgen pfiff, wenn ich Körner auf dem Fensterbrett verteilte.

»Malte, du weißt schon, dass du so etwas wie ein Sozialleben hast?«, fragte mich Phia eines Tages, als ich wieder mal, anstatt zu duschen, halb nackt auf dem Badewannenrand saß und mit Oßkar sprach. Der traute sich mittlerweile immer näher ran, was mich richtig glücklich machte. Phia leider weniger. »Wir sind zu einem Geburtstag eingeladen, aber du hast nur noch diesen Vogel im Kopf!«

Flügel schlugen, Oßkar flatterte davon.

»Du hast ihn erschreckt«, kackte ich Phia an. »Ich gebe mir echt Mühe, damit Oßkar mein Freund wird, und du machst alles kaputt!«

Phia runzelte die Stirn. »Dein Ernst? Du hockst Stunden in dieser Badewanne, um eine Taube zu dressieren. Komm mal klar!«

Sie stürmte aus dem Bad, ich drehte mich wieder zum Fenster um. Natürlich war Oßkar bereits weg und ich war stinksauer.

Trotz einiger Rückschläge sollten meine Bemühungen mit Oßkar aber nicht umsonst sein. Denn der Tag der Tage kam, und Oßkar und ich wurden die besten Freunde unserer Welt. Ich trat wie so oft ans Fenster im Badezimmer, pfiff die Zelda-Melodie und wartete. Oßkar kam angeflattert, ich streckte die Hand aus … Oßkar ließ zu, dass ich ihn vorsichtig an der Brust berührte. Das war so krass, ich hätte fast angefangen zu heulen. Ein Quantensprung für uns und unsere Beziehung! Er hatte kapiert, dass ich zwar ein Mensch, aber kein Arschloch war, was gleichzeitig bedeutete, dass er mich erkannte. Oßkar war immer noch misstrauisch, das konnte ich spüren – und wer kann es ihm verdenken? Tauben werden von uns wie Scheiße behandelt. Menschen treten nach ihnen, werfen Steine auf sie, jagen sie davon. Es ist nicht verwunderlich, dass sie in uns ihre größte Bedrohung sehen und uns aus dem Weg gehen, wenn sie es können.

Auch ich fühle mich unter Menschen oft unwohl. Wie ein Ausgestoßener komme ich mir manchmal vor, weil ich einfach nicht kapiere, warum sie sich so verhalten, wie sie es eben tun. Insofern fühlte ich mich Oßkar auch verbunden und stellte wieder einmal fest, dass er und ich uns gar nicht so unähnlich waren. Er war in der Menschenwelt unsichtbar, und wenn man ihn bemerkte, wurde er zum Störfaktor – genau wie ich mich so oft wahrnahm.

Er hatte Angst vor den Menschen, die er nur als dumme Idioten kannte, die ihn schlecht behandelten. Das kam mir leider sehr bekannt vor, denn ich leide unter sozialen Ängsten und hatte mein halbes Leben lang das Gefühl, nicht verstanden zu werden. Vielleicht war mir Oßkar deshalb so nah.

Dann, noch mal ein paar Tage später, geschah das Unglaubliche: Oßkar pickte sich eine Erdnuss aus meiner geöffneten Handfläche. Ich hatte es geschafft – ich war fast eine richtige Disney Prinzessin!

Ich hatte mittlerweile seine komplette Taubenwohnung auf Vordermann gebracht. Wir sprechen hier nicht von ein paar neuen Kleinigkeiten und Dekoartikeln für sein Zimmer, sondern von einer richtigen Renovierung des Miniaturwohnzimmers, jetzt sogar mit Echtholzfußboden. Wie »Einsatz in vier Wänden« mit Tine Wittler, nur im Badezimmerfenster. Seine eigenen vier, na ja, zwei Wände … und ein Fenster.

Aber bei all den Mühen, die ich für ihn anstellte, blieb er eine Diva und war echt schwer zu knacken. Ich wollte, dass dieses Tier bei mir einzog! Wir gerieten häufiger aneinander in dieser Zeit. Also Phia und ich – hauptsächlich wegen meiner Besessenheit von Oßkar.

Es gibt Paare, die lösen Konflikte ruhig und einander zugewandt, die sprechen in konstruktiven Ich-Botschaften und erklären ihre Gefühlswelt, natürlich in verständlicher und gewaltfreier Kommunikation. Bei aller Liebe: Was stimmt mit euch bitte nicht?

Wenn Phia und ich stritten, gerade in der Anfangszeit, ging es nicht selten richtig ab. Wir sind nicht nur beide sehr stolz, sondern auch leidenschaftlich. Ich hatte Konfliktlösung im Grunde nie gelernt und fühlte mich sofort missverstanden, sie hingegen konnte impulsive Sprüche raushauen, die mich zum Heulen brachten. Da standen dann also der gekränkte Malte und die schnippische Phia im Ring. Ein Mann, der sich nichts sagen lassen möchte, und eine Frau, die immer das letzte Wort haben muss. Wenn ausgerechnet diese beiden Egos in einer Situation aufeinandertrafen, in der er sich wie ein unreflektierter Teenager aufführte und sich nur noch mit seinem neuen Freund beschäftigte, und sie aus ihrer alten Beziehung mit einigen Narben hervorgegangen war, weil sie sich von ihrem Ex vernachlässigt gefühlt hatte … dann knallte es halt. Kann sein, dass du jetzt lachst. Aber wir stritten uns wegen einer verdammten Taube. Und wir stritten bis aufs Blut.

Ich fühlte mich massiv missverstanden. Ich ging ja gerade eine Beziehung mit einem Wildtier ein, das nicht gewohnt war, mit Menschen zu interagieren. Im Prinzip war ich nichts anderes als diese Naturforscher, die im Dschungel mit Gorillas leben, nur eben mit einer Taube. Für mich war das wichtig, viel mehr als ein Hobby, eher eine Bestimmung. Mit jedem Zentimeter, den Oßkar und ich uns annäherten, mit jedem Augenblick, in dem wir unsere Beziehung festigten, hatte ich mehr und mehr das Gefühl, einer großen Sache auf die Spur zu kommen. Dieser Vogel war ein elementarer Bestandteil meines Lebens. Und irgendwie ahnte ich, dass Oßkar erst der Anfang war. Dass ich etwas gefunden hatte, das mich wirklich erfüllte und von Grund auf glücklich machte. Deshalb nahm ich die Streitereien mit Phia um meinen besten Taubenfreund auch in Kauf.

*

Eines Morgens entdeckte ich ein Nest im Fensterschacht gegenüber. »Phia, siehst du das?«

Sie stellte sich neben mich und kniff die Augen zusammen. Dann wurde ihr Gesicht ganz weich. »Das ist ein Nest. Und da liegen zwei Eier drin.«

Ich drehte den Kopf, blickte Phia an. »Ich werde Vater.«

»Ne. Aber offenbar hat Oßkar eine Freundin, und wir wussten das nicht«, flüsterte sie leise, denn in diesem Augenblick kam eine weitere Taube angeflattert und setzte sich vorsichtig in das Nest.

Ich war unglaublich stolz. Auf meinen Freund Oßkar, der das Singledasein endlich hinter sich gelassen hatte. Und auch auf uns, weil wir den Tauben einen sicheren Platz für ihre Familie geschenkt hatten. Es bewies, dass Tierschutz vor der eigenen Haustür anfängt und jeder einen Beitrag leisten kann. Mit Taubenwohnzimmer oder ohne.

Nur wenige Tage, nachdem wir das Nest entdeckt hatten, war

es jedoch verschwunden – einfach so. Ich stand, wie immer, im Badezimmerfenster und blickte in den Lichtschacht. Aber der Fenstersims gegenüber war leer. Ich reckte den Hals, suchte die Umgebung ab. Hatten Oßkar und seine Freundin einen anderen Brutplatz gefunden? Wie hatten sie die Eier transportiert? Wie das Nest umgezogen? Das ergab doch alles keinen Sinn.

Dann sah ich es. Auf dem Boden, drei Stockwerke unter uns, lagen lose Zweige. Und zwei zerbrochene Eier.

»Nein«, entfuhr es mir mit tonloser Stimme.

Ein Flattern ließ mich aufblicken. Ich entdeckte Oßkars Freundin, die panisch von einem Fenstersims zum nächsten flog und ihr Nest suchte. Ihr kleiner Kopf ruckte in alle Richtungen, sie flatterte von links nach rechts, von oben nach unten, aber sie konnte ihr Nest mit ihren Eiern darin nicht finden. Wie auch. Es war zerstört worden. Von beschissenen Menschen, die beim Einbau des neuen Badezimmerfensters alles nach unten geschmissen hatten. Es war offensichtlich.

Es zerriss mir das Herz, dieser werdenden Tiermutter bei der Suche zuzusehen. Mir wurde bewusst, dass alle Tiere, auch Tauben, Nachwuchs haben, den sie versuchen zu schützen, genau wie wir es tun. Ich war Zeuge geworden, wie einer Mama die Kinder weggenommen wurden – wegen eines neuen Badezimmerfensters!

Für die meisten klingt es bestimmt unverständlich, aber für mich brach eine Welt zusammen. Seit Wochen versuchte ich Oßkar beizubringen, dass nicht alle Menschen schlecht waren, und in dem Moment, in dem er anfing, sich wohlzufühlen, kam einer und zeigte ihm das wahre Gesicht unserer Spezies. Nicht zum ersten Mal schwirrte mir der Gedanke durch den Kopf, dass ich Tiere lieber mochte als Menschen. Tiere haben nie eine böse Absicht, nehmen keinem anderen Lebewesen aus egoistischen Motiven die Existenzgrundlage weg und breiten sich auf keinem Kontinent dieser Welt so epidemisch aus wie wir. Menschen denken, dass die Erde ihnen allein gehört. Wir sind aber nur ein winziger Teil eines riesigen Ökosystems – leider aber der Teil mit dem am weitesten entwickelten Gehirn, zumindest wurde bislang noch nichts Gegenteiliges bewiesen. Das Hirn allein gibt uns jedoch nicht das Recht, alle anderen Lebewesen, seien es Tiere oder Pflanzen, Mikroben oder den Planeten selbst, wie Scheiße zu behandeln.

Wir haben die Taube domestiziert, dann haben wir sie auf die Straße gejagt. Wir versuchen seitdem nicht nur, sie auszuhungern und ihr das Leben schwerzumachen, wir wollen sie sogar töten lassen – in Städten wie Limburg durch Genickbruch. Damit tragen wir aber nicht dazu bei, irgendetwas zum Positiven zu verändern. Wir sorgen häufig nicht für eine nachhaltige Lösung, sondern kümmern uns nur um das Offensichtliche. Wir sind stark darin, oberflächlich Symptome zu bekämpfen und den Rest gekonnt zu ignorieren, und zwar immer auf Kosten anderer.

Oßkar war aus genau diesem Grund so wichtig für mich: weil er mich lehrte, was in unserer Welt alles schiefläuft. Wie unglaublich unfair wir sind. Ich ließ ihn als wildes Tier in mein Leben, aber fand einen Freund, dem ich mich verbundener fühlte als manchen Artgenossen. Niemals hätte ich damals bei meiner ersten Begegnung mit Oßkar gedacht, dass er für mein Leben eine so große Auswirkung haben würde. Erst recht nicht, dass ich endlich kapieren würde, was mir wirklich wichtig war: einen Platz zu schaffen, an dem Tiere in Frieden leben können. Das war und ist meine Aufgabe.

Babette

Zum ersten Mal, seitdem wir den Van verlassen hatten, war ich froh, dass ich den unhandlichen und riesigen Zwanzig-Kilo-Sack mit Katzenfutter schleppte. Er war höllenschwer, vor allem wenn man bedenkt, was für ein Lauch ich bin. Ich steckte meine Nase so tief es ging in den Sack. Atmete tief ein und wieder aus. Besser.

Als ich aufblickte, entdeckte ich Babette, die an einem halb eingestürzten Haus lehnte. Auf dem Rücken trug sie einen durchsichtigen Rucksack mit Luftlöchern. Sie sah aus wie eine japanische Touristin, die ihren Zuchthund durch die Gegend trägt. Und sie rang nach Luft, hielt sich die Hand vor den Mund, ihr Gesicht war ähnlich eingefallen wie die Ruine, auf der wir standen. Es war offensichtlich, dass sie kurz davor war, loszukotzen.

Dabei ist Babette aus besonders hartem Holz geschnitzt. Nur zwei Tage, nachdem in der Türkei die Erde so dermaßen bebte, dass mehr als 60 000 Menschen in einer Nacht starben, war sie mit ihrem Team der Notpfote in die Krisenregion gereist. Klingt nicht spektakulär? Nun ja, Erdogans Militär bewegte sich erst fünf Tage später dorthin, also knapp eine Woche nach der Katastrophe.

Als sie und ihr Team in Antakya eintrafen, fanden sie nichts als Chaos vor. Chaos in Perfektion. Die Infrastruktur war zusammengebrochen, es gab keinen Strom und natürlich auch keine Heizung – von Gebäuden, in die man sich in den eisigen Februarnächten verkriechen konnte, gar nicht erst zu sprechen. Babette schlief mit den Einwohnern vor Ort in Zelten, hüllte sich wie alle anderen in mehrere Lagen Decken ein und unterstützte Tierärzte bei Notoperationen an verletzten und verunglückten Tieren auf Campingtischen. Diese Frau ist so was von unzerstörbar!

Und: stur.

»Komm her«, sagte ich, die Nase tiefer als zuvor in den Futtersack gesteckt. »Das Katzenfutter überdeckt den Gestank.«

»Geht schon«, winkte Babette ab und tastete nach der Schachtel Zigaretten in ihrer Tasche. Babette ohne angezündete Kippe zu sehen, ist eigentlich eine Sensation. Sie raucht wirklich immer. Vermutlich sogar wenn sie schläft. Und das mit Leidenschaft. Deshalb klingt ihre Stimme auch, als wäre sie die Tochter von Henning May.

»Babette, steck endlich deine Nase in den Sack!«, wiederholte ich genervt.

Das Wunder geschah. Sie kam zu mir, nahm einen tiefen Zug Katzenfutterluft und richtete sich wieder auf. Tränen rannen aus ihren Augen und ihr Gesichtsausdruck wirkte ein wenig so, als würde die Seele gleich den Körper verlassen. Sie sagte nichts, aber ihr Blick sprach Bände. Manchmal muss man Babette echt vor sich selbst beschützen.

Wir kämpften uns Trümmerberge hinauf und wieder hinunter. Es ging so schrecklich langsam voran. Albert Einstein sagte einst: Zeit ist relativ. Auch wenn er es in einer kosmischen Distanz meinte, war dies einer der Momente, in denen sich fünf Minuten wie eine Stunde anfühlen.

Amir, der Tierschützer vor Ort, der uns begleitete, hielt irgendwann an und zeigte nach links. Wir standen vor einem riesigen Innenhof, der einst von einem gewaltigen Metalltor verschlossen worden war, das nun wie eine traurige Erinnerung auf dem Boden lag. Es war eine dieser Türen, die so riesig sind, dass man sich unweigerlich fragt, wie man sie mit reiner Muskelkraft bewegt hatte. Einige Meter entfernt ragten zwei Freitreppen wie Gerippe in den Himmel. Es muss wirklich schön gewesen sein, sie einst hinaufzulaufen und die Mauern der antiken Gebäude zu erforschen. Heute führten sie ins Nichts, denn es gab kein Obergeschoss mehr.

Ich kam mir vor wie in einem dieser apokalyptischen Weltuntergangsfilme von Roland Emmerich. Natürlich kannte ich die Bilder des Erdbebengebiets aus dem Fernsehen, aber Aufnahmen können nicht erzählen, wie es sich vor Ort anfühlt. Man begreift erst, was für eine unvorstellbare Kraft unter dem Erdboden lauert, wenn man die Zerstörungsgewalt selbst gesehen hat. Ein gigantisches Schlachtfeld, so weit das Auge reicht.

Seitdem wir hier angekommen waren, spürte ich ein mieses

Gefühl im Bauch. Als wäre es nicht richtig, hier zu sein. Als wären wir fehl am Platz und würden mit jedem Schritt etwas Falsches tun. Stell dir vor, du stehst auf einem Trümmerhaufen und weißt genau, dass direkt unter dir eine Familie begraben sein könnte. Ein wirklich schlimmes Gefühl.

Vor gar nicht allzu langer Zeit war Antakya eine wuselige Metropole am Mittelmeer. In der Altstadt reihte sich ein antikes Bauwerk ans andere, die Wände verziert mit uralten Malereien, die Decken in vielen Gebäuden geschmückt mit orientalischem Dekor. Die Straßen waren überfüllt mit Touristen und überambitionierten Händlern, die sie zu ihren Ständen locken wollten. Dazwischen saßen die Einwohner in belebten Cafés und genossen ihren Chai-Tee. Fast eine Million Menschen lebten und liebten in dieser Stadt. Antakya war ein Paradies.

Doch dieses Paradies liegt am Rand der Hölle. Denn solange es die Stadt schon gibt, solange wird sie auch von Erdbeben heimgesucht. In der Türkei treffen mehrere tektonische Platten aufeinander: die eurasische, die afrikanische, die arabische, dazwischen eingequetscht liegt die anatolische. Immer dann, wenn sich die Gesteinsschichten tief unter der Erde bewegen, bauen sich für uns unvorstellbare Kräfte auf, die sich in heftigen Erdbeben entfesseln. Antakya wurde in seiner Geschichte nicht nur einmal von der Landkarte wegradiert, von seinen Bewohnern wieder aufgebaut und erneut mit Leben gefüllt. Wie so oft heilte die Zeit alle Wunden. Bis die Erde das nächste Mal bebte.

So auch am 6. Februar 2023. Es scheint eine Laune der Natur zu sein, dass solche Tragödien genau dann passieren, wenn man sie am wenigsten erwartet. Es war 4:17 Uhr, mitten in der kalten und regnerischen Nacht. Der Großteil der Menschen schlief. Zuerst fiel der Strom aus. Dann, nur wenige Augenblicke später, begann die Erde erbarmungslos zu beben. 7,8 auf der Richterskala. Die Eruptionen ließen Häuser einstürzen, die oberen Etagen begruben die Schlafenden unter sich, zerstörten Wohnungen, töteten Familien und löschten Lebensgrundlagen aus. Diejenigen, die durch ein unfassbares Glück nicht zerquetscht wurden oder zwischen Trümmerstücken gefangen waren, wurden nur wenige Stunden später von einem weiteren Beben der Stärke 7,5 erwischt. Die Medien sprachen von mehr als 62 000 Toten, die

Überlebenden vor Ort, die wir getroffen haben, von mehr als 150 000. Es gab in den letzten Jahrzehnten zahllose Naturkatastrophen, und auch, wenn man in meiner Welt Leid nicht miteinander vergleichen sollte: Dieses Erdbeben war verheerend.

Die zerstörte Altstadt ist heute kein Ort mehr, an dem Leben möglich ist, sondern sieht aus, als wäre King Kong höchstpersönlich durchmarschiert und hätte alles mit seinen gigantischen, haarigen Füßen plattgetreten und im Kampf gegen Riesenwesen in Schutt und Asche gelegt. Wer es rechtzeitig rausschaffte, nur mit dem, was er am Leib trug, kehrte nicht wieder zurück. Es gibt auch nichts, in das man zurückkehren kann. Die Häuser liegen zu größten Teilen in Trümmern, Antakya besteht nur noch aus Ruinen, in denen auf wundersame Weise aber vereinzelt Leben stattfindet. Es gleicht einer Geisterstadt aus der Ferne, doch je näher man kommt, desto häufiger sieht man, wie Mensch und Tier Widerstand leisten. Händler haben auf provisorischen Verkaufsflächen vor den Skeletten der Häuser kleine Läden aufgebaut. Menschen laufen durch die Wüste aus Geröll und Steinen, als wäre es das Normalste der Welt. Längst sind nicht alle Toten geborgen worden, ihre Überreste wurden von den Trümmern der Stadt verschüttet. In einigen der einsturzgefährdeten Wohnhäuser leben tatsächlich noch (oder vielleicht auch wieder) Familien, allen mittelgroßen und kleinen Nachbeben zum Trotz, die bis heute die Stadt heimsuchen. Es ist alles andere als sicher in Antakya. Eher so, als würde man mit dem Sensenmann eine Runde Schere, Stein, Papier spielen, aber mit eingegipstem Handgelenk.

Auf Hilfe warten die Überlebenden schon lange, denn Antakya wurde sich selbst überlassen. Heute, knapp anderthalb Jahre nach der Katastrophe, ist die Notpfote eine der letzten ausländischen Hilfsorganisationen, die noch in der Region arbeitet. Die meisten haben sich zurückgezogen, sind in andere Orte der Welt gereist. Auch Erdogan tut wenig bis nichts, um der Stadt und den Menschen vor Ort zu helfen. Es ist, als würde man in Istanbul einfach die Augen vor dem verschließen, was sich in der weit entfernten Grenze zu Syrien abspielt. Aus den Augen, aus dem Sinn. Die Situation erinnert mich ans Ahrtal in Deutschland. Am Jahrestag der Überschwemmung kommen Politiker und Medien vorbei.

Darüber hinaus interessiert sich kein Mensch mehr für die Verwüstungen, die die Flut hinterlassen hat.

Jedes Katastrophengebiet hat seine eigenen Herausforderungen, und überall ist es schlimm, keine Frage. Das Tierleid, das ich aber in Antakya erleben musste, habe ich an keinem anderen Ort der Welt, bei keinem anderen Einsatz, der noch folgen sollte, gesehen. Schwer verletzte Tiere, denen Trümmerteile auf den Rücken gefallen sind, Tiere ohne Fell, ohne Augen, ohne Beine, von Maden zerfressen, mit riesigen Tumoren übersät, an Staupe und anderen Seuchen erkrankt, siechend, leidend. Unendlich viele Tiere, die kurz vor dem Tod stehen. Als ob sich der neunte Höllenkreis aus Dantes Inferno geöffnet hätte. Und wir mittendrin.

Auf verschlungenen, halb verschütteten Trampelpfaden bahnten wir uns den Weg ins Zentrum der Altstadt. Wir passierten Gebäude, deren Vorderseite von der Wucht des Bebens weggerissen worden war. Betraten Wohnungen, die in der Mitte halbiert wurden, manche Betten waren noch bezogen, Habseligkeiten und persönliche Gegenstände lagen herum wie Treibgut, den Witterungen ausgesetzt. Nicht nur einmal befürchtete ich, jeden Moment würde eine Decke auf uns niederregnen. Es kam mir vor, als liefen wir durch gigantische, zerstörte Puppenhäuser, die an der Fassade aufgeklappt wurden, damit man in ihnen spielen kann. Aus dem Augenwinkel entdeckte ich rechts von mir etwas Rotes. Ein Cola-Automat, der die Katastrophe wie durch ein Wunder unbeschadet überlebt hatte. Es wirkte fast ironisch: Ausgerechnet ein Automat dieses Konzerns, der sich einen Scheiß um Ressourcen oder Gerechtigkeit kümmert, hatte die Zerstörung überstanden. An der zertrümmerten Einrichtung ringsum erkannte ich, dass er in einer Kneipe gestanden haben musste. Wir waren im Ausgehviertel der Stadt. In dem Bezirk, in dem die Menschen vor einigen Monaten noch dem Alltag entfliehen konnten, um die Sorgen des Lebens für einen Augenblick zu vergessen. In dem die Luft erfüllt war von den einst bunten Klängen dieses magischen Ortes, und einem der süße Duft von arabischem Gebäck in die Nase stieg.

Nun stank es an diesem Ort nach Tod und Verwesung. Ein Gestank, dem man nicht entfliehen und den man niemals im

Leben vergessen konnte. Mir wurde beinahe schwindlig von dem intensiven Geruch. Ich habe irgendwann mal gehört: Wenn du es riechst, ist es bereits in dir drin. Die Vorstellung, dass dieser unerträgliche Gestank meine Schleimhäute schon erreicht hatte und in meinen Organismus eingedrungen war, ließ mich aufstoßen. Es war die Inkarnation von Gestank, eine brutale Mischung aus verdorbenem Fleisch, Tonnen von glitschigen Maden und Brech-Durchfall, garniert mit der beißenden Säure von Ammoniak.

Ich ließ den Blick langsam schweifen. Der Hof erinnerte mich an eine Szene aus den Computerspielen meiner Jugend. Kämpfe in Zweiter-Weltkriegs-Ruinen, stundenlanges Umherstreifen in verlassenen Gebieten, um Missionen zu erfüllen. Nur dass ich kein Kriegsheld war, sondern ein Tierschutz-Azubi. Und dass meine einzige Mission war, die letzten Bewohner dieses sterbenden Ortes mit Nahrung zu versorgen: die vergessenen Seelen von Antakya.

Es müssen zehntausend Katzen sein, vermutlich mehr. Sie leben wie Banditen in dieser unwirtlichen Stadt, vermehren sich unkontrolliert, hungern, leiden, sterben. Solange das Betreten der Altstadt so gefährlich ist, bleibt es nahezu unmöglich, die Tiere zu bergen. Es ist kein Geld da, um die Trümmer wegzuräumen oder Antakya wieder aufzubauen, also ist erst recht kein Geld da, um die Katzen zu retten. Ihnen Futter zu geben ist das Einzige, was wir in diesem Moment tun können. Das ist unglaublich frustrierend und unsagbar befriedigend zur selben Zeit – ein Gefühl, das mir im Tierschutz noch oft begegnen würde.

»Wir schauen uns mal um«, beschloss Amir, betrat den Innenhof und kletterte auf einen Berg aus Geröll und Bauschutt.

Ich war diesen völlig hirnverbrannten Wagemut schon von Babette gewöhnt. Die marschierte auch in jedes Gebäude rein, wenn sie eine Katze darin vermutete. Ohne Rücksicht auf Verluste, ohne Rücksicht auf ihr eigenes Leben. Mehr als einmal hatte ich ihr bereits hinterhergesehen, wenn sie, ohne zu zögern, eine halb zusammengebrochene Treppe in ein mehr oder weniger zerstörtes Obergeschoss gestiefelt war, und noch häufiger hatte ich mich dabei gefragt: Du willst doch nicht etwa dieser wahnsinnigen Frau folgen? Was stimmt nicht mit dir? Oder mit ihr? Als ob ich vor zwei Wegweisern stünde, der eine zeigt in Richtung »Safety«, der andere in Richtung »Death«, und Babette lief natürlich in die offensichtlich weniger sichere Richtung.

Aber wer war ich, in so einer Situation nicht hinterherzugehen? Ich war doch ihr Lehrling, ihr Padawan! Und wenn Babette das konnte, dann konnte ich das auch. Hoffentlich.

Ich blickte mich noch einmal um. In der Wand vor mir war ein Loch, etwa doppelt so groß wie eine Faust. Ich trat näher, zückte die Taschenlampe, die man mir vor Beginn des Einsatzes in die Hand gedrückt hatte. Es schien ein Hohlraum zu sein, nicht nur ein Loch. Auf beiden Seiten erkannte ich Gänge, vielleicht hatten da mal Rohre in der Wand gelegen. Vielleicht waren es auch nur die labyrinthartigen Lebensadern der Ratten. Egal!

Ich kniff die Augen zusammen und starrte in die Dunkelheit. Da beobachtete mich doch etwas? Ich erkannte zwei wunderschöne Augen, die mich von oben bis unten musterten und jede meiner noch so langsamen Bewegungen haargenau kontrollierten.

»Leute, schnell!«, rief ich laut. Ein Fehler, denn als ich wieder hinschaute, waren die blauen Augen verschwunden. Mist. »Eine Katze.«

Amir zögerte keine Sekunde. In einem lebensmüden Kamikaze-Manöver stolperte er über die Trümmer und versuchte, sich in einen Spalt hinter der Mauer zu schieben. Wir hörten es rumpeln und fauchen. Es wurde lauter und lauter. Irgendetwas brach dort drin zusammen. Dann kurze Stille … und ein schmerzerfülltes Stöhnen.

»Amir, nein!«, rief Babette mit ihrer rauchigen Stimme. Natürlich mit einer Kippe im Mundwinkel.

Ein paar Sekunden lang war es ruhig. Kein Laut, nichts. Nur der Wind, der uns leicht um die Ohren wehte. Plötzlich stand Amir vor uns, das Gesicht schmutzig und freudestrahlend, als hätte er gerade den geheimen Zugang nach Narnia entdeckt. In der Hand hielt er ein graues verstaubtes Katzenbaby.

»Wie hast du das gemacht?«, fragte ich und spürte, wie ein warmes Gefühl der Genugtuung meinen Körper flutete. Genau wie im Computerspiel, wenn man eine Trophäe eingesammelt und ein neues Level erreicht hat. Ich hatte zwar nur zugeschaut oder viel mehr zugehört, aber ich fühlte mich, als wäre ich der König der Welt. Ich war so verdammt stolz, ein Teil dieser Gruppe sein zu dürfen. Tierrettung war genau das, wonach ich mein halbes Leben lang gesucht hatte. Ich liebte einfach alles daran.

Ich trat einen Schritt nach vorn, um die Kleine zu streicheln. Anfängerfehler. Das Kätzchen war eine Killermaschine. Es fuhr die Krallen aus, haute mit den kleinen Tatzen nach mir, fauchte wie eine ausgewachsene Löwin und kreischte wie am Spieß. Ihre wunderschönen trübblauen Augen sagten nur eines: »Fass mich an und ich zerstöre dich und dein Leben!« Sie hätte mich zerfetzt, wenn sie es gekonnt hätte. Und ich konnte es ihr ehrlich gesagt kaum verübeln. Sie war schließlich in diesem Trümmerfeld geboren worden und aufgewachsen. Vermutlich sah sie zum ersten Mal im Leben diese unbehaarten, merkwürdigen Zweibeiner.

Amir, der das Tier sicher im Nacken hielt, lachte. »Ist ein wenig kratzbürstig, hat aber sicher ein gutes Herz.«

Ich schmunzelte verlegen und ging auf Abstand, die Killermaschine dabei immer im Blick. Man muss sein Glück ja nicht herausfordern.

»Sie braucht einen Namen«, sagte ich. »Jede Seele braucht einen Namen.«

Amirs Blick wanderte zum Kätzchen und von dort zu Babette, die sich gerade eine weitere Zigarette ansteckte. Mit einem breiten Grinsen im Gesicht guckte er wieder zur Katze und hob die Augenbrauen.

»Nein«, sagte die menschliche Babette und pustete den ersten Kippenzug aus. »Bitte nicht.«

Keine fünf Minuten später fand sich das frisch getaufte Kätzchen Babette im durchsichtigen Plastikrucksack der Tierschützerin Babette wieder. Ein Herz und eine Seele, die gemeinsam durch die Trümmer von Antakya wanderten.

*

Es gibt Menschen, die verändern dein Leben. Manche trifft man nur einmal, manche wird man nie wieder los. So ähnlich war es mit Babette. Der Tierschützerin, nicht der Katze.

Ich lernte sie kennen, als ich sie in Düsseldorf-Neuss in ihrem Federheim besuchte. Es hätte mich nicht wundern dürfen, dass sie in keinem schicken Appartement oder in einer durchschnittlichen Neubausiedlung wohnt, sondern auf dem Gelände, auf dem sie unzählige Vögel unterbringt, die sie auf den Einsätzen der Notpfote rettet. Deswegen steht bei ihr auch keine Kolonie von Gartenzwergen im geharkten Beet, sondern eine Schar Gänse im Vorgarten, die mich mit lautem Schnattern begrüßten, als ich das Grundstück betrat.

»Ja, moin«, sagte ich verhalten und blieb auf Sicherheitsabstand, während sie mich mit ihrem irren Gänseblick musterten.

Schnellen Schrittes lief ich weiter, vorbei an einem kleinen Teich, in dem die verschiedensten Enten und Schwäne schwammen, und einem großen Gehege mit Hühnern, die so gerupft und dürr aussahen, dass sie erst vor Kurzem der Schlachtung entkommen sein konnten. Ich bog um eine Ecke und fand mich vor einem Haus wieder, klein und ein bisschen windschief. Wenn Peter Lustig in seinem Blaumann auf die Veranda getreten wäre, ich hätte es nicht hinterfragt.

Hier wohnte sie also, Babette, von der ich schon so viel gehört hatte und die ich unbedingt treffen wollte. Ehrlich gesagt ging ich mit einem ganz guten Gefühl in die Begegnung, immerhin hatte ich schon ein bisschen etwas erreichen können in meiner kurzen Karriere als Tierschützer. Zumindest dachte ich das.

Denn nur drei Minuten später saß ich in einem nebeligen Wohnzimmer meiner Meisterin gegenüber. Einer Frau, die Hunden auch dann eine Mund-zu-Mund-Beatmung gibt, wenn sie selbst dabei fast kotzen muss. Die Lastwagen auf offener Straße anhält, um die Tiere aus dem Anhänger zu befreien. Die bereits in unzählige Ställe eingebrochen ist und mehr Anzeigen durch Tierrettungen kassiert hat, als sie zählen kann. Die unermüdlich scheint und für Tiere alles – und ich meine wirklich alles – tun würde. Damals, als ich Babette zum ersten Mal begegnete, hatte ich zwar ordentlich Respekt vor ihr, aber im Grunde keine Vorstellung, auf wen ich mich da eingelassen hatte. Wahnsinn und Genie liegen ja oftmals nah beieinander. Das gilt ganz sicher auch für Babette.

Bei einem unserer Einsätze in der Türkei, die nach dem Kennenlernen folgten und von denen ich bei unserer ersten Begegnung noch nichts ahnen konnte, kam es zu einer denkwürdigen Situation. Babette und ich saßen mit einem der Locals, die uns vor Ort unterstützen, in einem Café, als plötzlich eine Frau den Laden betrat. Sie hatte eine Motorradkluft an und trug eine fellbesetzte Pilotenmütze auf dem Kopf. Alles in allem wirkte sie völlig deplatziert an diesem Ort. Ziemlich auffällig also.

Babette visierte die Frau an, kniff die Augen zusammen und rief laut: »Ey!« Sie erhob sich von ihrem Stuhl und fragte quer durch den Raum: »Ist das Echtpelz an deiner Mütze?«

Die Frau blieb wie vom Blitz getroffen stehen und sah sich hilfesuchend um. Im Lokal war es mucksmäuschenstill geworden, alle – wirklich alle! – schauten in ihre Richtung. Es fühlte sich für mich an wie eine dieser Szenen aus einem Quentin-Tarantino-Film, in denen aus einem epischen Dialog ein Blutbad wird.

»Meine Mütze?«, fragte die Frau.

Als wäre rein gar nichts dabei, stieg Babette über den kleinen Tisch, der zwischen unseren Sesseln stand, und ging geradewegs auf die Frau zu. »Ja! Deine Mütze.«

Ich wäre am liebsten im Boden versunken und machte mich ganz klein, damit niemand auf die Idee käme, ich würde Babette kennen. Was natürlich Unsinn war, immerhin saßen wir zusammen an einem Tisch.

Babette baute sich vor der Frau auf. Die Hände in die Taille gestemmt, fragte sie sehr laut auf Englisch: »Musste dafür ein Tier sterben?«

»Nein!«, antwortete die Frau, und mittlerweile klang sie verzweifelt. »Bestimmt nicht.« Ehrlicherweise sah sie wenig überzeugt von ihren eigenen Worten aus.

Babette hob die Hand und griff an die Mütze. Ich sank noch tiefer in meinen Stuhl. Das war nicht nur unendlich peinlich, das war auch übergriffig ohne Ende! Wir waren zu Gast hier. Wir waren auf gute Kontakte angewiesen. Wir durften nicht einfach so unseren Gastgebern am Kopf rumfummeln, Echtpelz hin oder her. Ich bin ein totaler Harmoniesuchti und kann null Komma null mit Konflikten umgehen. Das war so was wie mein Endgegner, mein Kryptonit, die schlimmste Strafe, die man sich für mich ausdenken konnte: wildfremde Menschen öffentlich kritisieren. Ich wäre in diesem Augenblick am liebsten im Boden versunken.

»Babette«, sagte ich beschwichtigend, als ich irgendwo am Fuße meines Selbstwerts noch einen letzten erbärmlichen Funken Mut fand. »Ist doch nicht so wichtig jetzt.«

Babette drehte sich zu mir um und visierte mich an. In ihrem Blick loderte es, und ich spürte, wie ich um mindestens drei Zentimeter schrumpfte. Im Sitzen! Ich wusste nicht, dass man innerhalb kürzester Zeit so klein werden konnte.

»Ich bin nicht 52 Jahre alt geworden, um meinen Mund zu halten, wenn mir etwas wichtig ist«, fauchte sie mich an und wandte sich sofort wieder der Frau zu.

Babette streckte die Hand aus, die Frau zog verunsichert die Mütze ab. Babette befühlte mit den Fingerspitzen den Pelz, wie ein Gold Digger, der in einem der Flüsse zwischen all den Dreckklumpen einen Nugget gefunden hatte. Ihre Augenbrauen waren zusammengezogen, die Stirn in Falten gelegt.

»Das ist Echtpelz!« Kill Bill schien kurz davor, in die zweite Runde zu gehen.

»Nein!«, rief die Frau erneut. »Schau, auf dem Schild. Da steht, es ist Synthetik.«

Babette funkelte sie an. »Oft schreiben die das nur rein, verwenden aber trotzdem Fell und Pelz von Tieren.« Sie rümpfte die Nase. »Ich würde so was nicht anziehen.«

Leider weiß ich nicht, wie sich die Situation auflöste, denn in meinem Kopf sah ich ab diesem Augenblick nur noch bunte Farben. Babette ist im Tierschutz eine Galionsfigur, aber manchmal kann ich über ihr Verhalten nur … nennen wir es: staunen. Mir ist ja klar, dass man einen am Helm haben muss, wenn man sein gesamtes Dasein in diesem Ausmaß den Tieren widmet. Doch es kommt vor, dass ich lediglich fassungslos daneben stehe, während Babette wie eine gesengte Sau durchs Unterholz brettert.

Mir war die ganze Sache in diesem Moment auf jeden Fall so unangenehm, dass ich meinte, von meinem eigenen Unwohlsein innerlich aufgefressen zu werden. Damals wusste ich noch nicht, dass Babette nur aufgrund ihrer direkten, konfrontativen Art so vieles erreicht hat, an dem andere scheitern. Ich hatte auch keine Ahnung, wie oft sie bereits mit Menschen, aber auch dem Gesetz in Konflikt geraten war, weil sie eben immer den Mund aufmachte, wenn Menschen Tieren Unrecht antaten, und niemals wegschaute, egal wie gefährlich es auch wurde. Genau deshalb kann ich von einer Person wie Babette auch so unglaublich viel lernen, weil sie all das ist, was ich eben nicht bin. Neben ihr fühle ich mich wie ein junger Padawan, der neben dem erfahrenen großen Jedi ziemlich alt aussieht. Und die meiste Zeit bin ich einfach nur sprachlos vor Ehrfurcht.

Babette ist so erfahren, dass sie mit einem Blick erkennt, an welcher Krankheit ein Tier leidet. Sie weiß immer, was zu tun ist, und scheut sich nicht, Ansagen zu machen. Babette lässt wortwörtlich keinen Esel auf der Straße stehen und weigert sich konsequent, ein Tier aufzugeben, wenn sie nicht alles in ihrer Macht Stehende getan hat. Sie gibt auch den Lebewesen eine Chance, die von allen anderen Menschen aufgegeben werden. Querschnittsgelähmten Hunden, die nicht mehr als die Augen bewegen können. Halbtoten, abgemagerten Katzen, die sich kaum mehr auf den Beinen halten. Oder Eseln, die so lange vernachlässigt wurden, dass sie kaum mehr in der Lage sind, einen Huf vor den anderen zu setzen.

Ich finde das unglaublich bewundernswert, denn man merkt bei Babette, dass es ihr wirklich um jedes einzelne Individuum geht. Es wäre einfacher und oft auch günstiger, nur das große Ganze im Blick zu behalten und die, die man unterwegs verliert, gehen zu lassen. Aber so tickt Babette nicht. Sie hat nicht nur das Federheim gegründet, ein Tierheim nur für Federtiere, sondern eben auch die Notpfote, einen gemeinnützigen Verein aus Düsseldorf, der Tiere aus Kriegs- und Krisengebieten evakuiert. Fünf Tage nachdem im Februar 2022 Russland die Ukraine überfiel, fuhr Babette ins Land, als wäre es das Selbstverständlichste der Welt. Seitdem ist sie fast wöchentlich in der Ukraine, um über die sogenannte Tierbrücke schutzlose Seelen aus dem Land zu schaffen.

Sie ist die verdammte Mutter Teresa der Tiere. Und ich wollte ihr Lehrling sein.

Unser Kennenlernen war ausgesprochen herzlich. Nachdem sie mich auseinandergenommen hatte.

»Hast du schon den Elfer?«, fragte sie mich streng durch den

Zigarettenqualm, der den Raum durchzog, als würde eine Nebelmaschine in der Ecke stehen.

»Bitte was?« Ich hatte keine Ahnung, wovon sie sprach.

Babette zog an ihrer Kippe und atmete eine weitere Wolke Rauch aus. »Paragraf 11, der wichtigste Schein, wenn du Tierschutzarbeit machst. Damit bist du berechtigt, Tiere zu transportieren. Hast du Traces?«

»Traces?« Ich fühlte mich wie ein Papagei, der alles wiederholte. Und wie ein Trottel. Klar. Denn mir wurde in diesem Augenblick bewusst, dass ich mit meinen bisherigen Tierrettungsversuchen wie ein totaler Rookie wirken musste, der keine Ahnung vom Tuten und Blasen hat. Ich verstand aber, dass ich der Godmother of Tierschutzarbeit gegenübersaß, von der ich unendlich viel lernen konnte. Obwohl mein Kopf knallrot war vor peinlich berührter Anspannung, versuchte ich also Babette davon zu überzeugen, dass sie mich unter ihre Fittiche nehmen müsse.

»Ich brenne für das Thema, wirklich! Ich will unbedingt ein Tierschützer werden«, rief ich und warf mich in die Brust. »Und ich brauche jemanden, der mich an die Hand nimmt. Der mir zeigt, wie das alles geht. Kannst du mir helfen?«

Babette atmete die nächste Rauchwolke aus, und ich kam mir mit einem Mal vor, als säße ich vor Don Vito Corleone persönlich: *Eines Tages, möglicherweise auch nie, werde ich dich bitten, mir eine kleine Gefälligkeit zu erweisen.* Die Stimme klang auf jeden Fall ähnlich.

»Also schön«, sagte sie grinsend. »Wir können ja mal was zusammen machen.«

Am liebsten wäre ich vom Stuhl aufgesprungen und in Jubelrufe ausgebrochen. Ich konnte mich aber beherrschen.

»Danke, ich stehe für alles bereit. Für wirklich alles!«, versprach ich in meinem nicht mehr ganz so jugendlichen Übermut.

»Gut. Lass uns in die Ukraine fahren. Wir evakuieren Tiere aus dem Land.«

Hatte ich da gerade Ukraine gehört? Das Land, in das Russland bereits vor acht Jahren eingefallen war und dessen Region rund um die Krim seitdem annektiert war? Das Land, das sich seit 2022 im Krieg befand? Wo Bomben flogen? Und Menschen starben?

Äh … nein?

Snow ♡

Es dauerte knapp zwei Monate, bis Babette mich weichgekocht hatte. Und ich führte wirklich alle Argumente gegen eine Reise in die Ukraine ins Feld. Das größte meiner Probleme dabei war: Phia.

»Du wirst NICHT ins Kriegsgebiet fahren, Malte«, sagte sie mit fester Stimme, als ich nach vielen Wochen des Nachdenkens und in dem erbärmlichen Versuch, das Gespräch irgendwie zu umgehen, schließlich mit Babettes Vorschlag um die Ecke kam, der genau genommen auch schon beschlossene Sache war. Nur musste ich es irgendwie noch meiner Freundin verklickern, die mich bedauerlicherweise so sehr liebte, dass sie es niemals zulassen würde.

»Aber die Tiere«, totschlag-argumentierte ich. »Und wenn ich es nicht mache …«

»Nein.«

»Phia, Babette passt doch auf mich auf. Da passiert nichts«, sagte ich, ohne ansatzweise zu wissen, ob es der Wahrheit entsprach. Ich fühlte mich wie ein siebzehnjähriger Junge, der seine Mama mit immer schlechter werdenden Argumenten davon überzeugen will, wie unbedingt er ein eigenes Auto braucht. Am besten einen Neuwagen. Selbstverständlich von Mama bezahlt. »Du hast Babette kennengelernt. Sie weiß, was sie tut. Die sind mit der Notpfote schon seit Beginn des Krieges alle zwei Wochen in der Ukraine. Mittlerweile waren sie da schon zwanzig Mal!«

»Nein.«

»Bitte …«

»Nein.«

»Bitte?«

…

»Nein.«

Es fühlte sich an wie eine Runde UNO. Nur hatte mein Gegenüber unendlich viele Reverse-Karten auf der Hand.

Ich gab auf, ihre Erlaubnis zu erbetteln, und beichtete Phia, dass ich nicht nur mich, sondern auch sie bereits für die Reise in die Ukraine bei Babette angemeldet hatte. Zu meinem Bedauern hatte ich auch die Flüge schon buchen lassen.

Ich schwöre, ihr Blick wäre vor Gericht als Mordwerkzeug zugelassen worden.

Mir dämmerte, dass ich mit meiner Halbwahrheiten-Strategie bei Phia auch zukünftig keinen Blumentopf gewinnen würde. Sie war todessauer. Zu Recht, wie ich heute zugeben muss. Ein gut gemeinter Rat an alle People Pleaser da draußen: Niemals etwas zusagen, für das dir deine Freundin nicht die Erlaubnis geben wird. Am Ende des Tages wirst du es bereuen.

Phia hätte wahrscheinlich anders reagiert, wenn uns zu diesem Zeitpunkt schon bewusst gewesen wäre, dass wir nicht mitten ins Kriegsgebiet fahren würden. Die Ukraine ist ein riesiges Land mit über 600 000 Quadratkilometern, also doppelt so groß wie Deutschland. Die kriegerischen Auseinandersetzungen finden im Osten des Landes statt, an der Grenze zu Russland. Im Vergleich wäre es etwa so, als würde ich an der Nordseeküste in Deckung gehen, weil in München Bomben fallen. Außerdem würden wir auch gar nicht lange im Land bleiben, sondern einen Tiertransport aus dem Kriegsgebiet in Empfang nehmen und so schnell es ging aus der Ukraine eskortieren. Ich konnte und wollte mir nicht ausmalen, wie viele Tiere dort in erbärmlichen Verhältnissen hausen mussten, verlassen, verletzt, wahrscheinlich traumatisiert, sicher aber ohne Futter, ohne Zuhause und ohne Hoffnung.

Was mir vor der Reise nicht klar war: Nicht nur dort, wo die Bomben fielen, wurde dringend Hilfe benötigt. Sondern auch da, wo die Notpfote bislang war – direkt hinter der ungarisch-ukrainischen Grenze. Es gab und gibt in der Ukraine nämlich noch ein anderes Problem, weit weg von der Front, an den Orten, wo die Menschen vor Monaten in aller Eile und nur mit dem Nötigsten bepackt versucht hatten, nach Europa einzureisen. Für die ukrainische Bevölkerung machte die EU in dieser Zeit eine Ausnahmeregelung geltend, damit alle, die vor den Kämpfen flüchten wollten, unbürokratisch ausreisen durften. Diese Regelung betraf allerdings nur Menschen, nicht deren Tiere.

Für die gelten nämlich strenge Regeln bei der Einfuhr in die EU. Sie müssen in Quarantäne, kastriert, gechippt, geimpft und mit den richtigen Papieren ausgestattet sein. Selbstverständlich hatte kaum einer der Ukrainer, die tagelang an den Grenzen ausharrten, um nach Europa zu flüchten, die Papiere für die ordentliche Einreise ihrer Haustiere dabei. Wie auch? Sie hatten ja nicht ahnen können, dass sich Wladimir Putins Drohungen innerhalb kürzester Zeit in ihren wahrgewordenen Albtraum verwandeln würden.

Und so kam es, wie es kommen musste: Sehr viele flüchtende Menschen mussten eine unmögliche Entscheidung treffen. Bleibe ich im Land, um mein Haustier nicht allein zu lassen, und setze das Leben meiner Familie und mein eigenes aufs Spiel? Oder lasse ich ein Lebewesen, das mir alles bedeutet und ein unentbehrlicher Bestandteil meines Lebens ist, an der Grenze zurück?

Eine Frage, die einige vermutlich sehr schnell und klar beantworten könnten. Mich hingegen lässt sie nicht mehr los, seitdem ich das erste Mal in der Ukraine war. Im ersten Moment war meine Antwort nämlich eindeutig: Niemals würde ich meinen Hund zurücklassen! Tiere sind Teil der Familie! Doch wenn man sich die Mühe macht, mit ein wenig Empathie und Verstand die Sache durchzudenken, dann muss man sich unweigerlich die Frage stellen, ob man im Zweifel nicht doch anders entscheiden würde.

Stell dir folgendes Szenario vor: Du stehst seit Tagen an der Grenze, nicht wissend, ob du überleben wirst. Vor und hinter dir tausende gestresste, weinende, schreiende und flehende Menschen. Deine Familie leidet. Ihr habt Hunger. Ihr habt Angst. Und nach Tagen dieser Angst wirst du zu einer Entscheidung gezwungen. Du darfst diesen grausamen Ort verlassen und kommst in Sicherheit, aber nur unter einer Bedingung: Du musst dein Haustier zurücklassen. Gehe über Los und fange ein neues Leben an. Oder gehe zurück und riskiere, dass du und deine Familie sterben werdet.

Wir in Deutschland, privilegiert und in Sicherheit lebend, müssen solche existenziellen Fragen nur sehr selten beantworten. Wir dürfen bequem auf dem Sofa sitzen und über andere urteilen, die Entscheidungen treffen, die wir nicht mal im Ansatz verstehen können, deren Tragweite wir nicht im Entferntesten begreifen.

Aber was, wenn man Todesangst hat? Wenn man befürchten muss, dass die eigenen Kinder im Krieg aufwachsen – oder in den Gefechten verwundet werden, vielleicht sogar sterben? Wenn Armut, Hunger und Not das Einzige sind, was die Zukunft zu bieten hat? Wenn man seit Tagen darauf wartet, endlich das Land verlassen zu dürfen, nicht wissend, was vor einem liegt oder hinter einem passiert, was die Zukunft bereithält oder ob es die Vergangenheit, wie man sie kannte, überhaupt noch geben wird? Wenn Hunderttausende vor und hinter einem warten, die liebend gern den Platz einnehmen? Wie ist es dann?

Ich hatte keine Vorstellung davon, was mich erwarten würde, als Babette, ihr Mann Tom, mein bester Freund Broder und ich uns in Budapest trafen, um gemeinsam an die Grenze zwischen Ungarn und der Ukraine zu fahren. Broder hatte ich dabei, weil ich mich nicht traute, allein zu fahren. Phia hatte ich in der Zwischenzeit zwar überredet, mich in die Ukraine zu begleiten, und sie wäre sogar mitgekommen, doch ein Migräneanfall machte ihr im letzten Moment einen Strich durch die Rechnung.

Zum Glück gibt es in meinem Umfeld Menschen, die irre genug sind, mich in meinen verrückten Unternehmungen zu unterstützen. Broder ist so jemand. Wenn ich ihn am Vorabend meines ersten großen Tierschutzeinsatzes anrufe und frage: »Hast du Bock auf Ukraine?«, antwortet er nur trocken: »Okay.« Würde ich ihm erzählen, dass ich einen Lebenshof für Alpakas auf einem aktiven Vulkan eröffne, würde er vermutlich fragen: »Wann geht's los?« Ich sage es euch, solche Menschen braucht die Welt.

In Budapest trafen wir also Babette und Tom und stiegen in einen Bulli, mit dem wir uns in den frühen Morgenstunden auf den Weg zur ukrainischen Grenze machten. Unser Ziel war ein kleiner ostungarischer Ort namens Beregsurány, und in einer anderen Welt und einer anderen Zeit hätte daraus ein tolles Roadmovie werden können. Babette rauchte Kette, ihr Mann auch, nur dass er dabei im Radio nach hörbaren Sendern suchte, und Broder und ich hockten hinten und versuchten, uns nicht anmerken zu lassen, wie sehr wir uns in die Hosen machten.

Spätestens an der Grenze verlor ich mein letztes bisschen

Selbstbewusstsein. Dort erwarteten uns Männer in Uniformen mit grimmigen Gesichtern und Maschinengewehren vor der Brust, die ganz offensichtlich nicht begreifen konnten, warum wir ausgerechnet *ins* Land fahren wollten, wo doch alle Welt versuchte, aus der Ukraine rauszukommen. Natürlich zogen sie unseren Bulli aus der Schlange der Wartenden, und natürlich filzten sie uns, das Gepäck und den Wagen, als würden sie pro Minute bezahlt werden. Und auch wenn ich aussah wie ein hängengebliebener Hipster, behandelten sie mich wie einen Waffen, Alkohol und Zigaretten schmuggelnden Straftäter. Dabei sprachen sie ausschließlich Ungarisch, vielleicht auch Ukrainisch mit uns, und gaben sich kein bisschen Mühe, auf nur ein einziges Wort Englisch einzugehen. Drei Stunden lang dauerte die unfreiwillige Pause – drei Stunden, in denen meine Aufregung zu Nervosität wurde und ich nicht nur einmal befürchtete, die ganze Angelegenheit hätte sich erledigt, bevor ich einen Fuß in die Ukraine gesetzt hatte. Erschreckend, was Uniformen und Waffen für eine unbewusste Macht auf mich ausüben.

Doch irgendwann gab es offenbar keinen Grund mehr, uns weiter festzuhalten, und wir durften in die Ukraine fahren. Das Herz schlug mir bis zum Hals, denn ich rechnete damit, dass jeden Moment die ersten Artilleriegeschütze den Bulli treffen würden. Wie gesagt, ich hatte keine Ahnung von der Größe des Landes. Außerdem wirkte die Umgebung ziemlich furchteinflößend. Die Grenzgebäude bestanden im Grunde aus nicht mehr als ein paar heruntergekommenen Baracken, der Zaun, der die Ukraine von Europa trennte, mit Stacheldraht versehen, es war Nacht, es war kalt, und alles an der Gegend schrie mich an: »Haut ab! Hier gibt es nichts zu holen.«

Tom trat das Gaspedal durch. Um uns herum war es stockdunkel, die Straße nicht beleuchtet, und die Umgebung schien weitestgehend unbewohnt. Ich hatte keinen roten Teppich und Spotlights erwartet, aber dass mein erstes Mal in einem echten Kriegsgebiet so dermaßen nüchtern ausfiel, enttäuschte mich doch ein wenig.

Dann: ein Schlag von unten, gegen das Auto.

»Was war das?«, rief ich aufgeregt. Vielleicht wurden wir ja doch angegriffen!

»Ein Schlagloch«, brummte Tom mit einer Selbstverständlichkeit, als wäre es völlig offensichtlich. »Gewöhn dich schon mal dran.«

Ab diesem Zeitpunkt flogen unsere nicht durch die Anschnallgurte fixierten Gliedmaßen durch die Gegend. Man mag es kaum glauben, aber es war so heftig, dass ich noch Tage nach dieser Fahrt Bauchmuskelkater hatte. Wie gesagt, ich bin ein Lauch.

Wir fuhren schon eine halbe Stunde durchs stockdunkle Nichts und donnerten andauernd in tiefe Schlaglöcher, als Babette plötzlich den Kopf hob, den Arm nach vorn streckte und rief: »Stopp!«

Tom ging dermaßen in die Eisen, dass das Auto fast von der Straße abkam.

»Was zum Teufel?!«, schrie ich.

Doch statt dem Teufel stand vor dem Auto ein leuchtender Engel. Na ja, fast. Ein riesiger, schneeweißer, verzottelter Hund, der im Kegel des Scheinwerfers fast wie ein kleiner Eisbär aussah, starrte uns verdutzt an und wedelte mit dem Schwanz.

»Kennt ihr den?«, fragte ich vorsichtig, während ich mich zwischen Fahrer- und Beifahrersitz nach vorn zu Babette und Tom beugte.

»Nein, Malte«, antwortete Babette, zündete sich die vielleicht 30. Kippe des Tages an und inhalierte. »Der ist zurückgelassen worden.« Dann öffnete sie die Tür des Bullis, stieg aus und lief langsam auf den weißen Riesen zu, der sie freudig begrüßte. Er sah durch seine Größe fast wie ein kleines Pferd aus.

Häufig geschieht es, dass man beim Einfangen oder Einsammeln von Tieren ein bisschen rabiater vorgehen muss, als man will, einfach weil die meisten Lebewesen, die von Menschen schlecht behandelt wurden, die hungrig, durstig oder verletzt sind, die frieren und sich nach einem warmen, sicheren Ort sehnen, nicht gerade Freudensprünge machen, sobald noch mehr Exemplare der Kategorie Mensch auf sie zugehen. Ist ja nicht so, dass die Hunde und Katzen, Esel und Gänse alle Ausreiseanträge unterschrieben haben und nur darauf warten, endlich in ihr neues Zuhause fahren zu dürfen. Das ist übrigens auch ein Punkt, der in der Vermittlung dieser Tiere zum Problem werden kann – und zwar nicht, weil die Tiere sich falsch verhalten, sondern weil die Menschen, die sie aufnehmen, völlig absurde Vorstellungen haben. Tiere kennen das Konzept der Dankbarkeit nicht. Ein Hund, den du aus einer Erdbebenregion oder einem Waldbrandgebiet rettest, springt dir im seltensten Fall um den Hals, weil er denkt: »Endlich, da steht er, mein Retter, mein Beschützer!« Genauso ist es, wenn man ein Tier aus dem Ausland adoptiert. Diese Lebewesen haben zum Teil schreckliche Jahre in erbärmlichen Zuständen hinter sich, dazu eine lange, unbequeme Fahrt in einem Tiertransporter. Alles ist fremd, alles ist anders, es riecht komisch, es ist eng, unbehaglich – und plötzlich steht da eine Familie, die das Tier in die Arme schließen will und absolute Dankbarkeit erwartet. Ich neige auch dazu, Tiere zu vermenschlichen, beispielsweise wenn ich mit meiner Taube spreche, als würden sie jedes lispelnde Wort verstehen. Aber man kann es auch echt übertreiben.

Mit Snow, wie ich die weiße riesige Schneeflocke spontan und wenig einfallsreich nannte, war die Sicherung zum Glück ein Träumchen. Es war offensichtlich, dass er den Kontakt zu Menschen gewohnt war und noch nicht lange auf der Straße lebte, denn er folgte Babette bei Fuß bis zum Bulli, sie öffnete die Tür zum hinteren Teil, der Hund stieg ein, und das war's.

»Moin«, sagte ich erstaunt, als Snow es sich stinkend zwischen mir und Broder bequem machte und bereitwillig den Kopf auf meinen Schoß fallen ließ.

Das war sie also. Eine dieser durch den Krieg zurückgelassenen Seelen, die mal eine Familie gehabt hatte. Ich stellte mir in meiner grenzenlosen Romantik vor, wie ein kleines Mädchen Snow weinend die Stirn geküsst und »Pass auf dich auf!« zugeflüstert hatte und dann ins Auto seiner Eltern gestiegen war. Snow hatte allein dagesessen und seiner vor dem Krieg fliehenden Familie dabei zugesehen, wie sie am Horizont verschwunden war. Seit diesem Zeitpunkt war er allein.

Wir fuhren weiter, und ich wurde still. Das moralische Dilemma dieser Leute machte mich unendlich wehmütig.

Ich blieb in trauriger Stimmung, bis wir das Tierheim erreichten, mit dem die Notpfote kooperiert. Die Fahrt dauerte bereits den ganzen Tag, die Grenzkontrolle hatte es in sich gehabt, ich fühlte mich unwohl, übermüdet und ausgelaugt, dabei ging der Spaß jetzt erst richtig los.

Ich hatte mir im Vorfeld alles Mögliche ausgemalt, aber sicher war es nicht so ein Ort gewesen. Wenn man an Tierheime denkt, vor allem als Mitteleuropäer, ist einem klar, dass die Hunde und Katzen, Kaninchen und Hamster nicht alle auf kleinen plüschigen Thronen ruhen und aus goldenen Becherchen ihr Urquell-Wasser trinken. Auch wenn man mir es in meiner Kindheit immer wieder sagte: Ich bin kein Idiot. Aber der Unterschied zwischen dem Tierheim in Berehowe und den Tierheimen, die ich so kannte, war doll.

Wobei, Sofas gab es schon. Allerdings ausrangierte, dreckige, widerliche Dinger, die sicher schon mehr als einen Winter an der frischen Luft mitgemacht hatten und unter DIY-zusammengebastelten Wellblechdächern standen. Schmutzige und vollgepisste Matratzen lagen auf dem Boden herum, einfachste Bretterhütten dienten den Tieren als Behausungen. Es war wirklich alles andere als ein Ort zum Wohlfühlen, vor allem nicht im fahlen, kalten Licht der aufgehenden Sonne.

Und es stank. Nach Urin, nach Kot, nach Elend. Ach du Scheiße, ich hatte mir nicht vorstellen können, wie es roch, wenn viel zu viele Hunde und Katzen unter schlechtesten Bedingungen auf zu kleinem Raum hausten! Die Realität klatschte mir mit voller Wucht ins Gesicht. Der Lärm war ohrenbetäubend, und was ich sah, verschlug mir teilweise mehr den Atem als der unerträgliche Geruch. Dreibeinige Hunde, Hunde mit vor Dreck starrendem Fell, teilweise so mager, dass man die Rippen zählen konnte, manche mit nur einem Auge oder mit schlecht bis gar nicht verheilten Verletzungen.

Wir wurden von Angelica und Aleksandra begrüßt, den beiden Ukrainerinnen, die das Tierheim leiteten. Mit müden, abgekämpften Gesichtern nickten sie uns zu, und ich war ehrlicherweise überrascht. Wäre ein herzlicher Empfang nicht irgendwie … angebrachter? Immerhin war die Notpfote der größte Partner des Tierheims, in regelmäßigen Abständen kamen Babette und ihr Team vorbei, um Hunde nach Deutschland und in die Vermittlung zu bringen. Es war das erste Mal, dass ich auf Menschen aus der Ukraine traf, und es würde nicht das letzte Mal bleiben, dass ich mich über sie, sagen wir, wunderte.

»Wir bringen Snow erst mal in die Quarantäne«, beschloss

Babette und führte uns quer durchs Tierheim zu einem alten Schweinestall.

Unterwegs kamen wir an einem Zwinger vorbei, in dem ein Hund mit einer Emaille-Schale im Maul an den Außenwänden entlang lief. Immer im Kreis, Runde um Runde. Schon so lange, dass seine Spuren einen tiefen Graben zogen. Im Außenrand der Schale konnte ich die Abdrücke seiner Zähne erkennen, sie war zerbeult und sah genauso schäbig aus wie die Zelle.

»Was ist mit ihm?«, wollte ich wissen. »Hat er Hunger? Warum läuft er immer im Kreis?«

Babette blieb stehen. »Er leidet an Hospitalismus. Er kann die Schale nicht loslassen, es sei denn, er frisst.« Sie seufzte. »Das ist ein Hund, der für immer hierbleiben wird. Eine verlorene Seele.«

Ich trat näher an das Gitter heran, meine Finger krallten sich in den Metallstäben fest. Ich stellte mir vor, wie oft dieser Hund gebellt, gerufen, gefleht hatte, man möge ihn aus seinem Gefängnis holen. Solange, bis er schlussendlich aufgegeben hatte. Bis etwas in seinem Kopf durchgebraten war, und er fortan nur noch seine Kreise zog, mit seiner Schüssel im Maul. Er schien uns gar nicht wahrzunehmen, lief einfach weiter und weiter seine viel zu engen Runden, als ob es das Einzige war, was er tun konnte.

Nun ja. Im Grunde war es das ja auch.

»Komm«, sagte Babette und wandte sich vom Zwinger ab.

Ich folgte ihr, geschockt und schweigend. Ich konnte meine Gefühle aber nicht länger zurückhalten, als sie die Tür des Schweinestalls öffnete und uns ein unerträglicher, grauenhafter Geruch entgegenschlug.

»Was ist das?«, keuchte ich und schlug mir die Hand vor den Mund, weil ich befürchtete, würgen zu müssen, wenn ich noch eine Nase mehr von dem Gestank einatmete.

»Das ist die Wirklichkeit«, sagte Babette und ging vor mir in den düsteren Schweinestall.

Ich wagte einen ersten Schritt hinein und schaute mich vorsichtig um. Der Anblick verschlug mir die Sprache. In beinahe völliger Dunkelheit fanden sich Hunderte von Hunden. Die, die noch die Kraft dafür hatten, sprangen an den Gittern hoch, um auf sich aufmerksam zu machen. Es kam mir vor, als hörte ich aus unzähligen Kehlen gleichzeitig: »Hier bin ich! Hier! Hallo? Bitte komm zu mir. Hol mich hier raus!«

Mir stiegen Tränen in die Augen. Nie zuvor hatte ich ein solches Leid gesehen. In diesem Moment wurde mir zum ersten Mal so richtig klar, wie wenig ich über Tierschutzarbeit wusste. Vor allem die vor Ort, in Ländern, in denen es den Menschen und damit auch den Tieren hundertmal schlechter geht als uns in Deutschland. Natürlich verstand ich, warum das Tierheim so aussah, wie es aussah: Es herrschte Krieg. So ziemlich alles war rationiert, Futter, Platz, Medizin. Die meisten Menschen in diesem Land waren damit beschäftigt, ihr eigenes Überleben zu sichern, irgendwie diesem Angriff von Putin zu trotzen, weiterzumachen, nicht aufzugeben. Wie konnten sie da überhaupt Ressourcen für andere Lebewesen freimachen, wenn sie doch selbst so wenig hatten?

»Wie lange müssen die Hunde hierbleiben?«, fragte ich über das laute, verzweifelte Gebell hinweg.

Babette machte ein ernstes Gesicht. »Eigentlich nur ein paar Wochen. Aber weil das Tierheim so heillos überfüllt ist, bleiben sie zum Teil ein paar Monate hier drin.«

Ein paar Monate? Kaum Tageslicht? Kein Auslauf? Wenig Zuneigung? Ich musste kurz innehalten und mich sammeln. Die Gedanken rotierten in meinem Kopf.

»Snow muss hier rein?«

»Ja, natürlich«, hauchte Babette.

»Aber …« Ich dachte daran, wie er schwanzwedelnd vor uns auf der Straße gestanden hatte und uns bereitwillig ins Auto gefolgt war. Er hatte uns vertraut. Auf der Straße war er frei gewesen. Hier war er im Gefängnis. Ja, er würde versorgt und gefüttert werden und mit einer riesigen Portion Glück auch irgendwann an eine Familie vermittelt. Doch bis dahin würde er ein Dasein in dieser Hölle fristen. Das Tierheim war nicht mehr als ein notwendiger, wenn auch schrecklicher Schritt auf dem Weg in ein besseres Leben.

»Und wenn Russland die Ukraine einnimmt?«, frage ich leise.

Babette sah mich lange an. »Dann haben wir ein ganz anderes Problem.«

Ich kam mir so naiv vor. Was hatte ich eigentlich gedacht? Wie blöd hatte ich denn bitte sein können? Selbstverständlich hatte ich versucht, mir eine Vorstellung zu machen, wie meine Arbeit für die Notpfote aussehen würde. In meinen Tagträumen hatte ich mir ausgemalt, wie ich süße Welpen durch die Gegend trug, wie glückliche Hunde auf mich zurannten, sich von mir bereitwillig kraulen ließen. Niemals hätte ich gedacht, dass mich mein erster Einsatz so knallhart auf den Hosenboden setzen würde. Das war kein Spaß. Das war die Realität. Und ich wusste nicht, ob ich die innere Stärke dafür hatte. Am liebsten wäre ich umgedreht, nach Hause nach Hamburg gerannt, hätte mich in mein sauberes, nach Weichspüler riechendes Bett gelegt und mir die Decke über den Kopf gezogen.

»Und dann?«, fragte mich die Vernunft. »Dann wird sich niemals etwas ändern. Dann bleibt es, wie es ist.«

Ich atmete tief durch, was angesichts des widerlichen Geruchs nicht die beste Idee war. Die aufsteigende Verzweiflung drückte ich mit aller Macht an den Ort zurück, wo sie hergekommen war.

In diesem Augenblick änderte sich etwas in mir. Ja, die Zustände in diesem Tierheim waren grauenhaft, und ich hatte für einen kurzen Augenblick wieder einmal vergessen, wie privilegiert ich war. Das war mir nun erneut bewusst geworden. Und weil ich jemand bin, der fest daran glaubt, dass man Glück teilen muss, damit es sich vermehrt, schüttelte ich alles ab, richtete mich auf und beschloss, alles in meiner Macht Stehende zu tun, um so viele Seelen wie möglich aus dieser Hölle zu befreien. Langfristig. Nachhaltig. Eben: richtig.

Es ist ein sehr merkwürdiger Zustand, wenn man sich einerseits völlig leer fühlt, weil die Hoffnungslosigkeit einen zu überrennen droht, und gleichzeitig eine unglaubliche Erfüllung spürt, weil man die Möglichkeit hat, etwas Gutes zu tun. Ich nahm meine Umgebung plötzlich mit anderen Augen wahr. Sah nicht mehr die miesen Bedingungen in diesem elenden Schweinestall, sondern richtete meine Aufmerksamkeit auf dessen Bewohner. Blickte den Hunden, die sich an die Gitter drängten, in die Augen. Sah, wie sehr sie sich freuten, dass wir da waren. Dass sie für ein paar Minuten nicht nur unter sich waren. Wie sehr sie um unsere Zuneigung bettelten. Ich hörte das Bellen, das Jaulen, vor allem eines war deutlich herauszuhören – es klang wie der flehende, schmerzerfüllte Ruf eines hoffnungsvollen Huskys. In der Dunkelheit konnte ich aber so gut wie nichts erkennen, außerdem prasselten so viele Eindrücke gleichzeitig auf mich ein, dass ich mich nicht eingehender mit seinem Flehen beschäftigen konnte. Zumindest nicht jetzt.

Ich erinnerte mich daran, was unsere Aufgabe bei diesem Trip war: Wir wollten Hunde in das Tierheim der Notpfote in Deutschland bringen und von dort aus Familien suchen, die sie adoptierten. Man muss kein Einstein sein, um sich vorzustellen, wie unglaublich lächerlich die fünfzehn freien Plätze im Transporter nach Deutschland waren, die wir hatten. Vor allem im Angesicht von mehreren hundert Hunden, die alle das Recht auf ein artgerechtes, erfülltes Leben hatten. Der berühmte Tropfen auf dem heißen Stein. Oder eben: ein Anfang. Eine Hoffnung. Irgendwo muss man schließlich beginnen.

Neben dem Tiertransport hatte ich noch eine weitere Aufgabe. Babette hatte mich darum gebeten, einen kleinen Dokumentationsfilm aus dem Trip in die Ukraine zu machen, um – das war ihre Hoffnung – auf die Arbeit der Notpfote aufmerksam zu machen.

Alles klar. Ich war also so was wie ein Botschafter der Notpfote. Das klang gut, Videos drehte ich ja sowieso jeden Tag, über meinen Krüppelkiefer, meinen Alltag oder meine Taube Oßkar. Wieso also nicht etwas wirklich Sinnvolles mit dem anstellen, was ich gut konnte und mit dem ich viele Menschen erreichte?

Ich dachte eine Weile darüber nach, was der Inhalt meines Videos sein sollte. Mein Glück – oder Pech – war und ist, dass ich jede Kleinigkeit auf Video festhalte, wie diese mehr oder weniger verrückten Eltern, die ihr Kind bei jeder Kleinigkeit fotografieren, um es danach Großeltern und Freunden zu zeigen. In der Ukraine nur mit weniger erfreulichen Eindrücken. Da war zum Beispiel die Hündin, der ich bei unserem Rundgang durchs Tierheim begegnet war und die mir seitdem nicht aus dem Kopf gehen wollte. Ihre Geschichte wollte ich den Menschen erzählen.

Sie saß im Prinzip auf gepackten Koffern und war bereit, mit uns nach Deutschland zu reisen. Sie war mittelgroß, sah aus wie ein zu klein geratener Rottweiler, war zuckersüß und erstaunlich ruhig. Viel ruhiger als all die anderen Hunde. Es kam mir vor, als hätte sie längst mit ihrem Leben abgeschlossen.

Als ich sie entgegengenommen hatte, um sie in eine der Transportboxen zu packen, war mir etwas aufgefallen. Ihr Gesicht sah irgendwie eigenartig aus. Ich war in den vergangenen Stunden mit einigen widerwärtigen Gerüchen konfrontiert worden, aber diese Hündin stank anders eklig: nach Verwesung. Ihre Augen tränten, sie bestand nur noch aus Haut und Knochen, bis auf ihr Gesicht, das geschwollen war wie das von einem dieser Hunde, die eine Biene gefressen haben. Ich erfuhr, dass sie gerade aus dem umkämpften Charkiw hergebracht worden war. Sie hatte eine Familie gehabt, die vor Monaten gestorben ist, und seitdem allein gelebt. Zurückgelassen, vergessen. Und als wäre das nicht genug, hatte sie einen riesigen Tumor im Kiefer, der nicht behandelt worden war. Sie brauchte dringend medizinische Versorgung.

Ich legte die Kleine vorsichtig in eine Transportbox und sagte zu ihr: »Nur noch ein paar Stunden, mein Herz. Letzte Runde, das verspreche ich dir.«

Ich sollte leider recht behalten. Es wurde ihre letzte Runde. Denn nur einige Sekunden später bemerkte ich ein merkwürdiges dunkles Ding, das vor ihr im Stroh der Box lag. Ich hob es auf, betrachtete es von allen Seiten, schnupperte daran. Es verschlug mir den Atem. Es roch so verdorben! Dann kapierte ich es. Dieses kantige schwarze und schmierige Stück, das ich in der Hand hielt, war ein Stück des Kieferknochens, das ihr aus dem Maul gefallen war. Sie löste sich von innen auf, bei vollem Bewusstsein.

»Scheiße«, sagte Babette nur, als ich ihr den Knochen zeigte, weil sie wusste, dass wir ihr nicht mehr würden helfen können. »Der Krebs ist zu weit fortgeschritten. Wir können sie nur noch von ihrem Leid erlösen.«

Während Babette sich eine weitere Zigarette anzündete, wurde mein Herz so schwer wie noch nie zuvor. Die Hündin schaute mir direkt in die Augen, als wollte sie sagen: »Ich kann nicht mehr. Bitte mach, dass das aufhört, Malte.«

Wir fuhren mit der todkranken Hündin an Bord weiter. Ich versuchte mit aller Kraft, nicht loszuheulen. Zu meinem Bedauern sang zu diesem Augenblick Freddie Mercury, der Sänger von

Queen, »Don't stop me now« im Radio. Bei der Liedzeile »If you wanna have a good time« konnte ich meine Tränen nicht mehr halten.

*

Ich wurde wach, weil eine Autotür zuschlug, öffnete die Augen und versuchte, mich zu orientieren. Wir waren auf dem Rückweg, fuhren bereits seit einigen Stunden, und ich war auf der Rückbank eingepennt. Die vergangene Nacht hatte ich mit dem Schneiden und Hochladen der kleinen Dokumentation über die krebskranke Hündin verbracht, bis in die frühen Morgenstunden hatte ich daran gesessen und war, wenig überraschend, danach im Auto sofort eingeschlafen.

Ich sah mich um. Wir standen an einer Tankstelle in der ungarischen Pampa. Babette und Tom kamen gerade mit dampfenden Coffee-to-go-Bechern aus dem kleinen Verkaufsraum und zündeten sich Zigaretten an.

Ich gähnte, streckte mich, rieb meine verklebten Augen und stieg aus dem Wagen. Langsam schlurfte ich zu den beiden und stellte mich neben sie.

»Ausgeschlafen?«, wollte Babette schmunzelnd wissen.

Ich nuschelte irgendwas und gähnte erneut.

»Dann hast du das Beste ja verpasst.« Sie grinste Tom an.

Hoffentlich machen sie nun keine ihrer sexuellen Anspielungen, hoffte ich inständig, denn Babette hatte überhaupt kein Problem damit, über Sex zu sprechen, vorzugsweise über ihren, was mir als verklemmtem Nordlicht immer endlos unangenehm war. Ich befürchtete das Schlimmste, fragte aber trotzdem aus Höflichkeit: »Was habe ich denn verpasst?«

Babette sah mich an und sagte mit ihrer rauchigen Stimme: »Die Menschen haben uns über Nacht 50 000 Euro gespendet.«

Es verschlug mir die Sprache. »Bitte was?!«

Sie nickte, zog an der Zigarette. »Und es hört nicht auf. Ich bekomme schon die ganze Zeit Nachrichten von zu Hause.« Babette holte ihr Handy aus der Tasche und warf einen Blick darauf. Sie lächelte. »Das war dein Filmchen von heute Nacht, Malte.«

Ich musste etwas zu sehr grinsen. Eigentlich kannte ich den Begriff nur aus dem Pornojargon. Dann wurde mir langsam bewusst, was sie meinte. Mein »Filmchen« hatte das alles bewegt! 50 000 Euro?! Mir kamen Tränen – vor Glück, aber gleichzeitig auch vor Schmerz. Denn die Spenden hatten wir der armen Seele zu verdanken, die sich durch den Krebs von innen auflöste. Viele Menschen hatten sich ihre letzte Reise angesehen und beschlossen, den Tieren in der Ukraine helfen zu wollen. Ich konnte es nicht fassen. Dieses Internetgame, das ich häufig so sehr verfluchte, ergab mit einem Mal wieder Sinn. Ich, der verlorene Junge aus Ostfriesland, konnte etwas bewegen! In mir machte sich ein fast unbeschreibliches Gefühl breit. Es fühlte sich so an, als wäre ein seichtes Licht in mir angegangen, von dem ich nicht gedacht hätte, dass es jemals wieder leuchten könnte. Es kribbelte in meinem Bauch. Beinahe so, wie wenn man sich verliebt.

»Was denkst du, Malte? Wieso bist du so still?«, riss Babette mich aus meiner inneren Gefühlswelt.

Ich grinste bis über die Ohren, schaute zu ihr rüber und fragte voller Aufregung: »Was nun? Was machen wir nun mit dem Geld?« Babette zuckte mit den Schultern. »Na, wir bauen ein Tierheim. In der Ukraine.«

Lotti ♡

Ich fing an zu träumen. Mal wieder. Um ehrlich zu sein, mache ich das schon mein Leben lang. Wenn Tagträumer ein anerkannter Beruf wäre, dann wäre ich jedenfalls ein gefragter Experte. Ich male mir Situationen gern in den schillerndsten Farben aus, versetze mich in fiktive, absurde und beinahe unrealistische Szenarien, fange an, unendlich groß zu denken. Als gäbe es keine Hürden im Leben. Und der Großteil dieser Träume löst sich erst im Nichts auf, wenn er vom nächsten Tagtraum abgelöst wird.

Falls ich einen meiner Träume aber wahrwerden lasse, werde ich zum gnadenlosen Perfektionisten. Dann lebe und sterbe ich dafür. Lieber mache ich eine Sache mit 180 Prozent, anstatt hundertachtzig Sachen gleichzeitig und jeweils nur ein bisschen. Mein Psychologe sagte mir, dass das mit meinem ADHS und dem Hyperfokus zusammenhängt. Es fällt mir leichter, mich mit übertriebenem Engagement in die Erschaffung einer Fantasiewelt zu begeben, in der ein Junge durch seine Angst schrumpft und sich auf dem Rücken seiner Taube Oßkar seinen Ängsten stellt, als meinen alltäglichen Kram geregelt zu bekommen. In so einer ausgedachten Welt verliere ich mich tagelang im letzten Detail und versetze mich wirklich in diesen Jungen auf dem Rücken seiner Taube hinein. Wie ist es, über die Stadt zu fliegen? Was fühlt er dabei, wie nimmt er seine Umwelt wahr? Jedes Geräusch, jeder Geruch und jeder Augenblick wird in meiner Vorstellung so real, dass es sich fast echt anfühlt. Klingt kompliziert? Willkommen in meinem wirren Kopf.

Zugegeben, manchmal artet das so sehr aus, dass ich mich in den Dingen nahezu verliere. Es gibt dann kaum etwas, was mich aus diesem endlosen Kreislauf befreien kann.

Nicht gerade selten wird genau dieser Perfektionismus sogar zu meinem Verhängnis. Vor vielen Jahren, als das Computerspiel World of Warcraft auf den Markt kam, hing ich wochenlang vor meinem Rechner ab. Aber nicht, weil ich spannende Abenteuer mit meiner untoten Hexenmeisterin erlebte – so weit kam ich damals gar nicht. Ich verlor mich stattdessen völlig in der Gestaltung meines Charakters. Den konnte man zu dieser Zeit, wenn man ihn einmal angelegt hatte, nicht mehr verändern. Ich wurde also bis ans Ende aller World-of-Warcraft-Zeiten dazu gezwungen, mit demselben Aussehen durch Azeroth zu wandern. Das setzte mein perfektionistisches Hirn abnormal unter Druck. Tagelang, wenn nicht länger, tat ich nichts anderes, außer diese bescheuerte Figur zu gestalten. Die Auswahl war dabei nahezu unendlich. Ich grübelte über den Namen, wechselte drei Millionen Mal das Aussehen, veränderte die Frisur, die Augen- und Hautfarbe, die Statur … und da hatte ich nicht einmal entschieden, was genau mein Charakter werden sollte. Hexerin, Schurkin, Kriegerin, Magierin, Druidin? Digga, viel zu viele Möglichkeiten! Es hat mich wahnsinnig gemacht. Fürs Spiel war es im Übrigen völlig irrelevant, wie der Charakter aussah, mit dem man sich in die Welt stürzte … aber das war mir egal. Und als ich eines Tages tatsächlich zufrieden war mit meiner Figur, waren die meisten meiner Freunde mit dem Spiel fertig, während ich de facto noch im Ankleideraum saß, völlig allein, wohlgemerkt.

Nun wurde ich also in ein neues Game geschmissen, in dem ich wie bei Die Sims (ein Spiel, das mich ebenfalls sehr viel Lebenszeit gekostet hat, allerdings kam ich nie über das Einrichten der Bude hinaus) ein Tierheim auf dem Reißbrett mit entwerfen sollte. 6000 Quadratmeter Platz zum Träumen. Es war zum Scheitern verurteilt.

Wenn da nicht diese unfassbar tollen Frauen in meinem Leben wären, die mich mit einer verbalen Ohrfeige immer wieder aus meiner rastlosen Detailverliebtheit rausprügeln würden: Babette mit ihrer jahrelangen Erfahrung und der Hands-on-Mentalität und Phia mit ihrem großartigen Gespür für Formen und Farben.

Aber bis es so weit war, durfte ich wie ein junger Hund im Garten meiner Fantasie herumtoben. Während mein Hirn ein Ideenfeuerwerk nach dem anderen in die Luft schoss und ich Schlagwörter wie »Miniramp«, »Kletterwald« und »Wasserrutsche« unkontrolliert in den Raum warf, legte Babette ausgeschnittene Rechtecke auf das große Blatt Papier, das unsere Tierheimskizze darstellte.

»Wir brauchen einen Quarantänebereich, ein Katzenhaus und einen Bereich, in dem die Oldies wohnen. Der muss beheizt sein. Die Ukraine ist bekannt für ihre kalten und langen Winter.«

»Und ein Miniatur-Taubenwohnzimmer!«, rief ich begeistert.

Niemand nahm Notiz von mir.

»Wo wird die Auslauffläche sein?«, fragte Phia.

»Da.« Babette zeigte auf eine leere Stelle auf dem Blatt. »Und hier kommt die Tierarztpraxis hin, dort die Räume für die Mitarbeiter.«

Mittlerweile äußerte ich meine Ideen nicht mehr, was aber nicht bedeutete, dass sie aufhörten, durch meinen Kopf zu geistern. Ich fühlte mich wie ein König, der sein eigenes Reich einrichten durfte. Alles sollte neu, toll und wunderschön werden, nach europäischen Standards, nur das Beste für die Tiere. Das schönste Tierheim Osteuropas … nein, der Welt! Ein Fünf-Sterne-Schutzort für die ukrainischen Kriegstiere. Keine dunklen Schweineställe, keine vergammelten Sofas, sondern ein Ort, an dem sich die Hunde, Katzen, Esel und was weiß ich wirklich wohlfühlen würden.

Dann der nächste ADHS-Kick. »Villa Kunterbunt!«, rief ich aus dem Nichts, wie vom Geistesblitz getroffen.

Alle blickten mich fragend an. Babette irritiert, Phia mit diesem besonderen Blick, der mir sagen sollte, wie sonderbar ich manchmal bin.

»Wir brauchen eine Villa Kunterbunt, wie bei Pippi Langstrumpf.«

Überraschenderweise wurde ich dieses Mal nicht mit Missachtung gestraft. Sie fanden meine Idee tatsächlich »nicht undenkbar«. Und so wurde aus meinem wahnwitzigen Einfall ein Vorschlag. Wir wollten ein rotes Schwedenhaus. Innen sollte es aussehen wie in einer wunderschönen Altbauwohnung. So stellte ich es mir vor. Es sollte sich eben nach einem Zuhause anfühlen. Damit sich nicht nur die Tiere, sondern auch die Menschen an diesem Ort heimisch fühlten. Selbstverständlich verlor ich mich danach völlig im Detail. Das war mir in dem Moment zwar bewusst, aber auch egal. Ich wollte einen Platz zum Leben schaffen, nicht nur einen Ort zum Überleben.

*

Mit genau dieser Einstellung fuhren wir wieder in die Ukraine, um Angelica und Aleksandra, den Leiterinnen vom alten Tierheim in Berehowe, unsere Pläne vorzustellen. Ich erinnere mich noch gut daran, wie die beiden reagiert hatten, als wir ihnen von der Summe erzählten, die durch die Community gespendet worden war. Als wir ihnen den Kontostand zeigten, der zu diesem Zeitpunkt auf eine Summe von knapp 100 000 Euro angewachsen war – und das in gerade mal zwei Tagen –, verdrückten die beiden tatsächlich ein Tränchen. Das ist in einer Kultur wie der ukrainischen alles andere als selbstverständlich, und es sollte eines der wenigen Male sein, dass ich bei Angelica und Aleksandra so etwas wie Gefühle hochkochen sah. Wer denkt, wir Norddeutschen seien kühl, der sollte noch ein paar Eisklötze mehr bereitstellen, wenn es darum geht, Ukrainer zu beschreiben. Tatsächlich hatten sich die beiden nach dem kurzen emotionalen Ausbruch sehr schnell wieder im Griff.

Wir sagten zu ihnen: »Wir werden euch von dem Geld ein neues Tierheim bauen.«

In meinen Tagträumen hatte ich mir jede mögliche Reaktion der beiden ausgemalt. Die ernüchternde Wirklichkeit war aber: »Okay.« Leider keines dieser euphorischen Okays, das du bekommst, wenn du deiner großen Liebe sagst, sie solle die Augen schließen, weil du eine Überraschung für sie hast. Sondern ein furztrockenes, absolut emotionsloses: »Okay.«

Insofern waren meine Erwartungen recht gering, als wir sechs Wochen später mit unseren bunt schillernden Villa-Kunterbunt-Plänen und verrückten Visionen wieder ins alte Tierheim fuhren, um Angelica und Aleksandra unsere Ideen vorzustellen.

Ein freies Grundstück hatten die beiden in der Zwischenzeit gefunden. Vor einigen Jahren hatte ein Bauunternehmer ein riesiges Gelände gekauft, das er in eine schicke Wohnsiedlung hatte verwandeln wollen. Das gesamte Gelände war bereits umzäunt, ein kleiner Brunnen war gebaut, auch das Abwasser und die wichtigsten Versorgungsleitungen lagen schon. Durch den russischen Angriffskrieg hatte der Bauunternehmer die Arbeiten jedoch eingestellt. Doof für die Menschen, gut für die Tiere. Er war bereit, uns die Fläche zu verkaufen.

Das einzige Problem dabei war: Wir sollten cash bezahlen, 25 000 Euro. Allein die Vorstellung, so viel Bargeld mit sich rumzutragen, fühlte sich gruselig an. Aber seit Kriegsausbruch fielen bei allen Auslandsüberweisungen 30 Prozent Kriegssteuer an, und das kann bei so hohen Beträgen schon ziemlich ins Geld gehen. Klar, ich habe nichts dagegen, wenn die Ukrainer Putin so richtig den Hintern versohlen – aber bitte nicht von den Spenden für die Tiere.

Mit unseren wildromantischen Bauplänen und 8000 Euro pro Person im Gepäck kamen wir in der Ukraine an. Absurd, wie illegal sich legale Dinge anfühlen können. Es war wie in einem Mafiafilm. Wir schliefen in einem heruntergekommenen Hostel und trafen unsere Geschäftspartner vor dem ersten Sonnenstrahl (und geschützt vor den neugierigen Blicken der anderen Gäste dieses Etablissements) in der Lobby. Der einzige »Zeuge«, wenn man so will, war der Nachtportier, der auf einem Sofa unter einer alten Decke pennte und deswegen nicht mitbekam, wie wir uns um einen Fliesentisch stellten und die 25 000 Euro abzählten. Dabei verzählten wir uns nicht nur einmal, denn wir waren maximal übermüdet von der Reise und dem Schlafmangel. Die ganze Aktion fühlte sich so dermaßen surreal an! Da standen wir, in einem runtergerockten Hostel, und stapelten die Geldbündel. Ich kam mir vor, als wären wir in einen miesen Drogendeal verwickelt. Es fehlten eigentlich nur die Zigarren und Pistolen.

Als die Anzahlung erledigt war, fuhren wir zum Tierheim. Ich freute mich trotz der ersten nüchternen Reaktion der beiden Frauen auf das Treffen, denn es fühlte sich richtig gut an, in ein von Krisen und Krieg gebeuteltes Land zu kommen und zu sagen: »Leude, wir setzen euch da jetzt was richtig Schönes hin.«

Doch wieder einmal unterschätzte ich die emotionale Unterkühltheit der ukrainischen Menschen maßlos. Wir, also die Notpfote und ich, waren überzeugt von unserem Konzept, das wir Angelica und Aleksandra mit einer PowerPoint-Präsentation näherbringen wollten. Und ich war ready to go für das emotionalste Feuerwerk der Gefühle, das die Ukraine jemals gesehen hatte.

Jo, was soll ich sagen? Angelica und Aleksandra hörten zwar aufmerksam zu, aber ihre Gesichter blieben maximal regungslos. Es fühlte sich ein wenig so an, als würde ich zwei Schaufensterpuppen etwas vortragen. Mit jeder Sekunde, die verging, sanken meine Mundwinkel einen gefühlten Zentimeter nach unten. Die beiden saßen da wie beleidigte Kinder, die Arme vor der Brust verschränkt, mit misstrauischen Mienen. Physisch zwar anwesend, emotional aber eher offline. Wie merkwürdig das war, den beiden unsere farbenfrohen, verrückten Ideen für das Tierheim vorzutragen. Stell dir vor, du verlierst dein Herz an eine Sache, die du über alles liebst, und während du davon berichtest, schläft dein Gegenüber vor Desinteresse ein.

Am Ende, als die letzte Folie gezeigt war und der Dolmetscher mit etwas hilflosem Ausdruck im Gesicht zwischen den beiden Frauen und uns hin und her blickte, sagten sie wieder die magischen vier Buchstaben: »Okay.«

Und das war's. Kein weiteres Wort. Nicht die kleinste Gefühlsregung. Einfach: nix.

»Ist das doof, was wir vorhaben?«, fragte ich verunsichert.

Aleksandra und Angelica wechselten Blicke, dann musterte mich Angelica mit ihren kühlen, braunen Augen. »Das sieht aus wie ein Hotel.«

Es dauerte einen Moment, bis ich begriff, dass es keine mangelnde Begeisterung war, die sie zeigten, sondern Misstrauen. Ich erfuhr, dass wir nicht die ersten Ausländer waren, die ihnen das Blaue vom Hundehimmel versprachen. Mein Höhenflug endete ziemlich unsanft mit einem ordentlichen Bauchklatscher.

Dann fing ich an, die Reaktion von Angelica und Aleksandra zu reflektieren. Wir kamen in ihr Land, versprachen ihnen die Welt, führten uns auf wie die weißen Retter – aber wirklich bewiesen hatten wir noch nichts. Ich weiß nicht, wie es ist, in einem Kriegsgebiet zu leben, in dem täglich Flugzeuge mit Raketen im Bauch über den Himmel rasen, in dem es Bombenalarme gibt, in dem man nicht weiß, wann man seine Zelte abbrechen muss, weil die Front plötzlich direkt vor der Haustür liegt. Wir kamen aus dem reichen, sicheren Westen. Was wussten wir schon von den Menschen und Tieren und dem, was sie durchmachen mussten?

Je länger ich darüber nachdachte, desto mehr konnte ich sie verstehen. Sie kannten mich nicht. Und in Griechenland hielt man mich möglicherweise genau für so einen Mann, mit vielen Worten und nichts dahinter. Deshalb konnte ich Angelica und Aleksandra auch nicht böse sein. Es war nachvollziehbar, warum sie misstrauisch blieben. Wir waren nicht die Ersten, die ihnen das Paradies versprachen. Wir mussten Wort halten und es besser machen. Kein Platz für Misserfolge. Das waren wir nicht nur den Tieren, sondern auch diesen beiden Heldinnen schuldig.

Wie alle, die sich im Tierschutz engagieren, haben die beiden einen am Baum – und das meine ich ausschließlich positiv. Sie würden schlichtweg alles für ihre Schützlinge tun und leben selbst in miesesten Bedingungen, um Gutes zu bewirken. Das ist für sie nämlich eine Selbstverständlichkeit: auch dann etwas zu geben, wenn für sie selbst nichts übrig bleibt.

Diese Menschen, die Tiere über alles lieben, gibt es millionenfach da draußen. Zugegeben, man muss die Augen offenhalten, um sie zu finden, aber sie sind da. Sie leben in jeder Stadt und in jedem Dorf dieser Welt. Fast unsichtbar, wie eine Taube, befinden sie sich unter uns. Man muss nur genau hinschauen. Es sind diejenigen, die sich die Hände schmutzig machen und wortwörtlich im Dreck wühlen, die missverstandenen Helden des Alltags. Sie haben eines gemein: Sie lieben Tiere mehr als Menschen und würden für sie sterben. Ihnen sind die Hände gebunden, weil sie nur mit dem arbeiten können, was sie haben. Ihre Mittel sind begrenzt, sowohl physisch als auch finanziell. Sie werden auf keine glamourösen Galas eingeladen, geben keine Interviews in der Zeitung. Über sie wird so gut wie nie berichtet, was mich auf meinem Weg nicht nur einmal an den Rand der Verzweiflung brachte.

Denn wieder einmal stand ich im Zentrum der Aufmerksamkeit. Die deutschen Medien schrieben: Malte Zierden baut ein Tierheim in der Ukraine! Es fühlte sich falsch an, und das war es auch. Wir, die Notpfote, baute ein Tierheim in der Ukraine, vor allem aber bauten die ukrainischen Bauarbeiter ein Tierheim in der Ukraine. Aber Menschen brauchen Schubladen, und Medien brauchen Helden. Es fiel den Journalisten offenbar leichter, mich als den Helden der Tiere zu glorifizieren, anstatt zu erzählen, was wir gemeinsam versuchten umzusetzen. Und das nervte mich. Ich war doch nicht Ironman, der allein ins Gefecht zog, um Hundewelpen unter Maschinengewehrbeschuss aus zerbombten Häusern zu retten. Ich war ein winzig kleines Rädchen in einem großen Getriebe, noch dazu der Rookie mit der geringsten Erfahrung. Natürlich war mir bewusst, dass die Headline INFLUENCER BAUT EIN TIERHEIM IN DER UKRAINE besser klingt als: TIERSCHÜTZER PACKT MIT AN. Kapierte ich – fand und finde ich aber bis heute falsch.

»Ärgere dich nicht«, tröstete mich Babette. »Du kannst stolz auf dich sein, weil wir dank deiner Community schon wahnsinnig viel erreicht haben. Konzentriere dich auf die, die Gutes tun, und vergiss die anderen.«

Also versuchte ich, irgendetwas Positives aus der Sache zu ziehen. Durch die Medien würden wir Aufmerksamkeit bekommen, und die half erwiesenermaßen beim Bau des Tierheims. Meine Aufgabe war, den Menschen die Wahrheit über das Leid der Tierwelt zu berichten.

Die fehlende Euphorie von Angelica und Aleksandra blieb nicht die einzige Überraschung. Auch das Gefühl, welches ich haben würde, wenn wir das neue Tierheimgrundstück zum ersten Mal besichtigen würden, hatte ich mir wie endlosen Sonnenschein vorgestellt. Ich war davon ausgegangen, dass mich in dem Moment, wenn wir dort ankommen würden, die Endorphine fluten würden – ich erwähnte es bereits, ich kann sehr viel Zeit damit verbringen, mir die Zukunft auszumalen. Bis zu dem Zeitpunkt, an dem die Realität mich einholt.

Das besagte Grundstück war nämlich nicht mehr als ein trostloser Acker, über dem ein grauer Himmel bis an die nackten grauen Mauern herabzuhängen schien. Kein Sonnenschein-Gefühl. Eher zu hoch gewachsene und vertrocknete Gräser, hin und wieder ein toter Baum, dazwischen Stapel mit vergammelten Baumaterialien. Auch der Weg zum Gelände auf der schlimmsten Straße der Welt, die mehr aus Schlagloch als Asphalt bestanden hatte, war … sagen wir: sonderbar.

Ich stand da, starrte diesen trostlosen Fleck Erde an und suchte nach Worten. »Das ist …«

»Okay«, sagte Angelica, merkwürdigerweise diesmal mit einem glücklichen Lächeln im Gesicht.

Ich war verwirrt. Wie konnte dieses Wort so viele Bedeutungen haben? Und noch schlimmer, wie konnte dieses fantasielose Stück Nichts Angelica glücklicher machen als meine kunterbunten Visionen?

*

Wir beauftragten einen Architekten damit, unsere Pläne zu zeichnen, und reichten sie beim Bauamt ein. Das Grundstück war in unseren Besitz übergegangen, wir konnten beginnen – damit brauchten wir auch jemanden, der es bewachte. Zu unserem großen Glück konnten wir richtig gutes, hoch motiviertes Personal aus den eigenen Reihen rekrutieren: Hunde.

In deutschen Ohren klingt es absurd, Hunde zum Bewachen eines Grundstücks abzustellen. Die meisten der Tiere, die in Deutschland in Familien leben, haben keinen Arbeitsauftrag mehr, sieht man vom gelegentlichen Stöckchen holen und Häufchen am Straßenrand legen mal ab. Dabei stammen alle Hunde im Grunde von Arbeitsrassen ab. Es gibt Hütehunde, die Herden zusammenhalten, Herdenschutzhunde, die Angreifer von Herden abwehren, Schlittenhunde, Jagdhunde, Wachhunde, sogar Blinden-, Zoll- oder Assistenzhunde. Jede Rasse hat ihre typischen Eigenschaften, die sie für bestimmte Aufgaben prädestinieren.

Freiwillige für die Stelle des Wachhundes gab es genug im alten Tierheim, aber Angelica und Aleksandra beschlossen sofort, Lotti die ehrenvolle Aufgabe zu übertragen. »Sie ist der Boss«, erfuhren wir. »Und sie ist riesig. Mit der legt sich niemand so schnell an.«

Ich wusste, was sie meinten, als ich Lotti zum ersten Mal begegnete. Sie war ein Kaukasischer Owtscharka, ein gigantischer, großer Fellknäuel mit einer Statur wie ein Sumo-Ringer, vorneweg siebzig Kilo. Snow, den ich bereits für groß gehalten hatte, wirkte Lotti gegenüber geradezu klein. Baute sie sich vor einem auf, bekam man es echt mit der Angst zu tun. Ihr Kopf war so groß wie mein Brustkorb.

Kaukasische Owtscharka gehören zu den russischen Herdenschutzhunden. Nun mag man sich fragen, wieso ausgerechnet eine russische Hündin die Chefin unseres ukrainischen Tierheim-Grundstückes wurde. Zu Recht. Aber zum Glück kennen Hunde keine menschgemachten Staatsgrenzen oder Nationalgefühle. Einer Hündin wie Lotti tut man auf jeden Fall keinen Gefallen, wenn sie in einer Wohnung oder in einem Zwinger leben muss. Am besten ist ein riesengroßes, eingezäuntes Grundstück, das sie bewachen kann. Zumindest ist das ihre genetische Aufgabe. Wie gut, dass wir exakt so etwas gerade gekauft hatten.

Wenn man ein Tierheim mit den verschiedensten Hunderassen sieht, wird einem erst mal bewusst, dass nicht alle Hunde dafür gemacht sind, auf dem Sofa abzuhängen und sich den Bauch kraulen zu lassen. Das stellte Lotti auch unter Beweis. Sie war die geborene Chefin. Mit sieben weiteren Hunden, die zu ihrer Crew gehörten, blühte sie auf unserem Grundstück richtig auf. Und wie bei World of Warcraft verlor ich mich mal wieder viel zu sehr im Detail. Ich baute ihr und ihren Hundekumpels aus alten Planen ein Zelt, um sie vor dem undankbar wechselnden Wetter der Gegend zu schützen. Ich glaube, sie liebten es, es war ja auch mit Liebe gemacht. Manchmal stellte ich mir vor, wie diese acht Wachhunde abends über das Grundstück schlenderten und zu singen anfingen. Wie im Musical Cats, nur eben mit Hunden.

*

Nachdem wir den Ort für unsere Wachhunde erträglich gemacht hatten, ging es ans Aufräumen. Uns privilegierten Almans sollte man schließlich nicht nachsagen können, dass wir nicht anpacken konnten! Das war aber nicht der einzige Grund. Dieses Projekt war unser Baby, und wir mussten Geld sparen. Jede Reise in die Ukraine kostete, also wollten wir uns nützlich machen. Im Zwei-Wochen-Rhythmus kamen wir ins Land, um Hunde zu holen. Und wenn wir schon mal da waren, konnten wir uns auch die Hände schmutzig machen.

Wir waren schließlich die glücklichen Besitzer einer riesigen, umzäunten Rasenfläche in Transkarpatien, dem regenreichsten

Gebiet der Ukraine. Damit durften wir uns auch über wunderschöne Überschwemmungen freuen, die den lehmigen Boden, der sich unter dem Rasen befand, bei der Verwandlung in eine Moorlandschaft unterstützten. Alles, was wir beim Kauf auf dem Gelände vorgefunden hatten, versank langsam, aber sicher im Boden.

Immerhin die Sanitäranlage stand noch: ein einsames Plumpsklo in einem Holzverschlag mit zwei Griffen links und rechts an den Innenwänden, damit man sich beim Scheißen festhalten konnte, darunter ein gebuddeltes Loch und eine mittlerweile feuchte Rolle Klopapier. Beste Grundvoraussetzungen für das erste eigene Tierheim.

Einige Wochen nachdem wir mit den Aufräumarbeiten begonnen hatten, bekamen wir die Genehmigung vom Bauamt. Ich war überrascht, das war nun doch schneller gegangen als in Griechenland, wo wir auf dieselbe Erlaubnis drei Jahre hatten warten müssen. Ich spürte, wie immer mehr Vorfreude in mir aufstieg. Dieses unfertige Stück Land machte mich von Mal zu Mal glücklicher.

Das Einzige, an dem ich immer wieder verzweifelte, war die Kommunikation mit den Ukrainern. Wir hatten zwar einen Dolmetscher, aber das half nur bedingt. Die Probleme lagen viel tiefer, im Clash der Kulturen und Mentalitäten. Es sind einfach zwei verschiedene Welten, in denen wir leben – nicht territorial, eher geschmacklich. Und Geschmack liegt bekanntlich nun mal im Auge des Betrachters.

Der aus der Ukraine ist nicht west- und mitteleuropäisch geprägt, sondern zeigt das kulturelle Erbe aus Russland deutlich. Kiew, Charkiw und andere ukrainische Metropolen? Kein Ding, es sieht da aus wie in deutschen wunderschönen Hipstervierteln. Doch sobald man die Städte verlässt, macht man eine Reise in die Zeit, als der Eiserne Vorhang den Osten noch vom Westen trennte. Als würde Marty McFly im DeLorean durch den Raum springen und in den Achtzigern rauskommen. Überall blinkende LED-Wände, Jogginganzüge aus Ballonseide in Rosa und Türkis, Plastik, so weit das Auge reicht … und exakt da platzten wir mit unseren »modernen« Designvorstellungen rein.

Der Architekt, aber auch die Arbeiter waren mit unseren Ideen überfordert. Sie nickten zwar brav, wenn wir sagten, was wir haben wollten, bauten dann aber etwas völlig anderes. Stell dir vor, du würdest als Veganer im Restaurant einen Salat bestellen und mit völliger Überzeugung ein Steak aufgetischt bekommen. Natürlich ohne Rücksprache zu halten. Warum auch?

Wenn man ein Haus baut, muss man an sieben Milliarden Dinge gleichzeitig denken und alle naselang Entscheidungen treffen, deren Konsequenzen einem nicht bewusst sind. Ich kenne Leute, die haben sich ein Eigenheim gebaut und darüber ihre Beziehung verloren. Wir aber bauten nicht nur ein Haus, sondern ein ganzes Tierheim mit vielen Nebengebäuden, mit speziellen Arealen, Bereichen und so weiter. Das bedeutete: Alles – wirklich alles ging schief.

Wir hatten beispielsweise einen Bauunternehmer gefunden, der trotz des Krieges unser Tierheim bauen wollte, unglücklicherweise gab es aber keine männlichen Arbeiter. Wenn man zu dieser Zeit durch die Ukraine fuhr, sah man auf den Straßen im Grunde nur Mädchen und Frauen, und die Männer, denen man begegnete, waren entweder noch nicht erwachsen oder so alt, dass sie keinen Besen mehr halten konnten – alle anderen befanden sich im Krieg. Es gab nur für wenige Männer Ausnahmen, wenn sie in einem systemrelevanten Beruf arbeiteten, Erkrankungen vorweisen konnten oder eine bestimmte Anzahl von Kindern hatten. Das führte dazu, dass wir uns mit den Bauarbeitern und Handwerkern nur abends oder nachts trafen, in irgendwelchen suspekten, dunklen Seitenstraßen und uns wie Kriminelle fühlten. Bei diesen Treffen erfuhren wir auch, dass die Männer, die für uns arbeiten sollten, nicht über die Straße (nennen wir das kilometerlange Schlagloch einfach mal so) zur Baustelle fuhren, sondern sich durch die Wälder und Wiesen schlagen würden, um nicht von der Militärpolizei geschnappt zu werden.

Ich brauchte einen Moment, um zu begreifen, in welch schwierige Lage wir die Menschen vor Ort mit unserem Bauvorhaben brachten. Natürlich wollte und musste jeder Geld verdienen, gerade in einer Krisensituation, in der die Wirtschaft am Boden lag und sich alles auf den Krieg konzentrierte. Gleichzeitig lief jeder, der für uns auf der Baustelle tätig wurde, Gefahr, eingezogen zu werden – denn wer für Hunde ein Zuhause bauen konnte, der konnte ja wohl auch für sein Vaterland sterben.

Auch unser Bauarbeiter Aleksej ging ein Risiko ein, für uns zu arbeiten. Wir begegneten uns natürlich bei Nacht, es war eine ausgesprochen zwielichtige Atmosphäre, was dadurch verstärkt wurde, dass wir ihm nach der Verhandlung einen Batzen Bargeld in die Hand drückten, damit er mit der Arbeit beginnen konnte. Ob wir Aleksej vertrauen konnten? Keine Ahnung. Wenn man weit weg von der Heimat ein Projekt umsetzen will, bleibt es nicht aus, dass man enttäuscht wird. Wir mussten uns alle in Vertrauen üben, denn auch er setzte mit jedem Treffen, mit jedem Schritt auf unser Grundstück, seine Freiheit aufs Spiel und somit alles auf eine Karte.

Ein paar Wochen nach unserem geheimen Treffen bekamen wir Fotos von Angelica. Es ging los! Die Bauarbeiten hatten wirklich begonnen. Zu dieser Zeit reisten wir sehr oft in die Ukraine, und ich sah die Arbeiter vor Ort häufiger als meine eigenen Eltern. Traurig, aber wahr. Die Baustelle fühlte sich damals wie ein gesetzloser Ort an, da sich fast alle Männer heimlich auf das Grundstück schlichen und meistens erst nach Einbruch der Dunkelheit wieder abhauten. Ein merkwürdiges Gefühl. Dabei war es zum damaligen Zeitpunkt noch relativ entspannt in Berehowe.

Der ehemalige Kurort im Westen des Landes war lange Zeit vom Krieg verschont geblieben, das änderte sich allerdings im Verlauf der Auseinandersetzungen. Ich habe Videos gesehen, wie das Militär in eines der örtlichen Schwimmbäder eindringt und Männer, die dort in der Sonne chillen oder im Wasser planschen, mitnimmt und einzieht. Kann man sich nicht vorstellen, wenn man es nicht gesehen hat – ehrlich. Wenn wir mit dem Auto in Berehowe durch den Ort fuhren und die Anwohner unser ausländisches Kfz-Kennzeichen sahen, griffen sie sofort zum Handy, um die anderen zu warnen. Dabei kamen wir doch immer in friedlicher Absicht, wir kamen, um zu helfen!

In Deutschland wurden wir wie Helden gefeiert. Aber immer, wenn wir die ukrainische Grenze überquerten, wurde uns maßlos misstraut. Wir dachten: Hey, wir bauen hier was einzigartig Schönes, wir schaffen Arbeitsplätze und lösen euer Problem mit den Straßentieren. Doch die Ukrainer dachten sich: Was sind das denn für Lappen? Es fühlte sich nicht an, als würden wir helfen oder gar dazugehören. Eher so, als wären wir nicht willkommen.

Ganz ehrlich, ich weiß nicht, ob meine Unsicherheiten mich diesen sozialen Druck hätten aushalten lassen, wären da nicht diejenigen gewesen, die sich immer freuten, sobald wir wieder in der Ukraine ankamen: Lotti, unsere Aufpasserin, und ihre tollkühne Crew. Sie hatten keine Angst vor unseren Kennzeichen und unserem fragwürdigen Geschmack, sondern begrüßten uns jedes Mal schwanzwedelnd und laut bellend.

Eines Tages, da uns wieder einmal die männlichen Arbeiter ausgingen und der Bau ins Stocken geriet, machte ich Babette einen Vorschlag. »Warum fragen wir nicht die Frauen, ob sie helfen können?«

Ihr Blick sagte mehr als tausend Worte. Und da erinnerte ich mich auch. Wir waren in einem Land, in dem Männer den Frauen zur Begrüßung nicht mal die Hand gaben. Die Typen hier wollten immer nur mit mir reden, dabei war ich doch das kleinste Licht in der Kette und hatte null Plan.

Babette ließ sich das natürlich nicht gefallen. Nicht nur einmal bekam ich mit, wie sie bei offiziellen Terminen alle reihum mit Handschlag begrüßte, was die Herren der Schöpfung oft so irritierte, dass sie die Geste erwiderten – mit einem völlig verwirrten Ausdruck im Gesicht. Sie konnten schließlich nicht ahnen, dass ihnen mit Babette eine Frau gegenüberstand, die sich einen feuchten Dreck um patriarchale Strukturen scherte. Sie war die Chefin, genau wie Lotti. Beide waren da, um zu beschützen. Und beide wurden zu Vorbildern für mich, weil sie das taten, was auch ich erreichen wollte: Schütze das, was du über alles liebst. Um jeden Preis.

Zum Glück hatte ich damals noch keine Ahnung, wie hoch der Preis sein würde, den ich dafür bezahlen musste.

Es gibt Momente, da wäre ich gern ein anderer.
Denn seitdem ich das Leid der Tiere in mein Herz gelassen habe,
verstehe ich die Welt nicht mehr. Tierschutz ist das Schlimmste,
was mir je passiert ist, und das Schönste, was ich je getan habe.
Ich habe die schrecklichsten Dinge gesehen und die wunderbarsten
Augenblicke erlebt. Wenn ich heute diese Welt verlassen müsste,
dann wüsste ich, dass ich für die verlassenen Tiere da war.
Das kann mir niemals wieder jemand nehmen.
♡
Fabian Schmidt

WIE EINE TAUBE
MEIN LEBEN VERÄNDERTE
OBKAR

PHIA, DIE LIEBE
MEINES LEBENS

ALLES FÜR DI

IERE, IMMER.♡

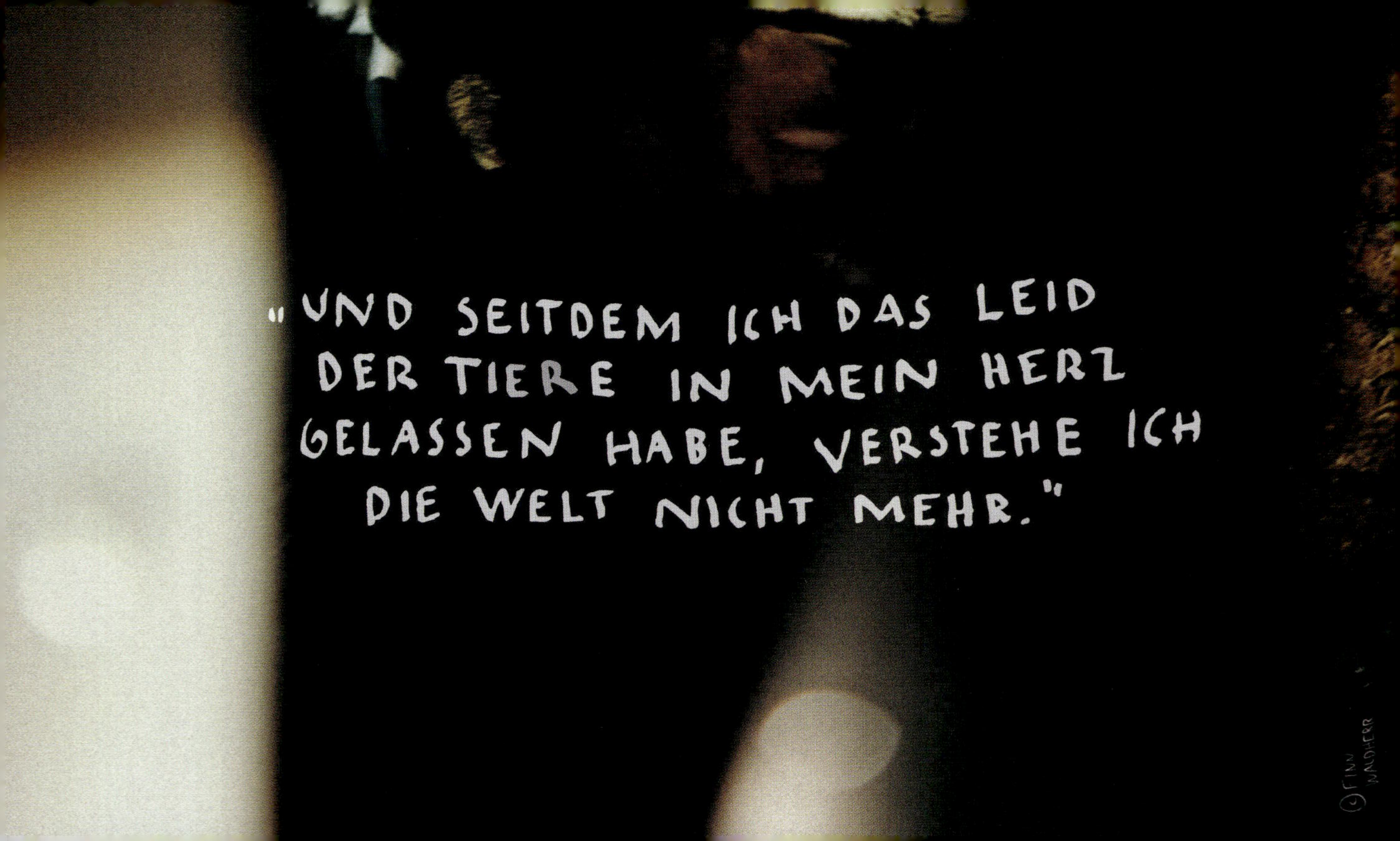
„UND SEITDEM ICH DAS LEID
DER TIERE IN MEIN HERZ
GELASSEN HABE, VERSTEHE ICH
DIE WELT NICHT MEHR."
© FINN WALDHERR

MA

DER TRAURIGSTE
HIMMEL AUF ERDEN

Amor

Wer Tiere wirklich schützt, kennt die zwei Seiten, mit denen man immer wieder konfrontiert wird. Zwei Seiten, die untrennbar zusammengehören – und die dich doch innerlich ständig zerreißen.

Es ist ein unbeschreibliches Gefühl, das Leben einer Seele zu retten, denn man weiß, dass man für dieses Tier einen Unterschied gemacht hat, dass das eigene Handeln auf einmal einen Unterschied macht. In meinem Leben habe ich nie ein schöneres Gefühl empfunden. Vielleicht meine Liebe zu Phia, aber das ist etwas anderes.

Doch es gibt noch diese dunkle Seite. Die Seite, die dich innerlich auffrisst. Die nichts als Schmerz und Leid und Hoffnungslosigkeit in dir auslöst. Weil du Dinge siehst, die du dir nicht in deinen dunkelsten Träumen vorstellen konntest. Du wusstest, dass sie existieren, hast schon von ihnen gehört, sie jedoch nie mit eigenen Augen gesehen. Wenn du es dann tust, begreifst du, dass der Mensch das schlimmste Tier von allen ist. Und nur, weil der Mensch so ist, wie er ist, musst du Seelen gehen lassen, an die du dein Herz verloren hast. So ging es mir mit einer ganz besonderen Seele. Sein Name war Amor.

*

Der hoffnungsvolle Husky lag zusammengekauert in einem Zwinger und weinte. Sein Fell vollkommen verdreckt und an vielen Stellen ausgefallen, der Körper völlig abgemagert. Er wirkte, als ob er sich aufgegeben hätte.

Ich erfuhr von Angelica, dass sie Amor zusammengekauert auf der Straße gefunden hatte. Wenn Tiere merken, wie ihre Kräfte schwinden, suchen sie sich oft einen zurückgezogenen Ort, legen sich hin und bereiten sich auf das Ende vor. Amor kauerte in der

Nähe eines Waldes am Straßenrand, in der Pose, die Huskys oft einnehmen, um sich gegen die Kälte zu schützen: eingekringelt wie ein Donut, die Schnauze tief im Fell des Hinterlaufs vergraben. Er war bereit zu sterben.

Als Angelica Amor entdeckte, ging sie auf ihn zu, bückte sich – und erstarrte. Sein halbes Gesicht war zerfetzt, das Auge blutig, der Körper übersät mit alten und neuen Wunden und geronnenem Blut. Sie wusste sofort, sie muss helfen, denn die Verletzungen, die er hatte, waren ihm von anderen Straßenhunden zugefügt worden. Sie nahm ihn mit ins Tierheim, versorgte ihn, so gut es ging, und päppelte ihn über Monate wieder auf.

Doch Amor hatte nicht nur die Sehfähigkeit auf seinem rechten Auge, sondern auch sein Selbstvertrauen verloren. So, wie er sich mit Menschen verhielt, war davon auszugehen, dass er vor Ausbruch des Krieges eine Familie gehabt hatte und bei deren Flucht ausgesetzt worden war. Er war eines von den Tieren, das ein eigenes Körbchen gehabt hatte und im Prinzip nur die menschliche Zuneigung kannte, und keine Ahnung vom Überleben auf der Straße hatte. Amor war das perfekte Opfer. Und sollte es auch bleiben. Obwohl er sich im Tierheim körperlich gut erholte, war er ein Outlaw, ein Geächteter. Egal, wo er sich auch aufhielt, die anderen Hunde unterdrückten ihn. Er fand keinen Anschluss, blieb ein Einzelgänger und wurde immer unsicherer.

Ich erkannte mich sofort in ihm wieder. Nicht, weil mir im Leben so viel Schlechtes passiert ist. Aber auch ich habe Ängste, vor allem der sozialen Art. Ich fühle mich unter Menschen oft klein und hatte nicht nur einmal das Gefühl, irgendwie anders zu sein, keinen Anschluss zu finden, nicht ins System zu passen, unangenehm aufzufallen – deshalb blieb ich oft lieber für mich. Heute, viele Monate und noch mehr traurige Schicksale später, weiß ich, dass ich ein besonderes Händchen für die schwierigen Fälle habe. Vielleicht erkenne ich mich wirklich in diesen Wesen wieder, vielleicht sehe ich etwas in ihnen, was andere nicht sehen. Ich habe ein Herz für Underdogs, weil auch ich einer von ihnen bin. Diese Tiere haben sich ihr Leben und ihr Schicksal nicht ausgesucht. Sie können nichts dafür, dass ihnen die Welt so übel mitspielt. Deshalb haben sie immer einen besonderen Platz in meinem Herzen, und deshalb fühle ich mich für diese Tiere auch verantwortlich.

Obwohl (oder gerade: weil) ich in Amor so etwas wie meinen Seelenhund fand, hatte auch ich ihn bei unserer ersten Begegnung nicht bemerkt und war an ihm vorbeigelaufen. Erinnerst du dich an meine erste Reise in die Ukraine, an den düsteren Schweinestall, in dem ich Snow zurücklassen musste? An diesem Ort jaulte ein Husky – flehend und schmerzerfüllt. Es waren die Rufe Amors. Damals war ich zu überwältigt von den Eindrücken, den Gerüchen, dem Zustand des Ortes, um darauf einzugehen, mich damit zu beschäftigen. So viele Hunde bellten, jaulten und winselten, um meine Aufmerksamkeit zu erregen. Amor war zu diesem Zeitpunkt bereits in Angelicas Obhut gewesen. In einem Einzelzwinger erholte er sich von seinen Verletzungen und weinte die meiste Zeit traurig und einsam vor sich hin. Und ich hatte ihn übersehen – ausgerechnet ich! Das brach mir, als ich es kapierte, ein zweites Mal das Herz.

Damals hatte ich keine Ahnung, dass es nicht das letzte Mal sein würde. Mir war nicht bewusst, dass ein einzelnes Herz so oft zerbrechen kann.

*

In Tierheimen herrscht eine radikale Hackordnung. Es gibt die Rudelführer, die den anderen sagen, wo es langgeht. Die vorn am Gitter stehen, die auf jeden Menschen reagieren, der an den Zwingern vorbeiläuft, die schwanzwedelnd herumspringen, als wollten sie sagen: »Nimm mich mit! Hier, mich! Ich bin es wert. Ich werde dich niemals enttäuschen!«

Und dann gibt es die anderen. Die Stillen, die Verletzten, die Ängstlichen. Die, die sich in ihre Hütten verkriechen, wenn es laut wird, die mit eingezogenem Kopf und Rute zwischen den Hinterläufen herumschleichen und versuchen, nicht bemerkt zu werden. Diese Tiere haben es mir besonders angetan. Es sind die, die nie gesehen werden, weil sie nicht gesehen werden wollen. Deren Vermittlungschancen nahezu bei null liegen.

Wenn Menschen in ein Tierheim gehen und sich einen Hund oder eine Katze aussuchen, haben sie eine Vorstellung im Kopf.

Sie wollen ein Tier, das sich möglichst gut in die Familie und den Alltag integriert, das überallhin mitgenommen werden kann. Traumatisierte, schüchterne Hunde oder Tiere mit Behinderung stehen nicht nur in der Rangordnung ganz unten, sondern eben auch am Ende des Wunschzettels der möglichen Adoptanten.

Als Tierschützer ist das herausfordernd – du kannst ja nicht nur die Tiere retten, von denen du weißt, dass sie gut und schnell vermittelt werden. So wie kleine Hunde oder die, die sich gut in der Stadt zurechtfinden und vermeintlich leichter zu handeln sind als ein 40-Kilo-Apparillo. Idealerweise sind Hunde, die nach Deutschland kommen, jung, klein, normschön, zutraulich, gelehrig und total auf Menschen bezogen. Wenn auch nur ein Faktor fehlt, wird es schwer in der Vermittlung. Schwarze, große, alte und kranke Hunde sind problematisch. Niedlichkeit ist ein Selektionsmerkmal. Es ist auch von Vorteil, keiner »gefährlichen« Listenrasse anzugehören.

In welche Verhältnisse du als Hund geboren wirst, wie du aussiehst und wo du herkommst, entscheidet also maßgeblich darüber, ob du eine Familie findest und ein glückliches Leben führst. Nicht viel anders als bei uns Menschen, wenn man ehrlich ist.

Die Auswahl der Tiere, die einen der begehrten Plätze auf der Reise in eine glückliche Zukunft bekommen, ist für mich mit der unangenehmste Teil der Tierschutzarbeit. Fahren wir in die Ukraine oder in ein anderes Land, haben wir auf der Rückfahrt immer Plätze im Transporter frei, um Hunde und Katzen in unser deutsches Partnertierheim zu bringen. Klingt wunderbar, ist aber der blanke Horror. Denn wen nehmen wir mit? Wir laufen an den Zwingern und Käfigen vorbei, wie Gefängniswärter, mit Listen in der Hand, und checken die Insassen. Du bist durchgeimpft, du darfst mit. Du hast noch keine Papiere, du bleibst. Du bist zu alt. Du bist zu groß. Du bist zu ängstlich. Hey du, du bist perfekt, du darfst mitkommen! Als würde man das Goldene Ticket von Willy Wonka in der Hand halten und damit wedeln.

Natürlich versucht man trotzdem, so viele wie möglich von der Straße oder aus grauenhaften Bedingungen ins Tierheim zu holen, auch die mit den geringsten Chancen, sei es wegen ihres Äußeren, wegen ihres Charakters oder der Erfahrungen, die sie gemacht haben. Es lässt sich dabei nicht vermeiden, dass du auch die Tiere »rettest«, die es nicht schaffen werden. Die während ihrer Zeit in Quarantäne und im Tierheim krank oder verrückt werden, bei denen die (Re-)Sozialisierung nicht gelingt, oder deren Ängste und Traumata zu groß sind, um sie zu überwinden. Diese Tiere rettest du im Grunde in den Tod. Du sperrst sie in ein Gefängnis, wo sie sich mit Krankheiten anstecken, wo sie von anderen Hunden beim Kampf um Futter oder Ressourcen totgebissen werden, wo sie so lange bleiben müssen, bis sie mit einer Schüssel im Maul nur noch im Kreis rennen, weil ihre Birne Matsch ist.

Ist es richtig, diese Tiere von der Straße zu holen? Es gibt darauf keine Antwort, denn niemand kann vorhersehen, wie sich Tiere entwickeln. Manche haben die schlimmsten Dinge erlebt und werden zu absoluten Traumhunden und -katzen. Andere hatten einen besseren Start, und trotzdem finden sie sich in der Menschenwelt nicht zurecht. Also wie verhält man sich da als Mensch, als Tierschützer? Nehme ich einen Hund mit nach Deutschland, der sich kaum mit Artgenossen verträgt, weil er beispielsweise sehr ängstlich ist oder aggressiv, dem es im Tierheim aber sichtbar schlecht geht? Es wird womöglich Jahre dauern, bis wir für dieses Tier ein Für-immer-Zuhause finden. Jahre, in denen es einen Platz im Tierheim belegt, vermutlich allein gehalten werden muss und am Ende einsam in seinem Zwinger stirbt. An seiner Stelle können wir fünf, sechs, vielleicht sogar zehn andere Tiere mitnehmen und für sie eine Familie finden.

Es gibt ein moralisches Dilemma, das sowohl im Ethikunterricht wie auch im Philosophiestudium gern diskutiert wird: das Trolley-Problem, benannt nach dem englischen Wort für Straßenbahn. In dem Gedankenexperiment wird eine hypothetische Situation beschrieben, in der eine Person entscheiden muss, ob sie aktiv in ein Geschehen eingreift, um Leben zu retten, aber dafür andere opfert, oder passiv bleibt und dadurch mehr Menschen sterben lässt. Typischerweise geht es um die Entscheidung, eine Straßenbahn auf ein Gleis mit einer Person darauf umzuleiten, um eine Gruppe von Menschen zu retten, die auf dem anderen Gleis steht. Das Trolley-Problem stellt die Frage nach moralischer Verantwortung und Abwägung von Nutzen gegenüber Schaden.

Es klingt furchtbar theoretisch, ist aber ein Problem, dem ich als Tierschützer tagtäglich gegenüberstehe. Wen retten wir – und wen retten wir in den Tod? Wer würde es auf der Straße leichter haben als in einem Tierheim? Welches Tier ist stark genug, um sich im Rudel durchzusetzen, und wer wird aufgrund der herrschenden Bedingungen zugrunde gehen?

Es gibt kein Richtig und kein Falsch.

Ist es ein Grund, die Tierschutzarbeit einzustellen – weil man weiß, dass es Tiere gibt, die das Tierheim nicht überleben, in das du sie gebracht hast, oder beim Transport in eine hoffentlich bessere Zukunft gaga werden? Für mich nicht. Niemals. Ich will immer das Beste geben und glaube wie Babette an die Zukunft jedes einzelnen Individuums. Ich selektiere nicht vor, weil ich vermute, dass es ein Tier schwer haben wird – ich möchte jeder Seele eine Chance geben.

Wir haben dabei immer das große Ganze im Blick. Nachhaltiger Tierschutz heißt nicht nur, Tiere von der Straße aufzusammeln. Man muss die Bedingungen und Möglichkeiten vor Ort verbessern, beispielsweise durch große Kastrationskampagnen, damit nicht noch mehr Seelen ungewollt in dieser von und für Menschen gemachten Welt leiden. Das bedeutet auch, dass man sehr viel Überzeugungsarbeit leisten muss, denn in vielen Ländern dieser Welt haben Tiere nicht denselben Stellenwert wie bei uns. Sie sind Nutz-, keine Haustiere – und das ist auch in Ordnung, denn deswegen gibt es ja verschiedene Hunderassen, die verschiedene Fähigkeiten haben, und wenn sie diese ausleben und einsetzen können, spricht erst mal nichts dagegen. Gleichwohl ist die emotionale Bindung zu Nutztieren sehr viel geringer, außerdem werden Tiere, die nicht so performen, wie ihre Halter sich das vorstellen, eben gern mal aussortiert – genau wie eine Kuh, die keine Milch gibt, ein Huhn, das keine Eier legt oder ein Pferd, das nicht über Hindernisse springt. Und da, wo kein Nutzen und auch keine Liebe besteht, findet in der Regel auch keine Fürsorge statt. Die Tiere werden ausgesetzt oder erkranken, ohne dass sich jemand kümmert. Oft fehlt das Geld, noch häufiger aber jegliches Verantwortungsgefühl.

Das bedeutet auch: Empfängnisverhütung findet fast nirgendwo statt. Die Hunde (und Katzen) streunen auf den Straßen herum (übrigens auch dann, wenn sie jemanden haben, der sie regelmäßig füttert) und vermehren sich unkontrolliert. Ein einziger unkastrierter Rüde und seine Nachkommen können in gerade einmal sechs Jahren bis zu 67 000 andere Hunde zeugen. Man muss das Problem also nicht nur symptomatisch behandeln, sondern an die Ursache ran, ansonsten sind wir in hundert Jahren noch damit beschäftigt, eine aberwitzige Anzahl von Tieren an viel zu wenige Menschen zu vermitteln, und das kann schon rein mathematisch nicht aufgehen.

Ich habe es schon einmal gesagt, und es wird vermutlich nicht das letzte Mal sein: Tierschutz ist alles andere als romantisch. Sehr häufig, eigentlich immer, musst du fürchterlich pragmatische Entscheidungen über die deines Herzens, vor allem aber über deine Moral stellen.

Babette ist da wie immer eine Ausnahme. Sie fährt wirklich bis ans Ende der Welt für die Tiere und macht im Notfall drei Stunden Pause für einen verletzten Esel, der auf der Fahrt zum Erdbebengebiet unseren Weg kreuzt. Sie ist so eine Macherin und hat diese Fähigkeit, nie den Glauben zu verlieren. Babette gibt nicht auf, und sie schert sich nicht darum, wenn sich vor ihr ein Hindernis auftut. Dann steigt sie einfach drüber, sucht einen Weg außenrum, und falls gar nichts anderes hilft, buddelt sie sich eben untendurch. Das ist so unglaublich bewundernswert.

Seitdem ich im Tierschutz aktiv bin, weiß ich, dass es Vereine und Organisationen gibt, die nicht mal ein Prozent von Babettes Hartnäckigkeit besitzen und schneller aufgeben. Denen geht es vor allem um die Spenden und erst danach um die Tiere. Ich habe selbst erlebt, wie eine Organisation, deren Name ich nicht nennen möchte, einen verletzten Welpen von der Straße aufsammelte, ein Video von ihm drehte und das Tier danach ohne Behandlung wieder aussetzte. Das ist moralisch nicht nur fragwürdig, das ist widerwärtig! Ich schäme mich für uns Menschen, wenn ich so etwas sehe. Und es fällt mir schwer, über Erfahrungen wie diese zu sprechen, weil ich einerseits nicht mit dem Finger auf andere zeigen will (auch weil ich weiß, dass ich nicht alles richtig oder gar perfekt mache – und machen kann). Andererseits befürchte ich aber auch, dass Geschichten wie diese Wasser auf den Mühlen der Leute sind, die sagen: Man kann keinem Hilfsverein vertrauen! Kann man. Aber manchen eben nicht. Ehrenamtliche Arbeit bewirkt etwas. Sie ändert das Leben von so vielen Seelen, egal ob Mensch oder Tier. Trotzdem wird sie nicht selten missbraucht, und das möchte ich ändern. Ich lebe nach dem Motto: Alles für die Tiere, immer. Spätestens seit der Geschichte des Welpen, der nur für ein Video »gerettet« und danach wieder ausgesetzt wurde. Aber auch, seitdem ich Amor begegnet war.

*

Er war der erste Hund, dessen Schicksal mich mehr berührte als das anderer, und er war das erste Tier, das ich selbst vermitteln wollte. Dass es nicht leicht werden würde, war mir klar. Amor hatte nur noch ein sehendes Auge und war ein haariges Klappergestell, vermutlich neun oder zehn Jahre alt. Aber wie gesagt, habe ich eine Schwäche für die, die keiner sieht, die niemand haben will und die hinten runterfallen. Die Oßkars dieser Welt, egal ob sie Tauben oder Hunde oder Menschen sind.

Ich erinnere mich noch genau an den Moment, als ich Amor zum ersten Mal bewusst begegnete. Ich stand vor seinem Zwinger, er lag da und sah mich an, mit seinem eisblauen Auge direkt in mein Herz hinein. Es entstand eine Verbindung. Zwei ramponierte, vom Leben gezeichnete Geschöpfe, die ihren Platz noch nicht gefunden haben.

Mir zog sich die Kehle zu, und ich ging vor dem Zwinger in die Knie. Ich schaute Amor an und sagte: »Du bist wie ich. Und wenn ich Trottel es schaffe, da draußen zu überleben, dann schaffst du das schon lange.«

Über Monate erzählte ich den Menschen, die mir folgten, Amors Geschichte. Ich zeigte die Bilder, wie er sterbend aufgefunden worden war, sich wieder berappelte und versuchte, ein Teil der Hundecrew im Tierheim zu werden. Er war wie einer der Jungs aus den amerikanischen Highschool-Filmen, der Nerd aus dem Programmierkurs oder der Schach-AG, der sich wünscht, zu den coolen Quarterbacks zu gehören. Entgegen all meinen Erwartungen fanden wir tatsächlich eine Familie, die Amor trotz seiner Gebrechen bei sich aufnehmen wollte. Es war das perfekte Happy End. Amor, der seine Familie verloren hatte und zum Sterben bereit gewesen war, sollte endlich glücklich werden.

Als der Tag der Abreise gekommen war, verabschiedete sich Angelica von Amor. Die Frau, die keine Träne vergossen hatte, während wir ihr von dem tollen neuen Tierheim erzählt hatten, schluchzte wie ein Kind und konnte sich kaum von ihm lösen. Ich führte ihn an der Leine nach draußen, vorbei an einigen anderen Zwingern, wo diejenigen, die kein Goldenes Ticket bekommen hatten, wütend gegen die Entscheidung protestierten. Das Gebell war unglaublich laut, vor allem die kleinen Hupen machten richtig Alarm und knurrten Amor mit gefletschten Zähnen an, als wollten sie rufen: »Du Loser hast das alles nicht verdient!«

Ich sah zu Amor, der den Kopf eingezogen hatte und sich auf den letzten Metern bis zum Transporter so klein wie möglich machte. Selbst dabei war er noch größer als die meisten anderen. »Ich bin bei dir, mein Herz«, sagte ich zu ihm. »Nur noch eine Runde, dann hast du es endlich geschafft.«

Wir verfrachteten Amor in eine Box und stellten sie in den Kofferraum des Autos, mit dem wir an die ungarische Grenze fahren würden. Auf unserem Trip nahmen wir noch eine weitere Seele mit: Die gute alte Lotti, die aufgrund ihrer Größe allerdings in keine Transportbox passte und deswegen neben mir auf der Rückbank saß. Ihr Kopf berührte die Decke des Autos, und ich musste mich an die Tür des Wagens quetschen, um überhaupt Platz zu haben.

Als wir an der Grenze ankamen, hielten uns wie immer die Grenzbeamten an und gaben uns zu verstehen, dass wir ihnen die Hunde zeigen sollten.

»Okay«, sagte ich, inspiriert von Angelicas Gelassenheit. Ich öffnete eine der hinteren Türen und gab Lotti ein Zeichen, auszusteigen. Träge wie ein Nilpferd kam sie auf die Beine und quetschte sich durch die Öffnung, dann baute sie sich zu ihrer vollen Größe auf und schüttelte sich ausgiebig.

Der Grenzbeamte wich zwei Schritte zurück und stotterte: »O-o-okay!«

Lotti und ich blickten dem Mann hinterher, der nun offenbar

kein Interesse mehr daran hatte, das Auto weiter zu durchsuchen. Ich hätte Lotti in meiner Kindheit echt als Bodyguard benötigt. Und ich glaube, auch Amor wäre ein anderer gewesen mit dieser Dame an seiner Seite. Sie hatte ihn davor beschützt, aussteigen zu müssen und sich vom Zöllner abchecken zu lassen.

Wir fuhren weiter. Die Fahrten sind für viele Hunde eine kleine Tortur. Uns Menschen fällt es schwer, uns das vorzustellen. Aber lass es mal auf einen Versuch ankommen: Im einen Moment ist noch alles in Ordnung, im nächsten trennt man dich von deinem Rudel, steckt dich in eine sehr enge Box und packt dich in ein Fahrzeug. Dann geht es los, über Schlaglöcher und kaputte Straßen, es rumpelt, es ist laut, es riecht komisch, und du hast keine Ahnung, was das alles soll. Du weißt ja nicht, dass du in ein anderes, besseres Leben fährst, wirst in eine Situation hineingezwungen, die dir völlig fremd ist und Angst einflößt. Du hast keine Ahnung, dass es einen Endbahnhof gibt, der dich all die Strapazen vergessen lassen wird, einen Ort, an dem du endlich ankommen und glücklich werden kannst.

Seitdem ich versuche, mich in die Hunde und Katzen, die wir aus den Krisen- und Kriegsgebieten retten, hineinzuversetzen, fallen mir diese Transporte noch schwerer, auch wenn ich weiß, dass sie notwendig sind.

Nach einigen Stunden Fahrt kamen wir in Ungarn bei unserem Partnertierheim an. In der Ukraine ist die tiermedizinische Versorgung kompliziert. Die höchsten Standards findet man in Kiew, also im Osten des Landes – dem Teil, in dem jeden Tag Bomben vom Himmel fallen. Die Grenzgebiete sind zwar sicherer, aber es mangelt an allem, auch an guten Veterinären. Aus diesem Grund lassen wir alle Tiere, die wir in die EU bringen, in Ungarn noch einmal von Kopf bis Pfote durchchecken.

»Ich habe so etwas noch nie gesehen«, sagte der ungarische Tierarzt zu mir, nachdem er sich die Blutwerte und die Röntgenbilder von Amors Brustkorb angesehen hatte. »Der Hund hat so viele Herzwürmer, er dürfte eigentlich nicht mehr leben.«

Ich hatte zu diesem Zeitpunkt noch nie von Herzwürmern gehört. Aber obwohl ich die Bedeutung nicht kannte, hatte ich das Gefühl, die Beine würden unter mir nachgeben. Herzwürmer?

»Die kann man doch behandeln, oder?«, fragte ich und spürte, wie die Panik in mir hochstieg.

Der Arzt legte den Kopf schief. »Kann man. Aber die Chancen stehen bei so einem Befall schlecht.«

Tränen traten mir in die Augen, ich wollte nicht glauben, was der Tierarzt sagte. Wie konnte es sein, dass Amor, der schon so viel Scheiße in seinem Leben hatte ertragen müssen, der sich auf dem Weg in die Freiheit befand, der eine Familie gefunden hatte, die ungeduldig auf ihn wartete, Herzwürmer hatte, die man in der Ukraine nicht diagnostiziert hatte? Man hätte ihm doch schon vor Monaten Medikamente geben und die Therapie beginnen können. Was war das für ein verdammter Mist? Ich gab in diesem Moment wirklich allen die Schuld daran. Den anderen Tieren und sogar Angelica und Aleksandra. Wieso hatte niemand etwas für Amor getan? Menschen neigen in emotionalen und überfordernden Situationen ja dazu, die Schuld bei anderen zu suchen. Was ich tat, war nicht fair. Aber ich wusste nicht, wohin mit mir. Ich fühlte mich doch für Amor verantwortlich! Das war noch viel, viel schlimmer, wie vor den Zwingern zu patrouillieren und zu entscheiden, wer gerettet werden durfte.

»Was passiert jetzt?«, fragte ich den Tierarzt in rauem Ton, als hätte er die Würmer höchstpersönlich in Amors Herz gesteckt.

»Er muss hier bleiben. An den Tropf und stabilisieren.«

»Okay.« Ich versuchte, diesen Weltuntergang in eine logische Reihenfolge zu bringen.

Der Arzt sagte: »Am besten wäre es, wir würden ihn gehen lassen.«

»Auf keinen Fall!«, antwortete ich sofort. »Kommt nicht infrage.«

Der Blick des Arztes gab mir zu verstehen, dass er kaum eine Chance für Amor sah.

Ich weiß, was manche jetzt vielleicht denken: Warum lässt man ein Tier, das schon so viel Elend erlebt hat, das krank und alt ist, nicht einfach gehen? Warum investiert man Zeit, Geld und Hoffnung in einen Hund, dessen Lebenschancen so gering sind? Der schon einmal aufgegeben hatte und bereit gewesen war, zu sterben, als Angelica ihn fand?

Weil wir niemanden zurücklassen. Keine Seele, niemals. Das

habe ich von Babette gelernt, das ist unser moralischer Kodex. Wir denken nicht wirtschaftlich, wir denken nicht pragmatisch – wir handeln aus absoluter Überzeugung, und die heißt: Wir lassen niemanden zurück. In Amors Fall, an den ich mein Herz verlor, wäre es mir sowieso nicht in den Sinn gekommen, ihn einschläfern zu lassen. Ich wollte, dass er endlich ein Zuhause fand und die letzten Jahre in einem warmen Körbchen verbringen durfte, nachdem das Leben ihm schon den Rest gegeben hatte. Ich hatte Hoffnung und gab nicht auf. Damit er dieses Körbchen erreichen konnte, musste er stabil werden. Deswegen würde er in der ungarischen Tierklinik bleiben.

Ich werde seinen Anblick niemals vergessen. Die Fahrt steckte ihm sichtlich in den Knochen, er wirkte benommen und beinahe so, als hätte er abermals aufgegeben. Als hätte er genug von dieser Welt, die ihm nichts als Unheil gebracht hatte. Ich ging vor ihm in die Hocke und streichelte seinen Kopf.

»Hey, mein Herz«, flüsterte ich ihm zu, »wir müssen jetzt weiter. Aber ich werde dich hier rausholen, versprochen. Dafür musst du gesund werden. Ich muss mich auf dich verlassen können, okay?«

Amor blickte mich aus seinem gesunden Auge an. Ihm fehlte die Kraft, um mit dem Schwanz zu wedeln.

Ich kämpfte mit den Tränen, stand auf und ließ ihn an diesem sterilen Ort zurück. Ein letztes Mal drehte ich mich an der Tür um, und das Bild von Amor brannte sich in meine Erinnerung ein, wie er da lag, auf den weißen, kalten Fliesen, dieser einst so stolze, schöne Hund, gebrochen und krank. »Halte durch, mein Herz.«

*

Gibt es Neuigkeiten von Amor?

Wie jeden Morgen schrieb mir die Familie, die Amor adoptieren wollte. Und wie jeden Morgen las ich zuerst die Mitteilungen, die ich vom ungarischen Tierarzt erhielt.

Es war die Hölle. Jeden Tag kam eine neue Hiobsbotschaft dazu. Die Herzwürmer zerfraßen meinen Seelenhund von innen. Zu allem Übel waren auch noch Tumore gefunden worden. Seine

Blutwerte waren eine Katastrophe, und jetzt hatte er auch noch aufgehört zu essen und zu trinken.

Wir empfehlen, ihn einzuschläfern.

Mir kam es vor wie ein grausiges Theaterstück, in dem die Dialoge bereits geschrieben waren. Der Arzt empfahl, Amor zu erlösen. Ich antwortete, er solle weiter sein Bestes tun.

Wir geben ihm noch zwei Tage.

Doch Amor ging es nicht besser. Er bekam starke Schmerzmittel, lag abgeschlagen in seiner Ecke und rührte sich nicht. Sein Fell musste am Hintern abrasiert werden, da er mittlerweile inkontinent geworden war.

Morgen müssen wir eine Entscheidung treffen.

Wir freuen uns so auf ihn.

Wir sollten den Hund einschläfern.

Wann kann Amor endlich zu uns kommen?

Ich fühlte mich fürchterlich. Auch heute noch spüre ich, wie sich mein Herz schmerzhaft zusammenzieht, wenn ich an Amor denke. Ich hatte ihn in Ungarn gelassen. Und nun würde er sterben.

Es ist das Beste für ihn.

Als ich die Nachricht bekam, dass Amor eingeschlafen sei, brach meine Welt zusammen. Der Druck, der auf mir gelastet hatte, der Schmerz, diese hilflose, arme Seele allein gelassen zu haben, die Zweifel an der Entscheidung, alles prasselte auf mich ein, und ich gab meinen inneren Widerstand auf.

Warum machte ich das überhaupt? Was war der Sinn des Ganzen? Und warum, verdammt noch mal, hatte dieses scheiß Universum mich zum vermeintlichen Helden in dieser beschissenen Geschichte gemacht? Ich wollte aufhören. Alles hinschmeißen. Mir die Decke über den Kopf ziehen und nie wieder auch nur in die Nähe eines Hundes kommen.

Seit diesem Tag weiß ich, wie es sich anfühlt, innerlich zu zerreißen. Was hatte ich falsch gemacht? Warum hatte ich versagt? Ich war doch verantwortlich für ihn gewesen. Hatte ich nicht genug gegeben? Vermutlich war ich nicht der Richtige für diesen Job. Die Stimmen in meinem Inneren, die ich seit meiner Kindheit kenne, lagen richtig. Ich war nicht stark genug. Für nichts zu gebrauchen. Zu dumm, zu unkonzentriert.

Meine Welt versank in Dunkelheit. Das Einzige, was ich sagte, bevor der Himmel über meinem Kopf zusammenbrach: »Pass auf dich auf, da wo du gerade bist, Amor. Du hast das alles nicht verdient.«

Phoenix♥

Ich lag auf dem Bett und starrte Löcher in die Luft. Keine Ahnung, wie lange ich so dalag. Vielleicht waren es Stunden. Vielleicht waren es Tage. War mir eigentlich auch egal. Die Welt außerhalb meines Bettes interessierte mich nicht. Mein Kopf war voll. Mein Herz tat weh. So ungefähr mussten sich Herzwürmer anfühlen. Ich fühlte mich wie gelähmt. Was sprach dagegen, für immer hier liegen zu bleiben? Absolut gar nichts.

»Malte?« Phias Stimme war leise und drang wie durch einen dichten Nebel zu mir hindurch. »Möchtest du mitkommen? Wir treffen Broder und die anderen.«

Ich antwortete nicht, schüttelte nur unmerklich den Kopf. Dann drehte ich mich weg und schloss die Augen.

Mir war bewusst, was für ein mieser Freund ich ihr gerade war. Aber ich konnte nicht anders. Mein Körper fühlte sich an, als würde mich etwas zerquetschen. Am Tag war ich so müde, dass ich kaum die Augen offenhalten konnte, und in der Nacht fand ich keine Ruhe.

»Was ist los mit dir?«, flüsterte Phia.

»Nichts«, antwortete ich, obwohl ich wusste, dass es eine Lüge war. »Ich brauch nur Zeit für mich.«

Ich spürte, wie sie mich von der Seite anstarrte. Ihren Blick konnte ich nicht sehen, aber genau spüren, er brannte sich förmlich in mich. Ich wäre gern auf Phia eingegangen, aber keine Chance. Ich war regungslos.

Phia wartete noch einen Moment, dann ließ sie mich allein. Kurz darauf hörte ich, wie die Wohnungstür ins Schloss fiel. Ich war allein. Scheiße.

Und wie allein ich war.

So oft mich Phia in den vergangenen Tagen auch gefragt hatte, es war mir nicht möglich gewesen, ihr zu erklären, was in mir vorging. In mir war es dunkel, ein endlos leeres Gefühl, das ich nicht greifen konnte. Wie ein Schatten, der auf mir lag. Es hatte schon viele Momente in meinem Leben gegeben, in denen ich in meinem Leiden immer und immer wieder Situationen im Kopf durchgespielt hatte. Auch um eine Lösung aus meiner Misere zu finden. Es ist Teil meiner Persönlichkeit, trotz aller Schmerzen so lange nachzudenken, bis ich meine Fehler verstehe.

Nur dieses Mal war es anders. Ich fühlte mich zu nichts mehr imstande. Nicht mal einfachste Dinge bekam ich auf die Kette. Ich war einfach am Ende. Der Gedanke, dass ich Amor nicht hatte helfen können, machte mich fertig. Ich weiß, ein rationaler Menschen würde sagen, dass ich aufstehen solle. Es sei schließlich nur ein Hund gewesen, dazu einer, dem niemand hatte helfen können.

Wenn es nur so einfach gewesen wäre. Amors Tod war das Schlimmste, was mir auf meiner Tierschutzreise bislang widerfahren war, hundertmal heftiger als das Gefühl, das ich mit Teßßi empfunden hatte. Denn es ging nicht um mich, mein Ego und meine Ängste. Es ging um ein anderes Lebewesen, für dessen Leid einzig und allein ich die Verantwortung trug. Zumindest davon war ich überzeugt.

Leider gibt es kein Patentrezept gegen das Gefühl, einer Aufgabe nicht gewachsen zu sein. Und leider besitzt mein Gehirn die Fähigkeit, sich in Gedanken mit einer Intensität reinzusteigern, die nicht selten ungesund ist. Meine Versagensängste übernahmen das Ruder.

Ich war so ein blinder Idiot gewesen. Wie hatte ich das letzte halbe Jahr überhaupt durchstehen können? Zehn, fünfzehn Tage im Monat dem nackten Elend ins Gesicht blicken, und dann nach Hause kommen und so tun, als wäre alles in bester Ordnung? Ziemlich kurzsichtig, Malte.

Erst jetzt, während ich auf dem Bett lag, das in diesem Moment meine Welt darstellte, fiel mir auf, wie schlecht ich im vergangenen halben Jahr geschlafen hatte. Wenn man überhaupt von schlafen sprechen konnte. Wie oft und lang hatte ich wach gelegen und all die schlimmen Bilder in meinem Kopf in Endlosschleife betrachtet. Mir wurde bewusst, wie wenig ich am sozialen Leben teilgenommen hatte. Erkannten mich meine Freunde überhaupt noch?

Ich hatte es als Müdigkeit abgestempelt. Doch das war es nicht. Offensichtlich, bedenkt man, dass ich seit Monaten die Nächte wach lag und mit Augenringen bis zum Boden aufwachte. Ich wuchs, wie viele andere, mit dem Glaubenssatz auf, Männer dürften nicht weinen, müssten immer stark sein und ihre Gefühle unter Kontrolle haben. Wie sich zeigte, hatte ich gar nichts unter Kontrolle, weder meine Gefühle noch meine Gedanken, vielleicht nicht mal mein Leben. Nicht erst seitdem ich mich für die Notpfote engagierte, sondern schon viel länger, war ich davon ausgegangen, dass es ein probates Mittel war, einfach alles in mich reinzufressen und mit mir selbst auszumachen. Ganz nach meinem Motto: Nützt ja nichts.

Ich hatte mir etwas vorgemacht. Denn ich war nicht mal halb so robust, wie ich angenommen hatte.

Babette hatte es das härteste Praktikum der Welt genannt. Ich fühlte mich in der Tierschutzarbeit so sehr zu Hause, dass ich alles und jeden um mich herum vergaß. Auch meine Psyche. Wie ein Workaholic hatte ich mich in dieser Arbeit verloren. Völlig unvorbereitet, ohne Erholung, ohne Ressourcen oder Hilfe von außen, hatte ich mich in dieses Game gestürzt, und das nicht nur ein paar Tage ab und an, sondern wochenlang und seit Monaten, immer und immer wieder, ohne Ende in Sicht. In Chucks war ich durch die Ruinen von Antakya geklettert oder in ein Land im Kriegszustand gereist und hatte mir dabei nicht nur das halbe Gesicht verbrannt, sondern auch Erinnerungen in mein Hirn gelassen, die ich nie wieder vergessen würde. Mein Handy war randvoll mit verstörenden Fotos und Videos, die man sonst nur auf richtig üblen Seiten im Darknet findet. Diese Bilder, sie ließen mich nicht los, vor allem nicht, seit Amor gestorben war. Als hätte sein Tod das Tor zu einem sehr dunklen Ort geöffnet, ein bisschen wie die fiese und gruselige Parallelwelt in *Stranger Things*, wo die Monster wohnen.

Was für ein Trottel ich war. Mit Anlauf war ich freudestrahlend in mein eigenes Verderben gelaufen. Überheblich wie eh und je war ich natürlich davon ausgegangen, ich könnte diesen Job erledigen. Wir Menschen sind häufig Gefangene unserer eigenen Muster. Wir lernen so langsam und ignorieren Probleme, selbst dann, wenn sie vor der Tür stehen. Wir blenden alles aus, was uns unangenehm ist, so lange, bis ein längst angekündigtes Hochwasser oder Unwetter unsere Existenzgrundlagen zerstört. Oder bis die Psyche in die Knie geht und wir nichts anderes mehr tun können, außer regungslos auf einem Bett zu liegen.

Ich hatte mich übernommen, hatte ein One-Way-Ticket in meine eigene Hölle gelöst und fand keinen Weg mehr heraus.

Die Ironie dahinter: Ich liebte, was ich tat. Trotz dieser innerlichen Leere brannte ich darauf, in den nächsten Einsatz zu reisen. Und das, obwohl ich wusste, ich würde danach in ein tiefes, dunkles Loch fallen, um dort meinen längst verlorenen Verstand wiederzufinden. Die Tierschutzarbeit machte mich glücklich wie nichts anderes, das ich kannte. Das Gefühl, gebraucht zu werden, dass meine Arbeit endlich einen Unterschied machte, das war so unglaublich und groß! Doch zu welchem Preis?

Hier, in diesem Zimmer, begann ich zu begreifen, wie hoch der Preis war, den ich bezahlen musste. Denn immer dann, wenn es um mich herum ruhig zu werden drohte, wurde es so laut in meinem Kopf, dass ich meinte, verrückt zu werden.

Ich rappelte mich vom Bett hoch, spürte die Unruhe in mir aufsteigen. Kurz darauf fand ich mich wie ein alter Mann am Fenster wieder. Einer von denen, die die Nachbarschaft kontrollieren, um bei dem geringsten Geräusch loszubrüllen. Einer von denen, die offensichtlich unzufrieden mit sich selbst sind und etwas in sich selbst kompensieren müssen. Und während ich da so stand und auf mein Leben nicht mehr klarkam, verlor ich mich in einem meiner viel zu lebhaften Gedanken.

Ich sah mich auf einer Wippe sitzen. Mir gegenüber, auf der anderen Seite, waren sie. Meine besten Freunde Lotti, Amor, Snow, Oßkar und all die anderen. Um uns herum war nichts. Sie starrten mich an, blickten mir bis in die Seele. Sobald ich von der Wippe aufstünde, würden sie auf den Boden krachen. Wenn ich sitzen bliebe, würde ich vielleicht irgendwann durchdrehen, da ich ihre Blicke nicht mehr ertragen konnte. So wie dieser Hund mit der Emailleschüssel in der Schnauze. Er saß übrigens auch auf der Wippe, mir gegenüber. Natürlich mit seiner Schüssel im Maul.

Ich weiß, wie weird meine Tagträume sind. Aber eines wusste ich ganz klar: Ich konnte von dieser Wippe nicht aufstehen. Es war meine Aufgabe, für sie da zu sein. Freunde lässt man nicht ins Leere fallen. Im Flugzeug, heißt es, soll man sich selbst zuerst die Maske aufziehen – dann Kindern, Hilfsbedürftigen oder anderen. Die Idee dahinter ist, sich selbst mit Sauerstoff zu versorgen, weil man nur bei Bewusstsein den anderen eine Hilfe sein kann. Ich weiß, dass es Sinn ergibt, so zu denken. Doch allein die Vorstellung, ich könnte weniger häufig in die Krisengebiete dieser Welt fahren, sorgte für heftiges Unwohlsein in mir. Ich konnte doch nicht, wenn irgendwo ein Staudamm brach, ein Feuer wütete oder die Erde bebte, zu Hause in Hamburg bleiben, weil ich Selfcare betreiben oder meinen Termin beim Therapeuten wahrnehmen musste! Wem war denn damit geholfen? Den Tieren mit Sicherheit nicht. Davon mal abgesehen, war diese symbolische Sauerstoffmaske für mich nicht greifbar, wenn ich im Kopf beim Tierheimbau in der Ukraine oder in einer der Krisenregionen war. Ich wusste, sie hängt irgendwo über meinem Kopf, aber ich konnte sie in diesem Augenblick weder sehen noch fassen.

Amor kam mir wieder in den Sinn. Rein äußerlich hatte er gewirkt, als wäre er in Ordnung, sogar auf dem Weg der Besserung. Innerlich hingegen hatte er nur noch aus gefräßigen Herzwürmern und Krebs bestanden. Seine Organe hatten versagt, sein ganzer Organismus war zerstört worden.

Erschreckend ähnlich fühlte ich mich gerade. Meine Zweifel und meine Ängste erinnerten mich an Amors Herzwürmer.

Zur selben Zeit, in der ich mich völlig leer und ausgebrannt fühlte, schrieben mir Menschen im Internet, dass ich ein Held sei. Jedes Mal, wenn ich das las, spürte ich diesen unglaublichen Druck auf meinen Schultern. Wie enttäuscht wären sie, die für die Projekte der Notpfote, für den Bau der Tierheime, für die Operationen von Teßßi und vielen anderen gespendet hatten, wenn ich nun aufgeben würde? Wenn ich zugeben würde, wie schwer es mir an manchen Tagen fiel, nicht durchzudrehen angesichts der nicht enden wollenden Katastrophen unserer Zeit?

Da schwelte diese Sorge in mir. Irgendwann aufgrund all der grausamen Bilder und Erfahrungen abzustumpfen. Allein der Gedanke, dass es einen weiteren Amor geben würde, den ich trotz aller Mühen verlieren würde, machte mich fertig.

Stell dir vor, du wachst eines Tages auf, und in dir ist einfach nichts. Kein einziges Gefühl. Nichts als eine endlose Leere. Wie hält man das aus? Wie lebt man damit? Würde ich eines Tages zu jemandem werden, der eiskalt kalkuliert – oder hatte es schon begonnen? Bräuchte ich einen Schutzpanzer, ein moralisches Gerüst, das klarer zwischen sinnvoll und sinnlos unterschied, damit ich nicht durchdrehte? Musste ich abgebrühter werden, um mich selbst nicht zu verbrennen? Oder ging es im Tierschutz genau darum: menschlich, liebe- und hoffnungsvoll zu bleiben, ohne selbst dabei draufzugehen?

Ich wusste, dass es meine größte Schwäche und meine größte Stärke zugleich war, dass ich mir so vieles zu Herzen nahm. Schon häufiger hatte ich gedacht: Ich sehe die Tiere nicht nur, ich fühle sie, mit all ihrem Schmerz, mit all ihren Erfahrungen.

Ich stand am Fenster und schaute in den wunderschönen Hamburger Sommertag. Ich fühlte mich wie eine Figur aus einem Computerspiel, die immer und immer wieder in ein Game geworfen wird, in dem sie nur verlieren kann. Und ich hatte mir nicht einmal die Zeit genommen, meine Figur auszustatten. Ich hatte keine Waffen, keine Zauber, keine Rüstung. Nicht mal ein beknacktes Leinenhemd. Ich sprang ohne Equipment als Level-1-Rookie in einer Welt herum, die vor miesen Monstern nur so strotzte.

In den meisten Rollenspiel-Videogames ist es so: Wenn du genug Monster getötet hast und ein Level weiterkommst, wird deine Energie einfach wieder aufgefüllt. In der echten Welt sieht das anders aus – da lassen einen die Erlebnisse nicht los. Da gibt es keinen Zwischenspeicher, keine geheimnisvollen Tränke, keine Abkürzungen und Bonus-Leben. Und ich wunderte mich, dass ich mich nach jedem Tierschutz-Level schwächer und elender fühlte?

Mir gingen die Leben aus. In meiner Anzeige blinkte nur noch ein letztes, von Herzwürmern zerfressenes Herz. Ich musste aufpassen, ansonsten wäre ich bald Game Over.

*

Ich glaube an keinen Gott oder Schöpfer, der über unser Schicksal bestimmt. Aber manchmal habe ich das Gefühl, dass es irgendein übersinnliches Wesen gibt, das in einem speckigen Sessel sitzt, eine Hand in der Chipstüte, die andere an einem Joystick, und dabei die Figur des Malte durch ein verbuggtes Computerspiel jagt. Immer dann, wenn Malte ein Level weiterkommt, entscheidet das Wesen, dass es Zeit für das nächste Abenteuer ist, in das er seine Figur hineinwerfen kann.

Nach dem Tod von Amor dachte ich lange darüber nach, den Tierschutz zu pausieren, mich zurückzuziehen und meine Wunden zu lecken. Ich fühlte mich genauso klein wie nach meinem Versagen in Griechenland.

Der Welt ist es allerdings egal, ob Malte gerade bereit ist, zu helfen. Also passierte das, was passieren musste. Das Telefon klingelte, Babette rief an. Ich nahm ab, und während ich ihr zuhörte, wunderte ich mich, dass mich ihre Nachricht nicht mehr überraschte. Denn es war wieder etwas passiert: Im Erdbebengebiet von Hatay war ein gigantischer Waldbrand ausgebrochen. Scheiße. Also wieder in die Türkei.

In Hatay war zum Bedauern der Lebewesen vor Ort alles unverändert. Es war Sommer, das Erdbeben war knapp ein halbes Jahr her, und trotzdem sah es in der Region noch so aus, als ob das Drama gerade erst geschehen war.

Viele Menschen haben Glück im Unglück. Die Menschen in Antakya hatten Unglück im Unglück, denn eine Katastrophe löste die nächste ab. Merkwürdigerweise scheint das vor allem auf die Situationen zuzutreffen, in denen es sowieso schon um das nackte Überleben geht. Das besagt ja auch Murphys Gesetz: Alles, was schiefgehen kann, wird schiefgehen. Für Antakya traf das auf jeden Fall zu.

Unsere Abreise ging so schnell, dass mir gar keine Zeit blieb, um meine Zweifel und Ängste ansatzweise zu sortieren. Also schmiss ich sie gemeinsam mit meinem übrigen Gepäck in meinen Rucksack, verabschiedete mich von Phia und machte mich auf den Weg zum brennenden Berg in Antakya.

Aus heutiger Sicht kann ich sagen: Es war absolut dämlich, mich in dem Zustand in die nächste Mission zu begeben. Mein Körper fühlte sich an, als wäre ich einhundert Jahre alt. Mein

Kopf war übersättigt mit schlimmen Bildern. Ich dachte nicht nach, zog einfach los. Wie eine der Figuren in einem dieser postapokalyptischen Videospiele meiner Jugend.

Antakya, die zerstörte Stadt. Ruinen, die jeden Moment über dem Kopf zusammenbrechen konnten. Unendlich viele Katzen, die in dieser Schuttwüste vor sich hin vegetierten. Was durfte da natürlich nicht fehlen? Ein Berg, der in Flammen stand. So was kann sich nicht einmal Hollywood ausdenken.

Die Gummisohlen meiner Chucks qualmten noch, als wir nach dem Einsatz wieder im Camp ankamen. Ich war völlig verstört von den Eindrücken aus diesem Meer aus Flammen, und befand mich in dem merkwürdigen Zustand zwischen ängstlicher Erstarrung und absolutem Endorphinflash, weil wir diesem Albtraum lebend entkommen waren.

Ich weiß nicht mehr, was ich erwartet hatte, wenn wir ins Camp zurückkamen. Irgendwie war es in meiner Vorstellung wie ein sicherer Hafen gewesen, in dem ich meine Akkus aufladen und Kraft für das nächste Level sammeln konnte.

Natürlich kam es vollkommen anders. Denn in solchen Camps gibt es keine Lagerfeuerromantik mit gegrilltem Stockbrot. Stattdessen gibt es noch mehr Leid.

Kaum waren wir aus dem Auto ausgestiegen und hatten die aus dem brennenden Haus geretteten Zuchtkatzen in den Boxen an die Helfer vor Ort übergeben, erfuhr ich von Babette, dass sich der Besitzer der Katzen, der dem Feuer bereits Stunden vorher entkommen war, seine »geliebten« Tiere jedoch zurückgelassen hatte, bei uns gemeldet hatte. Allerdings nicht, um uns zu danken – sondern weil er uns mitteilte, dass er uns angezeigt habe. Immerhin waren wir in sein Haus eingebrochen und hatten seine Katzen gestohlen.

Menschen, ey. Kann man sich nicht ausdenken.

Ich war zu müde, um mich darüber aufzuregen, und wandte mich ab. Es war so frustrierend.

In diesem Moment, als ich mich am liebsten auf dem Boden zusammengerollt hätte, bemerkte ich eine ausgemergelte Kreatur, die im Schatten unter einem der kahlen Bäume am Rand des Hofs im Dreck lag. Ich ging langsam auf das Wesen zu. Vor mir lag die erbärmlichste Gestalt, die ich jemals gesehen hatte. Ein komplett enthaartes Etwas, das so dünn war, dass die Knochen durch die rosafarbene, fleckige Haut zu stechen drohten. Der Blick des Hundes, offenbar handelte es sich bei diesem Lebewesen um einen, war leer. Er lag auf der Seite, wie tot, und rührte sich nicht.

Sein Anblick schockierte mich, denn ich hatte so etwas noch nie gesehen. »Ihre Chancen stehen bei null«, erklärte Babette mir. »Sie hat Leishmaniose und Sarcoptes im Endstadium.«

Babette hätte genauso gut Pest und Cholera sagen können. Leishmaniose und Sarcoptes werden durch Mücken und Milben übertragen und sind eigentlich gut zu behandeln. Wenn man sich aber in einem Krisengebiet befindet, in dem jeder Tag einen Kampf ums Überleben bedeutet, verbreiten sich diese Krankheiten ähnlich schnell wie das Feuer des Berges, welches ich gerade hinter mir gelassen hatte. Meist verlaufen die Infektionen dann tödlich. Die Milben breiten sich massenhaft auf der Haut der Tiere aus, lassen das Fell ausfallen, sorgen für schlimme bakterielle Infektionen, Entzündungen und Pusteln. Die Hündin, ich schätzte sie auf vielleicht sieben Jahre, musste entsetzliche Qualen gelitten haben. Man sah ihr die Krankheit an. Ich wollte sie am liebsten streicheln, um sie zu trösten und ihr Mut zuzusprechen, aber meine Sorge, ihr wehzutun, war zu groß.

Vermutlich hatte auch sie einst eine Familie gehabt, Menschen, die sie geliebt hatten. Dann war dieses beschissene Erdbeben gekommen und hatte sie innerhalb von vierzig bebenden Sekunden allein zurückgelassen. Sie hatte sich auf den Weg gemacht und durch die Trümmer von Antakya gekämpft, um Nahrung zu finden. Dort hatte sie sich mit den Milben infiziert, die sie jetzt in den Tod geleiten würden.

»Was können wir tun?«, flüsterte ich tonlos.

Babette seufzte. »Ihr Hoffnung geben. Vielleicht aber auch nur den Abschied leichter machen.«

Ich war auf einen brennenden Berg gestiegen und lebendig wieder zurückgekommen. Und nun stand ich vor diesem hilflosen Tier und sollte es in den Tod begleiten? Nur kurz nachdem ich meinen Amor verloren hatte?

Am liebsten wäre ich wieder einmal abgehauen. Aber es war wie so oft, der Kopf wollte weg, der Körper bewegte sich in die andere Richtung. Und bevor ich es überdenken konnte, saß ich vor dieser armen Seele in der Hocke.

»Hallo, mein Herz«, sagte ich leise und hielt der Hündin meine Hand vor die Nase.

Sie schnupperte vorsichtig und öffnete die verklebten Augen. Darin war nichts außer Schmerz zu sehen. »Hilf mir«, hörte ich sie in meinem Kopf flehen. »Es tut so weh.«

Mein Herz wurde schwer und meine Gedanken liefen Amok. Dann passierte es. Etwas so Naheliegendes, dass es dich beim Lesen dieser Zeilen längst nicht mehr wundern sollte: Ich nahm mich der Hündin an. Es war zum Scheitern verurteilt und deswegen absolut typisch für mich.

Phoenix sollte ab diesem Moment ihr Name sein. Ich wollte sie nach einer zweiten Chance benennen, einem Neuanfang nach einer vernichtenden Niederlage. Dem Wiederauferstehen nach einem viel zu harten Rückschlag. Wie ein Phoenix, der aus der Asche steigt.

*

10 Prozent, maximal. So hoch schätzte Babette Phoenix' Überlebenschancen ein. Sie war ein Häuflein Elend und schrie vor Schmerzen, wenn wir sie berührten, jaulte und weinte, weil ihr alles wehtat. Stell dir den schlimmsten Sonnenbrand vor, den du jemals hattest. Multiplizierte den Schmerz mit zehn. Die Haut voller Blasen, jede Bewegung lähmt dich. Und nun stell dir vor, wie jemand mit voller Kraft ausholt und dir mit der flachen Hand auf den Rücken klatscht. So muss Phoenix sich gefühlt haben, sobald wir sie nur leicht berührten. Es war grauenhaft, sie so zu sehen.

Phoenix' Anblick löste ein bedrückendes Gefühl in mir aus. Sie war nicht nur ein Opfer dieses verheerenden Grauens, das in Antakya geschehen war, sie erinnerte mich auch erschreckenderweise an meine innere Gefühlswelt. Als würde ich all meine Zweifel nach außen krempeln und mir selbst einen Spiegel vorhalten: nackt und gebrochen, verletzt und gelähmt, am Ende der Kräfte, bereit loszulassen.

Vermutlich war das der Grund, warum ich sie nicht aufgeben

wollte. Wahrscheinlich hätten die meisten Menschen entschieden, dass man Phoenix nicht mehr helfen könne, und vermutlich hätten diese Menschen recht behalten. Aber ich hatte mir mittlerweile ein Versprechen gegeben: Alles für die Tiere, immer. Und versprochen ist versprochen und wird nicht gebrochen. So hatte es mir zumindest meine Mama beigebracht.

Schon zu oft hatten wir von Tierärzten gehört: »Einschläfern lassen.« Vielleicht ist es die beste Lösung. Vielleicht sind es die Tiermediziner in den Krisengebieten aber auch nicht gewohnt, dass Menschen bereit sind, einen Preis für das Leben zu zahlen.

Seit der Sache mit Amor war ich jedoch verunsichert. Ich hatte auf mein Herz gehört, das mir Hoffnung gegeben hatte. Mein Kopf war seit Amors Tod aber lauter geworden. Und er sagte mir, dass wir ihn unnötig lange hatten leiden lassen.

Herz oder Kopf? Verstand oder Gefühl? Wenn ich entscheiden muss, gewinnt immer das Herz. Auch bei Phoenix, egal wie laut mein Verstand mich anbrüllte. Ich wollte, dass sie wieder ins Leben zurückkehrte.

Und so begann meine selbstauferlegte Mission: Der Phoenix aus der Asche. Die Bedingungen waren unendlich beschissen, denn das Camp für Erdbebentiere stellte so ziemlich das Gegenteil eines sterilen Ortes dar. Es war staubig, überall lagen verletzte oder kranke Tiere herum, es war eng und viel zu heiß. Trotzdem gelang es uns in den kommenden Tagen, Phoenix zu stabilisieren. Wir fuhren stundenlang durch das Erdbebengebiet, um die nötigen Medikamente für sie aufzutreiben, cremten ihre papierdünne und entzündete Haut, die jeden Moment zu reißen drohte, immer wieder mit Salben ein.

Natürlich war Phoenix nicht das einzige Opfer im Camp. Während wir dort waren, sicherten wir unzählige dehydrierte, verletzte und todkranke Tiere aus den Trümmern Antakyas. Es gab so viel zu tun, dass ich die Zeit vergaß. Ich krabbelte in dunkle Keller, kletterte auf halb eingestürzten Treppen herum, zwang mich in enge Spalten zwischen den Überresten von Häusern und dachte dabei an Phoenix. Jedes verdammte Mal, wenn ich andere Tiere sicherte, war ich im Kopf bei ihr. Immer dann, wenn ich ins Camp zurückkehrte, sah ich nach ihr.

Und sie machte Fortschritte. Bei jeder Rückkehr konnte ich

sehen, wie es Phoenix ein kleines bisschen besser ging. Ihre schuppige Haut wurde durch unsere Behandlung von Tag zu Tag besser. Ihr verklebter und lebensmüder Blick füllte sich langsam mit Hoffnung.

Mir war bewusst, dass ihr Überleben am seidenen Faden hing, aber irgendetwas war anders als bei Amor. Ich war erfüllt von einem Gefühl, das sich nur schwer beschreiben lässt, irgendetwas zwischen Hoffnung und Akzeptanz. Es kam mir manchmal vor, als würde ich nicht allein neben Phoenix im Krankenlager sitzen, sondern als hätte sich der Tod höchstpersönlich zu uns gesellt. Aber nicht als Bedrohung, sondern als Erlösung. Er und ich stritten nicht darum, Phoenix auf unsere jeweilige Seite zu ziehen. Es war kein Ringen und kein Kämpfen. Eher ein friedliches Beisammensein mit einem noch offenen Ende.

Trotzdem begleitete mich die Angst jedes Mal, wenn wir das Camp wieder betraten. Bei jeder Rückkehr aus der Erdbebenzone befürchtete ich, dass Phoenix auf die Seite des Todes gewechselt wäre. Aber es kam anders. Nach ein paar Tagen begann sie, vorsichtig mit dem Schwanz zu wedeln, wenn ich zu ihr zurückkehrte. »Hallo, mein Herz«, begrüßte ich sie dann in einer viel zu hohen Hundestimme. Rationale Menschen mögen es für unsinnig halten, aber ich begann, Phoenix von unseren Einsätzen zu erzählen. Von den Trümmern, den Gerüchen und unseren kleinen Erfolgen in diesen erfolglosen Zeiten. Ich möchte glauben, dass es ihr guttat. Ich wollte glauben, dass Phoenix spürte, ich würde nach dem nächsten Einsatz wiederkommen.

Die Angst blieb dennoch, und mir wurde einmal mehr klar, dass ich sie niemals besiegen konnte. Sie würde immer ein Teil von mir und meiner Arbeit im Tierschutz bleiben. Wir gehörten zusammen, wie ein Zwilling, der seinen anderen Teil braucht. In einem Märchen würde es heißen: *Malte brauchte seine Angst, denn nur durch sie konnte er sich auf die Tiere einlassen, ihre Seelen erkennen und sein Herz für sie öffnen. Und obwohl er wusste, dass ihm diese Naivität noch sehr viel Kummer bescheren würde, kam sie ihm nicht wie eine böse Erscheinung vor, sondern eher wie ein Geschenk, eine Gabe.*

In diesen Tagen hörte ich auf, meine Angst zu bekämpfen. Ich ließ sie zu, nahm sie an. Nahm sie mit. Mit zu Phoenix, aber auch in die Einsätze. Ich ging eine tiefe und intensive Beziehung mit ihr ein, selbst wenn mir bewusst war, dass ich enttäuscht werden könnte. Ich hatte keine Lust mehr, mich nach außen hart zu machen, um in dieser von und für Menschen gemachten Welt irgendwie zu bestehen. Ich wollte doch einfach nur ich sein. Der echte Malte, voller oft widersprüchlicher Gefühle und trotz der dunklen Orte, die sich in meinem Kopf breitmachten. Ja, ich wollte im Tierschutz lernen, wollte erfahrener werden, souveräner, aber um keinen Preis dieser Welt dafür mit meiner Fähigkeit zu lieben bezahlen. Mein Ziel war es, eines Tages mit Empathie, Engagement und Erfahrung Tieren zu helfen, ohne selbst daran zugrunde zu gehen, aber vor allem ohne ein emotionsloser Roboter zu werden, der durch die schlimmsten Regionen dieses Erdballs walzt und eiskalt entscheidet, wer es verdient hat zu leben und wer nicht.

*

Es war ein kleines Wunder, aber eines, an das ich geglaubt hatte: Phoenix überlebte. Zugegeben, ein wenig anders, als ich es mir erträumt hatte. Sie erhob sich nicht wie ein leuchtender Vogel aus der Asche, um davonzufliegen, aber sie war erstaunlich stabil. So stabil, dass sie endlich die Reise in ein geschütztes Tierheim antreten und das Notfallcamp verlassen konnte.

So ein Camp ist im Grunde nicht mehr als ein Sammelbecken für alles, was kreucht und fleucht, ein Auffanglager für die ganz Kaputten, wenn man so will. Die Tiere kommen an und erholen sich, bekommen erste medizinische Check-ups, werden versorgt, und wenn sie fit genug sind, dürfen sie weiterreisen, damit neue Seelen nachrücken können. Auch Phoenix hatte eines der heiß begehrten Goldenen Tickets für die nächste Etappe gelöst und sollte von uns in den Transporter gebracht werden, der in wenigen Minuten zum Tierheim aufbrach.

Der Wagen parkte vor dem Grundstück des Camps, die Türen standen offen. Wir führten die Hunde, die das Camp verlassen durften, an einer Leine über ein kleines Grasstück bis zur Straße. Das letzte Hindernis, die sprichwörtliche Grenze, die es zu überschreiten galt, war eine zusammengebastelte Wasserleitung, ein sehr großes, halbrostiges Rohr, das am Ende des Grasstücks lag. Alle anderen Hunde, die an diesem Tag ins Tierheim gebracht wurden, sprangen ausgelassen über das Rohr. Nur meine kleine Phoenix nicht. Sie blieb davor stehen, als erhebe sich vor ihr eine gigantische Mauer. Phoenix war benommen von den Schmerzmitteln, die ihr hoch dosiert verabreicht wurden, aber auch von ihrem immer noch schlechten Allgemeinzustand.

»Du schaffst das, mein Herz. Hoch das Bein!«, ermutigte ich sie.

Nichts. Keine Reaktion. Ich scheute mich, sie über das Rohr zu heben. Ihre Haut war immer noch kahl und schuppig, Phoenix winselte oft, wenn ich sie berührte. Aber mir blieb nichts anderes übrig, als sie über diese fast lächerlich kleine Hürde zu tragen. Ich bückte mich, griff so behutsam, wie es mir möglich war, unter ihren Bauch, und hob sie über das Rohr. Phoenix gab ein Winseln von sich, das ich bis heute nicht vergessen kann. Ich setzte sie auf der anderen Seite im Gras ab, auf ihren zitternden, mit Wasser gefüllten Beinchen.

»Es tut mir leid, mein …«

Weiter kam ich nicht, denn Phoenix entleerte sich. Sie pinkelte, aber nicht ein bisschen, sondern gleich einen ganzen Wasserfall.

Es gibt diese Momente im Leben, in denen die Stimmung von einer Sekunde auf die andere kippt. Gerade noch war da nur Schmerz gewesen, doch jetzt brach ich in Lachen aus. Wie wenn jemand stürzt und dabei furzen muss (unter Umständen ist das dem Autor dieses Buches schon einmal passiert) und man als Beobachter einen Lachanfall bekommt. Dies war einer dieser Momente.

»Kann es weitergehen, Prinzessin?«, fragte ich Phoenix.

Sie schaute zu mir hoch, als wollte sie antworten: »Bin so weit.«

Wir gingen im Schneckentempo Richtung Transporter, wo die anderen Hunde bereits auf den Phoenix aus der Asche warteten.

Der Augenblick der Erleichterung war vorbei, so schnell er gekommen war. Ich spürte ein mulmiges Gefühl im Bauch. Einerseits war ich froh, dass Phoenix auf den eigenen Beinen stand und laufen konnte, daran wäre vor einigen Tagen noch nicht zu denken gewesen. Andererseits brach sie auf eine Fahrt ins Ungewisse auf, in einem nicht klimatisierten Transporter mit saunaartigen Innentemperaturen, auf dem Weg in ein Tierheim, in dem alles fremd für sie war. Versteh mich nicht falsch, ich war froh, dass sie es geschafft hatte und die nächste Etappe der Reise antreten konnte. Aber sie war mir ans Herz gewachsen, und nun musste ich sie einfach gehen lassen. So musste sich Angelica damals gefühlt haben, als sie Amor verabschiedet hatte. Deshalb brachte es mich fast um, sie jetzt allein zu lassen. Und doch wusste ich: Es geht nicht anders. Das ist der Weg. Ich konnte nicht in der Türkei bleiben, bis es ihr noch besser ging, zudem brauchte Phoenix eine bessere Versorgung als in unserem Camp. Davon einmal abgesehen gab es da draußen noch viele andere Seelen, die gerettet werden wollten.

Ich schluckte die Tränen runter, ignorierte den Kloß im Hals und half dabei, Phoenix in die Box zu verladen. Dann gab ich ihr einen Kuss auf den nackten Kopf, schloss die Tür der Box und sagte: »Bis bald, Phoenix. Wir werden uns wiedersehen, versprochen.«

Eigentlich war es absurd, wie tapfer ich mich gab. Tiere wissen nicht, dass Indianer angeblich keinen Schmerz kennen und große Jungs nicht heulen. Ich hätte mich also ruhig so zeigen dürfen, wie ich mich zu dem Zeitpunkt fühlte … aber irgendetwas blockierte mich. Stattdessen klopfte ich wie ein alter Cowboy gegen die Außenwand des Transporters, nickte und sagte zwei Oktaven tiefer wie normalerweise: »Okay, los geht's!«

Die Tür schloss sich. Der Wagen fuhr los.

Wenn ich gewusst hätte, dass es das letzte Mal sein würde, dass ich Phoenix sah, hätte ich mich in diesem Moment vor den Transporter geworfen, sie unter Tränen rausgeholt, in meine Arme genommen und getröstet. Ich hätte ihr gut zugeredet, ihr gesagt, dass sie stark sein solle, dass sie kämpfen solle, dass wir eine liebe Familie für sie finden würden, in der sie uralt werden könne.

Aber ich wusste nichts davon.

Stattdessen blickte ich dem Transporter auf der staubigen, von Schlaglöchern übersäten Straße hinterher und fühlte in mich hinein. Ich war dankbar für Phoenix. Sie hatte mich in sehr kurzer Zeit zu einem anderen, einem reflektierteren Menschen werden lassen. Ich wusste, warum ich all das auf mich nahm, und warum es für mich notwendig war, meine Angst nicht nur anzunehmen, sondern sie willkommen zu heißen. Phoenix hatte etwas in mir verändert. Sie war dem Tod noch einmal von der Schippe gesprungen und hatte sich berappelt. Ihre Chancen waren schlecht gewesen, und dennoch hatte sie ihre Flügel ausgebreitet und sich aus der Asche erhoben.

Ihr letzter Flug war jedoch die Reise in eine andere Welt, in der sie Ruhe fand. Eine Welt, in der die Wiesen immer grün und der Himmel immer blau sind. Denn nur wenige Tage nach ihrer Abreise aus dem Camp verstarb Phoenix an Organversagen. Sie schlief ohne Schmerzen ein, in Begleitung von Menschen, die für sie da waren. Ich hatte alles für sie gegeben, ich hatte an sie geglaubt und für sie gekämpft. Ich war unendlich traurig, als ich von ihrem Tod erfuhr, und doch wusste ich sofort, dass es ihr jetzt besser ging.

Wieder stellte ich mich in Hamburg ans Fenster und sah hinaus. Ich hob den Kopf, blickte in den Regenhimmel und dachte: Pass auf dich auf, da wo du gerade bist, Phoenix. Du hast das alles nicht verdient.

Schattenhund

Es passiert immer wieder, dass mich wildfremde Menschen auf der Straße ansprechen. »Was du machst«, sagen sie, »ist so inspirierend und großartig. Du bist ein Held!«

Ich würde lügen, wenn ich behaupten würde, dass mich solche Aussagen nicht freuen. Es tut mir gut, wenn Leute mir mitteilen, dass ihnen das, was ich tue, so viel bedeutet, und natürlich ist es schön für mich zu wissen, dass mich so viele Menschen auf meiner Reise begleiten. Aber gleichzeitig fühlen sich diese Komplimente falsch an, vor allem die Bezeichnung »Held«. Ich bin kein Held! Ich hasse es sogar, wenn Leute mich so nennen.

Helden haben einen ehrenhaften Charakter – keine Makel, kein Ego, keine Eitelkeiten. Sie stellen sich in den Dienst einer höheren Sache und haben keine Ängste, sondern übermenschliche Fähigkeiten. Sie riskieren ihr eigenes Leben, um das anderer zu retten. Helden machen alles richtig, kämpfen für die Gerechtigkeit und retten die Welt, besiegen den Endgegner. Sie haben definierte Brustmuskeln und gestählte Körper, gepanzerte Anzüge, Schilde, Waffen und besondere Fähigkeiten. Manche können Spinnweben aus den Händen schießen, andere können fliegen, sich teleportieren, andere wiederum sind superintelligent, haben telepathische oder magische Fähigkeiten.

Ich hingegen habe in meinem Leben nicht immer alles richtig gemacht, und ich mache immer noch viele Fehler.

Ich versuche mir vorzustellen, wie ich mit den Helden meiner Kindheit in einer Reihe stehe. In einem verwaschenen Hoodie, die Hände verlegen in den Taschen der zu tief sitzenden Hose vergraben, von den leicht nach Hundekot riechenden Chucks löst sich an einer Stelle die Sohle. Gummibänder halten seinen ramponierten Kiefer zusammen, der Ellenbogen ist von einem tollpatschigen Sturz verkrustet, mit Herpes an der Lippe, und zum Frisör müsste er auch mal wieder.

Bei aller Liebe … sehe ich nicht.

Ich fühle mich eher wie der ausgestoßene Underdog als der Hero im eng anliegenden Cape. Eher wie Yoshi, der tapsige Dino – nicht wie Super Mario. Ich bin kein Robin Hood und kein Iron Man. Diesen Super-Malte, den die Menschen in mir sehen wollen, der existiert in dieser Welt nicht. Ich bin Malte. Nicht mehr und nicht weniger. Und ich werde begleitet von der ständigen Angst, zu scheitern und zu enttäuschen.

Ich führe ein sehr privilegiertes Leben, denn ich habe einen Job gefunden, der mich von Grund auf erfüllt und meinem Leben einen Sinn verleiht. Ich lebe mit meiner Traumfrau zusammen, die meine Ansichten und Einstellungen teilt und mich zu einem besseren Menschen macht. Dennoch gibt es Nächte, in denen ich im Bett liege, Phia im Arm halte und nicht schlafen kann. Ich starre zur Zimmerdecke hoch, an die das Mondlicht Bilder malt, und verliere mich in meiner eigenen Dunkelheit. In diesen Momenten ist es so düster, kalt und karg in mir. Die Ängste greifen nach mir, saugen sich wie Oktopusarme an mir fest und ziehen mich in die Tiefe. Ich bin in diesen Nächten mein eigener wahrgewordener Albtraum und der festen Überzeugung, dieses Leben nicht verdient zu haben, und niemals wiedergutmachen zu können, was ich schon alles verbockt habe.

In diesen Nächten frage ich mich: Was, wenn das Bild von mir, auf dem ich verletzte Hundewelpen durch Krisengebiete trage, nicht mehr darüber hinwegtäuschen kann, dass es auch einen anderen Malte gibt, der von Ängsten zerfressen und bei Weitem nicht stolz auf alles ist, was er getan hat? Der zweifelt, am laufenden Band? In mir drin sitzt eine tiefe Unsicherheit. Das hat, machen wir uns nichts vor, nicht nur mit meiner posttraumatischen Belastungsstörung, an der ich seit den Einsätzen in Kriegs- und Krisengebieten leide, sondern auch mit meiner Vergangenheit zu tun.

Als Kind hörte ich von Personen aus meinem sozialen Umfeld sehr oft, dass ich dumm bin. Wenn irgendetwas zu Bruch ging oder herunterfiel, wenn es schepperte oder klirrte, etwas verschwand oder kaputtging, war ich leider überdurchschnittlich oft beteiligt. Ich habe ADHS. Das ist keine Entschuldigung, sondern eine Diagnose. Ich habe als Kind beispielsweise mal den Papageienkäfig meiner Eltern offen stehen lassen – aus Schusseligkeit. Das Resultat: Jacko, der jahrelang Mitglied unserer Familie war, flog in die vermeintliche Freiheit und verhungerte elendig in der Wildnis. Ich habe mir damals die Schuld daran gegeben … die meisten aus meinem Umfeld auch. Noch heute kann ich ihre Worte hören: »Der ist so dumm!« Ich war sieben Jahre alt und hatte unfreiwillig das Leben eines Tiers auf dem Gewissen. Verzeihen kann ich es mir bis heute nicht. Damals, in meiner Kindheit, noch dazu in der ostfriesischen Pampa, war der Umgang mit ADHS ein anderer als heute. »Pass doch mal auf!«, oder »Zappel nicht so rum!«, oder »Jetzt konzentrier dich endlich!«, waren Sätze, die ich jeden Tag von allen Menschen um mich herum hörte, in der Schule, bei Freunden, aber eben fast überall und in jeder Situation. Und am häufigsten eben: »Du bist so dumm.« Wenn ein solcher Satz auf eine Kinderseele trifft, dann macht das was mit dieser Seele.

Ich wurde unsicher, fühlte mich mit Menschen oft nicht wohl und entwickelte mich zum notorischen Ja-Sager. Ich war, nun gut: *bin* ein People Pleaser, wie er im Buche steht, weshalb ich es auch völlig okay fand, dass meine Mutter, bis ich einundzwanzig war, bei meinem damaligen Arbeitgeber anrief, um mich krankzumelden. Meine Mutter hat mich schon immer, von Kindheit an, beschützt und unterstützt. Ich traute mich schlichtweg nicht, damals selbst in der Arbeit anzurufen, ging sämtlichen Konfrontationen aus dem Weg. Stattdessen perfektionierte ich meine Fähigkeiten in der Vogel-Strauß-Taktik, steckte den Kopf tief in den Sand und ignorierte alle Unstimmigkeiten. Oder stellte mich tot, wie eine dieser Ziegen.

Was im Tierreich ein probates Mittel ist, um nicht gefressen zu werden, funktioniert in der Menschenwelt nur semi. Das weiß ich aus erster Hand, denn an manchen Tagen werde ich von meinen sozialen Ängsten so hart auseinandergenommen, dass ich mich nicht traue, das Haus zu betreten, in dem ich mit Phia wohne. Und das nur, weil vor der Haustür gerade zwei Nachbarn stehen und sich unterhalten. Ich drücke mich dann mit Angstschweiß auf der Stirn und flauem Magen in der Nähe rum und sehe vermutlich wie ein verrückter Stalker aus, weil ich andauernd zur Haustür starre und denke: Jetzt verpisst euch endlich,

ich will da rein. Ich stehe dort übrigens auch, wenn es in Strömen regnet, wenn ich keine Jacke anhabe und friere oder dringend pinkeln muss. Alles, wirklich *alles* ist mir in diesen Momenten egal. Hauptsache ich muss den anderen Menschen nicht begegnen.

Ja, es ist ein bisschen irre. Aber es gehört eben auch zu mir dazu, dass ich meine Angst nicht immer kontrollieren kann. Stattdessen lasse ich zu, dass ich mich in ein irrationales, merkwürdiges Stressbündel verwandle, das anderen Leuten komisch vorkommt. Damit kann ich leben, denn ich kenne es nicht anders.

Unter anderem aus diesem Grund bin ich mir bis heute nicht sicher, ob ein großer Teil meiner eigenen Familie mich überhaupt mag. Dass sie nicht verstehen, was ich in der digitalen Welt mache, warum ich mich für Tiere im Ausland einsetze oder vegan lebe – scheiß drauf. Das Gefühl des Missverstandenseins reicht lange zurück und wird durch unverhältnismäßige Reaktionen aus Ostfriesland bis heute getriggert. Vorwürfe, dass ich Tieren nur aus Mediengeilheit helfe und erst einmal deutsche Tiere unterstützen solle, sind keine Seltenheit. Immerhin: Die Personen, die diese Ansichten vertreten, hatten den Mut, mir das persönlich zu schreiben. Eigentlich gibt es diesen offenen Umgang mit Kritik bei uns nicht. Die meisten lächeln immer nett, wenn ich in der Heimat bin. Sobald ich das Haus allerdings verlasse, sprechen sie schlecht über mich. Wenn das im engsten Umfeld passiert, einem Ort, an dem man sich eigentlich verstanden und gesehen, geliebt und respektiert fühlen sollte, hat das Auswirkungen auf die eigene Psyche. Ich habe bis heute krasse Probleme Menschen zu vertrauen, denn ich erwarte immer, dass sie mir sowieso über kurz oder lang das Messer in den Rücken rammen. Es gibt lediglich eine Art von Lebewesen, denen ich bedingungslos vertraue. Es sind die Tiere.

Nehmen wir zum Beispiel Hunde. Sie sprechen dieselbe Sprache, egal woher sie kommen. Und es liegt an uns Menschen, sie zu verstehen und uns in ihr auszudrücken. Du magst es vielleicht nicht glauben, aber ein Hund liest dich anhand deiner Körpersprache und Stimmung schon, bevor du überhaupt angefangen hast, ihn zu verstehen. Wenn ich einem Hund zu nahe komme, und er es nicht will, wird er mir das unmissverständlich signalisieren, und ich werde seinen Wunsch respektieren. Wenn er mich aber mag, lädt er mich zu sich ein. Seine Kommunikation ist stets eindeutig und frei von Hintergedanken. Tiere haben mich im Gegensatz zu Menschen noch nie hängen lassen, mich noch nie enttäuscht.

In Tolstois Roman *Anna Karenina* lautet der erste Satz: »Alle glücklichen Familien gleichen einander, jede unglückliche Familie ist auf ihre eigene Weise unglücklich.« Das ist so wahr! Wenn ich an meine Kindheit zurückdenke, stelle ich fest, dass ich meine Kernfamilie schon immer als gespalten wahrgenommen habe. Es gab zwei Lager, und man musste sich für eine der beiden Seiten entscheiden. Aber egal, für welche ich mich entschied, es führte zu Konflikten. Das sorgte dafür, dass ich mich in jungen Jahren oft unwohl und missverstanden fühlte.

Mir ist klar, dass es nicht fair ist, meine Familie auf wenige Sätze runterzubrechen. Die Welt ist nicht schwarz-weiß, und Familien sind komplexer als Raumfahrt. Außerdem ist es normal und gehört zum Erwachsenwerden dazu, irgendwann, meistens Anfang zwanzig, das heimische Nest zu verlassen und die Verwandtschaft kritisch zu hinterfragen. Erst dann erkennt man auch, dass die eigene Vergangenheit, das eigene Zuhause und die eigene Familie viel weniger wie im Bilderbuch waren, als man immer dachte. Im selben Moment wächst die Angst, was man selbst mal verkacken wird, wenn man Mama oder Papa wird, obwohl man denkt, man müsste es besser wissen. Ich werde nicht immer alles richtig machen, da bin ich mir sicher.

Aber es wird Zeit, mich zu lösen. Ich liebe meine Eltern über alles, wirklich, und ich bin ihnen dankbar für alles, was sie mir gegeben haben. Es war immer das Beste. Doch ich gehe heute meinen eigenen Weg, und genau wie meine Eltern trage ich nun meine eigenen Lasten.

Es ist mir wichtig, zu betonen, dass alles, was ich hier schreibe, meine subjektive Wahrnehmung ist. Ich bin in einem Haus mit drei weiteren Geschwistern und meinen Eltern aufgewachsen. Und nur, weil ich meine Kindheit auf eine bestimmte Art wahrgenommen habe, heißt es nicht, dass der Rest der Familie dieselben Erfahrungen und Ansichten hat oder meine Gefühle teilt. Jeder weiß, Familien sind unheimlich kompliziert. Strukturen festigen sich über Jahre, uralte Verletzungen und Missverständnisse sorgen dafür, dass man sich zu Hause anders verhält, als man es eigentlich möchte – kennen wir alle. Ich bin nicht auf dieser Welt, um mit dem Finger auf meine Familie zu zeigen. Das wäre viel zu kurz gedacht und würde mich aus der Verantwortung nehmen. Wie sagt man so schön? Jeder ist seines Glückes Schmied. Es gibt viele Menschen, die in ihrer Kindheit Schlimmes erleben mussten und die heute trotzdem aufgeräumter in ihrer Psyche sind als ich. Da ist jeder anders. In meinem Studium der Sozial- und Erziehungswissenschaften habe ich aber gelernt, dass das enge soziale Umfeld eine wichtige Säule in unserer Entwicklung bildet. Mir jedenfalls tat es ab der Pubertät nicht immer gut, Zeit in meinem Elternhaus zu verbringen.

Und auch heute bin ich nicht oft in der Heimat. In den vergangenen Monaten habe ich die Tiere in den Krisengebieten häufiger gesehen als meine eigene Familie. Das ist schlimm für mich, denn meinen Eltern geht es nicht gut, und ich mache mir große Sorgen. Trotzdem kann ich nicht mehr für sie da sein. Auch das stürzt mich immer wieder in Sinnkrisen. Bin ich ein schlechter Mensch? Sollte ich mehr Zeit in Ostfriesland verbringen und für die Familie da sein? Welchen Anteil an unserer aktuellen Beziehung trage ich selbst? Entziehe ich mich der Verantwortung oder versuche ich nur, mich zu schützen? Diese Fragen gehören seit Jahren zu meinem Alltag. Wie gesagt, bin ich ein absoluter Overthinker, seitdem ich denken kann.

Es gibt Menschen, die an Heimweh leiden. Ich hingegen habe das Gefühl, keine wirkliche Heimat zu haben. Damit meine ich nicht den Ort, wo sich das Wifi automatisch verbindet, sondern an dem man immer willkommen ist, zu 100 Prozent man selbst sein kann und nicht das Gefühl hat, nicht dazuzugehören und anders zu sein. Vielleicht bin auch ich der Komische in dieser Geschichte, aber ich fühle mich in Ostfriesland wie ein Fremdkörper.

Seitdem Phia in mein Leben getreten ist, empfinde ich das erste Mal so etwas wie Heimat. Kitschigerweise ist es dabei egal, wo wir sind. Sie gibt mir das Gefühl anzukommen und ist immer für mich da. Als ich damals in Griechenland war, um Spenden für den Tierheimbau zu sammeln, wollte ich nicht, dass die Reise trotz ihrer emotionalen Hürden ein Ende nimmt. Warum auch? Ich wusste, dass in Deutschland niemand und nichts auf mich wartete. Heute ist es anders. Da ist Phia, und da ist mein Bedürfnis, zu ihr zurückzukehren.

Vielleicht ist Heimat aber auch gar keine Person, sondern etwas anderes, das man nur schlecht greifen kann. Phia sagte vor Kurzem zu mir: »Deine Heimat ist kein Ort mit vier Wänden und einem Dach. Die Tiere sind deine Heimat.«

Ich glaube, sie hat recht. Heimat ist kein Ort, sondern ein Gefühl, und die richtige Heimat findet man sowieso nur in sich selbst. Wenn ich alles verliere, was mir heute wichtig ist, habe ich am Ende immer noch mich, meine Überzeugungen und meine Liebe für die Tiere. Das kann mir keiner nehmen. Aus diesem Grund ist es auch so wichtig, dass ich das Leben führe, das sich für mich richtig anfühlt, nicht für irgendjemanden sonst.

Ich habe mich viel zu häufig nicht an mir und meinen Werten orientiert, sondern an den Vorstellungen anderer, besonders in den ersten fünfundzwanzig Jahren meines Lebens. Dabei suchte ich mir vor allem Narzissten als Vorbilder, die mir genau sagten, was richtig ist (ihr Leben, ihre Person, ihre Ansichten) und was falsch (ich in all meinen Facetten). Diese Menschen, ich muss es leider aussprechen, waren ausnahmslos Männer. Da ich ein unfassbar unsicherer und charakterschwacher Mensch bin, brauchte ich immer einen Mann als Leitstern, der mir die Welt erklärt. Er hatte zu allem, was ich tat, sagte, fühlte oder dachte, eine Meinung, und die klang meistens so: »Das ist uncool. Du bist uncool. Das ist alles Mist, was du machst.«

Sollte man sich von solchen Menschen beeinflussen lassen? Sicher nicht. Habe ich unterbewusst versucht, diesen Typen zu gefallen? Auf jeden Fall! Nur leider raffte ich das als junger Mensch nicht. Ich sah nicht, in welch toxischem, ungesundem Verhältnis ich zu diesen Narzissten stand, und ich kapierte nicht, wie sehr ich von ihrem Urteil abhängig war. Es war fast immer vernichtend, aber wenn es ausnahmsweise einmal milde ausfiel, fühlte ich mich im Himmel. Immerhin hatte ich gerade ein Lob von meinem Vorbild bekommen! Wie ein dummer Untertan, der seinem König blind und mit Freude ins Verderben folgt, obwohl dieser ihn nie gut behandelte. Das war so was von ich.

Meine Könige waren meine Idole, ich wollte sein wie sie. Sie waren Models, Skater, Künstler, Unternehmer, Tier- und Umweltschützer, und alles, was sie taten, wollte ich auch tun. Ich eiferte ihnen nach. Sprach, bewegte, argumentierte wie sie, gab alles dafür, so zu sein wie sie, stellte mich freiwillig in ihren Schatten und schaute zu ihnen auf, weil mir das scheinbare Sicherheit gab. Ich fand es bewundernswert, dass sie alles mit großer Überzeugung taten, ja, dass sie mit großer Überzeugung sie selbst waren und ihr Dasein feierten. Ich hoffte unbewusst, etwas von ihrem Strahlen würde auf mich abfärben. Normalerweise dödelte ich durch die Gegend, ohne Plan, ohne Richtung, aber wenn ich jemanden fand, den ich zu meinem König machen konnte, verspürte ich plötzlich Sicherheit und Selbstvertrauen. Es war ziemlich krank, ehrlich gesagt.

Heute ist mir bewusst, dass ich mich so verhielt, weil es mir so unglaublich schwerfiel, eigene Entscheidungen zu treffen. Lieber kopierte ich den Lebensentwurf oder die Gedanken eines anderen. Dass das auf Dauer nicht klappen kann, ist offensichtlich. Zum einen sind Menschen sehr verschieden, zum anderen sollte man sich von Narzissten nun wirklich keine Scheibe abschneiden. Das waren Leute, die meine Unsicherheiten mit ihrem Verhalten schürten, die sich über mich lustig machten und mich klein hielten. Denen es gut in den Kram passte, dass ich meinen inneren Kompass ständig verlor und meine Nadel nur noch nach ihnen ausrichtete – denn genau das ist es, was Menschen, deren narzisstische Seiten sehr ausgeprägt sind, lieben. Alles, was sie tun, tun sie aus Geltungssucht und dem Bedürfnis nach Anerkennung, aus Gier und Eitelkeit, aus Selbstsucht und Macht. Vielleicht sind sie, tief in ihrem Inneren, wie ich selbst: gebrannte Kinder.

Ich möchte auch diesen Menschen nicht die Schuld an meiner ungesunden Beziehung zu ihnen geben, denn ich glaube nicht, dass sich ein Narzisst seiner eigenen Innenwelt besonders bewusst ist. Er handelt nicht aus bösem Willen, sondern weil er es nicht anders kann, genau wie ich, wenn ich mich im Regen vor der Haustür herumdrücke, weil ich mich nicht traue, den Nachbarn Hallo zu sagen. Gleichwohl war die Paarung narzisstisches Vorbild und bis auf die Knochen verunsicherter Fanboy Malte keine gesunde Kombination.

Das Verrückte ist, dass ich, seitdem ich meinen Fokus auf den Tierschutz lege, diese ganzen männlich-toxischen Leitfiguren von ganz allein nicht mehr in mein Leben lasse. Ich fühle mich selbstsicherer als jemals zuvor. Der Trick scheint also, sich selbst ein Vorbild und mit dem, was du tust und fühlst, im Reinen zu sein. Endlich weiß ich, weshalb ich auf dieser Erde bin, warum meine Existenz eine Berechtigung hat: wegen der Tiere. Ich fühle mich wie der größte Idiot, wenn ich bedenke, wie lange ich gebraucht habe, um das zu verstehen.

Seitdem ich alles für die Tiere gebe, brauche ich keinen König mehr, dem ich folge. Der einzige Mentor, den ich in meinem Leben noch akzeptiere, ist eine Frau in den Fünfzigern, die ununterbrochen Kette raucht und sich einen Scheiß darum kümmert, was andere von ihr denken: Babette. Ich habe, seit ich diese Frau kenne, den Kontakt zu allen Menschen, die mir nicht guttun, auf ein Mindestmaß reduziert. Endlich gibt es keine Männer mehr, die mir sagen wollen, was ich vermeintlich falsch oder richtig mache. Zugegeben, ich bin gestresster und trauriger denn je zuvor. Ich sehe Dinge mit eigenen Augen, die ich mir in meinen schlimmsten Albträumen nicht vorstellen konnte. Trotzdem würde ich niemals zurück in mein altes Leben gehen. Sich darüber bewusst zu sein, tut verdammt gut.

*

Damit kein falscher Eindruck entsteht: Ich war nie ein Opfer und schiebe niemandem die Schuld in die Schuhe.

Wenn überhaupt, war ich ebenfalls Täter, denn der Vergangenheits-Malte hat nicht immer alles richtig gemacht. Im Gegenteil.

Es gibt diese eine Sache, die ich noch nie öffentlich erzählt habe, weil sie mir einfach so unendlich peinlich ist. Ich war Mitte zwanzig und am Abend auf einer Dorfparty in Ostfriesland gewesen, natürlich hatte ich deutlich mehr getrunken, als ich vertrug, und natürlich hatte ich am Morgen danach einen Bilderbuch-Filmriss.

Als ich erwachte, hatte ich keine Ahnung, wo ich mich befand – nicht in meinem Bett, das erkannte ich. Ich wusste nicht, wie ich hierhergekommen war, und die Erinnerungen an letzte Nacht waren einfach weg. One Night in Leer. Mein Schädel hämmerte, jede Pore dünstete Schnaps aus, ich konnte mich selbst riechen. Ich tastete nach meinem Handy, warf mit einem zugekniffenen Auge einen Blick aufs Display. Was ich entdeckte, ließ mich mit einem Schlag wach werden: Da waren jede Menge Nachrichten von Freunden. Ich klickte mich durch, mein Gehirn versuchte, die Puzzlestücke der vergangenen Nacht zu sortieren. Ein Video war bei Facebook aufgetaucht, auf dem zu sehen war, wie ein junger Typ, dessen Gesicht man nicht erkannte, offenbar gut angeheitert an einer knallroten, prolligen Amikarre vorbeilief und den Schlüssel quer über den Lack zog. Ein riesiger Kratzer, vom Kofferraum bis zur Motorhaube. Auf dem Video waren auch andere Autos neben dem aufgemotzten Range Rover zu sehen. Aber der Typ nahm sich offensichtlich nur dieses Auto vor. Man erkannte zwar nicht, wer dieser Typ war, aber er hatte einen verblüffend ähnlichen Klamottenstil wie ich.

Mein Blick fiel auf den Kleiderberg auf dem Boden neben der Matratze. Oh. Shit. Ich schaute mir das Video noch mal an. Dann noch mal. Und noch mal. In mir zog sich alles zusammen. Ich fing an zu schwitzen, aber nicht vom Alkohol.

Und mir fiel beinahe das Handy aus der Hand, das plötzlich klingelte. Mein Bruder Wilke war dran. Er war durch Social Media unfassbar bekannt, weshalb ihm schon einige Leute wegen des Videos geschrieben hatten, auf der Suche nach dem Täter.

Ehrlicherweise war ich zu diesem Zeitpunkt noch nicht nüchtern, weshalb ich auch das Gefühl hatte, die Zimmerdecke würde auf mich runterfallen und mich unter sich begraben – mehrmals. Und der Horror fing gerade erst an. Denn wie ich von Wilke erfuhr, hatte ich mir bei meiner nächtlichen Aktion nicht irgendein Auto ausgesucht, sondern das eines sehr gefährlichen Mannes, der so misstrauisch war, dass er den Parkplatz seines Autos per Video überwachen ließ.

Klar. Haste Scheiße am Schuh, haste Scheiße am Schuh. Und wenn Malte Scheiße baut, wird er selbstverständlich dabei gefilmt.

Was sollte ich tun? Meine Mama für mich dort anrufen zu lassen, kam diesmal wohl nicht infrage. Zeugenschutzprogramm? Kam mir nicht allzu abwegig vor. Denn von einem so gefährlichen Mann wollte ich nicht gefunden werden.

Aber die Welt ist ein Dorf. Und der Typ würde mich irgendwo aufgabeln. Ich hatte keine andere Wahl, ich musste mich bei ihm melden.

Keine Ahnung, woher mein plötzlicher Mut kam, wahrscheinlich war es der Alkohol, der noch aus mir sprach. Auf jeden Fall fand ich die Nummer des Kerls heraus und rief ihn an. Es tutete. Das Herz schlug mir bis zum Hals. Es tutete immer noch. Ich könnte immer noch auflegen. Meine Finger waren feucht und zitterten. Gerade, als ich überlegte, doch einen Rückzieher zu machen, hob er ab.

Ich holte tief Luft: »Hallo, hier spricht Malte. Ich bin der Typ, der …« Ausatmen. Einatmen. Ausatmen. »… der dein Auto zerkratzt hat.«

Am anderen Ende der Leitung war es still. Sehr still. Zu still für meinen Geschmack. Ich schrieb in Gedanken mein Testament.

Dann sagte eine tiefe, rauchige Stimme: »Weißt du eigentlich, wer ich bin?«

Nie gut, wenn so eine Frage kommt.

»Ist mir scheißegal wer du bist«, antwortete ich beinahe erwachsen, sicher aber noch restalkoholisiert, während ich gleichzeitig merkte, dass das absolut in die falsche Richtung ging. »Ist mir auch scheißegal, wer ich bin«, fügte ich verzweifelt hinzu. »Ich habe Scheiße gebaut und dein Auto zerkratzt. Es tut mir unfassbar leid, und ich will es wiedergutmachen.«

Wieder wurde es still in der Leitung und ich lauschte meinem eigenen Herzschlag. Möglicherweise würde ich nicht mehr lange Gelegenheit dazu haben.

»Die meisten nennen mich Papa Schlumpf«, erklärte der Typ.

Beinahe hätte ich angefangen zu lachen. Aber nur beinahe. Zu meinem Glück. Denn der nächste Satz setzte dem Ganzen noch die Krone auf.

»Ich bin bei den Hells Angels ein hohes Tier.«

Ich fühlte mich wie in einem schlechten Film. Kannste dir nicht ausdenken! Was antwortet man bitte auf so eine Aussage? Ich hatte einem Macker des gefährlichen Rockerclubs die Karre zerkratzt.

»Dafür musst du zahlen«, knurrte Papa Schlumpf.

Ich schluckte so schwer, dass ich meinen Adamsapfel springen fühlte. »Das werde ich.«

»Oh ja, das wirst du.«

Papa Schlumpf sollte recht behalten. Ich bezahlte für diesen Abend, und zwar teuer. Zu meiner unendlichen Erleichterung nur Geld, davon jedoch mehr, als für die Lackreparaturen nötig gewesen wäre. 3500 Euro knöpfte mir der Typ ab, und ich widersprach nicht, obwohl ich wusste, dass ich abgezockt wurde. Lehrgeld schmerzt ja oft am meisten.

Und Rache wird ja bekanntlich kalt serviert. Bis heute habe ich nämlich echt Panik, dass das Video, das immer noch irgendwo im Netz herumgeistert, eines Tages wieder hochgewürgt und aus dem Kontext gerissen öffentlich gemacht wird. Dann wird es heißen, Malte Zierden zerkratzt Autos, selbst wenn die Sache hundert Jahre zurückliegt und ich meine Strafe bekommen habe. Aber wenn das so ist, dann ist es eben so. Wenn ich eines gelernt habe in den letzten Jahren mit der Notpfote: Es gibt eine Milliarde Dinge, die ich nicht kontrollieren kann. Ein Video, auf dem ich eine fette Amikarre zerkratze, ist zwar kein Kavaliersdelikt, aber bei Weitem nicht das Schlimmste, was auf dieser Welt passiert.

Es gibt aber auch Erlebnisse, von denen ich erzählen möchte, die nicht in einem Video dokumentiert wurden und die mir bis heute im Herzen wehtun. Ich habe schon davon berichtet, dass ich vor Phias und meiner Beziehung meinen Ex-Freundinnen nicht immer ein guter Partner war. Ich habe nicht physisch, aber emotional betrogen, und zwar nur, um mein Ego streicheln zu lassen – leider nur nicht von meiner jeweiligen Partnerin, sondern wildfremden Frauen, die mir über die sozialen Medien schrieben. Nicht, weil ich fand, das gehöre zum Image eines Musikers, als der ich viele Jahre auf den Bühnen in Europa unterwegs war. Und auch nicht, weil ich mir immer wieder selbst beweisen wollte, dass ich noch einen »Marktwert« habe. Ich tat es, weil ich keinerlei Selbstwert in mir trug und es mir gefiel, wenn andere mich mochten. Ein Verhalten, das sich heute extrem fremd für mich anfühlt. Ich kann nicht wirklich erklären, wie das immer wieder passierte. Aber es passierte. Und wie das bei Männern nun mal so ist: Sie stellen sich alles andere als geschickt an.

Also kam die Wahrheit ans Licht, und ich bettelte meine Freundin an, es wiedergutmachen zu dürfen. Ich schwor ihr, dass ich es zutiefst bereute, dass ich einen schrecklichen Fehler begangen hätte, dass ich sie über alles liebte, dass es nie wieder passieren werde. »Ich war nicht ich selbst«, erklärte ich, immer und immer wieder. Als ob eine unsichtbare Macht von mir Besitz ergriffen und meine Finger auf Nachrichten der Verehrerinnen hätte reagieren lassen.

Ich glaube, es gibt diese unsichtbare Macht, und sie heißt »armseliges männliches Ego«. Auf Kosten dieses Egos habe ich meine Ex-Freundinnen verletzt und mich selbst verraten.

Bis heute fällt es mir nicht leicht, meine Fehler von damals zuzugeben und auszuhalten, dass ich ein Mensch war, mit dem ich mich heute nicht einmal ansatzweise identifizieren kann. Der sich respektlos gegenüber seinen Partnerinnen verhielt, die er liebte. Und der den Absturz und den Knall auf den Boden brauchte, der richtig hart fallen musste, um zu kapieren, dass er sich von Grund auf ändern muss. Erst am Tiefpunkt hat man die Möglichkeit zu lernen und ein besserer Mensch zu werden.

Im ersten Corona-Sommer, als die Welt über mir zusammenbrach und ich wie ein erbärmlicher Lauch in meinem Zimmer in Vechta hockte und den Sinn meines Lebens suchte, ging ich auch zum Psychologen. Heute weiß ich: Ich tat es nicht für mich, ich tat es für meine Ex-Freundin, denn ich wollte sie zurück. Mir gefiel es nicht, dass ich ihr nicht mehr gefiel. Das ist niemals, in keiner Welt, eine gute Voraussetzung, um an seinen eigenen Fehlern zu arbeiten. Natürlich war es nicht genug, eine Therapie zu beginnen, um meine Ex zurückzubekommen – bis ich losgelegt hatte, war sie längst über mich hinweg, und ich fiel ins Bodenlose. Heute weiß ich, dass es gut so war, denn wer weiß, ob ich jemals aus meinen Fehlern gelernt hätte.

Auf meinem Rücken habe ich ein riesiges Tattoo, in dem einige kleine Buchstaben versteckt sind: IETSTTO. It's easier to stick to the old, also: Es ist einfacher, beim Alten zu bleiben. Es soll mich daran erinnern, dass ich niemanden mehr verletzen will, weil ich es nicht besser weiß oder kann. Ich will ein Mensch sein, der bewusst entscheidet, was er tut. Deshalb bin ich heute in therapeutischer Behandlung, aber aus freien Stücken, und weil ich merke, wie mich die Gespräche weiterbringen. Dass sie mir helfen, mit dem Vergangenheits-Malte, auf den ich wirklich nicht stolz bin, mit dem Weltschmerz, der mich immer wieder einholt und verzweifeln lässt, und auch mit den Dingen umzugehen, die ich bei meinen Einsätzen sehe.

*

Ich habe mich zu Beginn meines Engagements im Tierschutz oft gefragt, warum es gerade die Schattenhunde sind, die es mir so angetan haben. Das sind Hunde, die das Pech hatten, nicht als süße, kleine Bernhardinerwelpen in einem sicheren Umfeld geboren zu werden. Hunde, die von Menschen nicht gut sozialisiert wurden oder sogar Leid durch sie erfahren haben. Hunde, die im Zwinger nicht vorn stehen und um die Aufmerksamkeit betteln, sondern sich in der letzten Ecke verstecken, weil sie Schwierigkeiten haben, sich in der Welt zurechtzufinden. Es sind die Underdogs, die Tiere, die nicht »funktionieren« und oft in irgendwelchen Heimen landen, weil ihre Besitzer nicht mit ihren Ängsten, ihren Unsicherheiten oder ihren Aggressionen klarkommen oder den Aufwand nicht betreiben wollen oder können, der notwendig wäre. In den Heimen bleiben diese Tiere oft ein Leben lang. Sie lernen nichts und kennen nur den Beton unter ihren Füßen und die Gitterstäbe ihres Zwingers. Sie gelten als verhaltensauffällig, schwierig und schlecht vermittelbar. Sie tragen ein Stigma. Weil niemand an sie glaubt. Und weil ihnen niemand eine Chance gibt.

Ich fühle mich genau diesen Tieren sehr verbunden. Natürlich schmelze auch ich dahin, wenn ein flauschiger Golden Retriever auf mich zuläuft und mir einen Ball in den Schoß legt oder eine Katze um meine Beine streicht und mich mit einem verführerischen Maunzen darum bittet, sie zu streicheln. Es sind aber die Schattentiere, die mich wirklich berühren. Eben weil ich so vieles in mir wiedererkenne.

Schattenhunde sind wie ich. Es sind diejenigen, die immer unterschätzt werden. Solange ich denken kann, glauben die Menschen um mich herum, dass ich nichts hinkriege. Dass ich ein Tollpatsch, ein Trottel und ein Dummkopf bin, dass ich keine

Verantwortung übernehmen kann, dass ich nicht mal eine Briefmarke anständig anlecke, bevor ich sie auf den Brief klebe (an die Jüngeren unter euch: Ja, das hat man früher noch gemacht). Ich habe aus meinem sozialen Umfeld so oft gehört »Das kriegst du sowieso nicht hin!«, dass ich es wirklich geglaubt habe. Es war mein halbes Leben lang wie ein Leitsatz in meinem Bewusstsein. Ein Gift, das langsam wirkt und dich innerlich verrotten lässt.

Als ich Schattenhunden zum ersten Mal begegnete und feststellte, dass in jedem dieser missverstandenen, verängstigten, traumatisierten Tiere eine Seele schlummert, die geliebt und verstanden werden will wie wir alle, wurde es mir klar. Ich begriff, dass diese Tiere nichts für das können, was sie erlebt haben und erleiden mussten. Ich kapierte auch, dass man einem Lebewesen, dessen Verhalten von Ängsten und Traumata beeinflusst wird, nicht einfach erklären kann, dass ein fremder Mann nicht automatisch eine Gefahr darstellt. Und vor allem: dass es nicht Aufgabe der Schattenhunde ist, auf irgendeine wundersame Weise den Schalter umzulegen und zum süßen, verspielten Vorzeigehund zu werden, sondern dass es immer davon abhängt, wie man ihnen begegnet. Menschen jagen den meisten Schattenhunden Angst ein, sie fürchten sich vor ihnen. Zurecht – immerhin haben die meisten nur Scheiße mit Menschen erlebt. Warum sollten sie dann also mir vertrauen? Oder einem random Tierheimmitarbeiter? Oder einem Interessenten, der sich wie ein Zoobesucher vor den Käfig stellt und reinguckt, um seinen besten neuen Freund zu finden?

In Schattenhunden steckt so viel, viel mehr, als man auf den ersten Blick erahnt. So fühle ich mich auch manchmal. Natürlich gibt es Leute, für die werde ich ewig der tollpatschige Typ mit der Zahnlücke oder der Taube im Fenster bleiben, die werden nie sehen, was ich tue und für andere Lebewesen auf die Beine stelle. Damit kann ich leben. Denn ich weiß, es gibt die Tiere, in deren Gegenwart ich mich wohlfühle und ich selbst sein kann. Sie bewerten oder beurteilen mich nicht, interessieren sich nicht dafür, wer ich war oder was ich getan habe, sondern sehen nur, wer ich gerade bin und was ich für sie tue. Ich habe schon oft gedacht: Selbst wenn die Menschenwelt mich irgendwann einmal nicht mehr mag, habe ich immer noch die Tiere, die mich schätzen. Von ihnen erfahre ich Sicherheit, sie geben mir Souveränität. Ich habe häufiger das Gefühl, mehr ein Teil von ihrer denn ein Teil der Menschenwelt zu sein. Wie Mogli. Ich verstehe Menschen einfach so oft nicht. Ich verstehe nicht, wie man Tiere, Planeten und Umwelt so hart ausbeuten kann. Ich verstehe nicht, wie man denken kann, dass wir die höchste, wertvollste Lebensform dieses Erdballs sind. Bei aller Liebe, das geht nicht in meinen Kopf.

Ich kann nicht ausschließen, dass die Verbindung, die ich zu Tieren spüre, auch eine Flucht vor den Menschen ist. Als Schattenhund bleibt man eben am liebsten unter seinesgleichen. Möglicherweise baue ich mir gerade genau die Welt, in der ich mit all meinen Macken und Marotten, Kratzern und Dellen, Brüchen und Narben ein friedliches Leben führen kann, umgeben von Lebewesen, die mich wertschätzen für das, was ich bin, und denen ich all das geben kann, was mir möglich ist. In der nicht zählt, was war oder sein wird, sondern was ist. Vielleicht suche ich Schutz bei denen, die ich beschützen will.

Und wenn es so ist, dann ist es okay so.

Alles für die Tiere, immer.

Ich war nicht immer gut.
Jetzt bereise ich die Welt,
möchte Tieren helfen.
Ich hasse, was ich tue.
liebe, was ich tue.
Um dann wieder zu hassen,
was ich bin.
Mit diesem Gefühl,
etwas wiedergutmachen zu müssen,
was sich nicht wiedergutmachen lässt.
Mein Herz tut weh.
Und da ist dieser Wunsch,
nicht ich sein zu müssen
und alles zu vergessen.
Ich fühle mich nicht wohl in meinem Kopf.
Nicht manchmal, immer.
Bitte nenne mich nicht Held.
Das habe ich nicht verdient.
Ich möchte nur für sie da sein.
Für alle Tiere, immer.

Matilda

Als Kind spielte ich manchmal mit dem alten Gameboy eines Freundes. Ich saß da, mit viereckigen Augen, und zockte ohne Pause Super Mario Land, ein Jump-and-Run-Spiel, in dem man in einer verpixelten, zweidimensionalen Welt den kleinen Mario durch verschiedene Level bis zum Endboss lotsen musste. Der hatte Marios Freundin, die Prinzessin, entführt. Das Stressige bei dem Spiel war, dass es keinen gottverdammten Zwischenspeicher gab. Wenn man all seine Leben verlor, weil man nicht weit genug sprang, mit einer Schildkröte oder einer fleischfressenden Pflanze in Berührung kam, ging man Game Over. Auch dann, wenn die Batterien des Gameboys leer waren. Dann fing der ganze Spaß von vorn an, und es waren nicht gerade wenige Level, die man durchlaufen musste, bis man zum Schloss kam, in dem die Prinzessin gefangen gehalten wurde.

Ich wollte immer wissen, wie das Spiel weiterging, nachdem man den Endboss besiegt hatte. Stundenlang hockte ich vor diesem Gameboy, an manchen Tagen sogar so lange, bis ich mit dem Gerät im Gesicht einschlief. Aber meine Neugier und mein zugegebenermaßen etwas merkwürdiger Ehrgeiz ließen mich nicht los. Aber jedes Mal verloren wir, also mein Bro Mario und ich. Wir wurden wieder an den Anfang zurückgeworfen und mussten bei null anfangen. Und ich kann sagen, das war die Hölle.

Trotzdem konnte ich nicht aufhören. Wer perfektionistisch veranlagt ist und sich selbst beweisen will, dass er es besser kann, kennt diesen Modus. Also zockte ich ohne Ende, sprang von Level zu Level und trat eines Tages wieder mal vor das Schloss vom Endboss. Ich hatte schon so oft diesen letzten Kampf verloren. Hoffnung hatte ich wenig, aufgeben wollte ich aber auch nicht. Ich warf mich in die Schlacht. Und endlich, nach so vielen Wochen, schlug ich ihn. Mit meinem letzten Leben wohlgemerkt. Es war ein unendlich erfüllendes Gefühl.

Ich starrte aufgeregt auf das winzige Display, auf dem die Pixelfeuerwerke explodierten. Mario hatte die Prinzessin endlich gerettet! Was passierte als Nächstes? Wie ging die Geschichte weiter? War das Game nun wirklich over?

Die Antwort ist so naheliegend, wie sie auch traurig ist: Es ging einfach wieder von vorne los. Ich konnte gar nicht so schnell schalten, wie ich all meine Leben verlor und auf dem Display die vernichtenden Worte erschienen:

GAME OVER.

Direkt darunter tauchte in kleiner Schrift auf:

PUSH FOR RESTART.

Besser kann man das Leben eigentlich nicht beschreiben.

*

Zurück in Antakya. Zurück in den Ruinen des Erdbebens. Und täglich grüßt das Murmeltier.

Gemeinsam mit Babette schlug ich mich durch die Geisterstadt. Wir hatten eine Meldung bekommen, dass hier, im menschenleeren und zerstörten Stadtteil Defne, ein schwer verletzter Hund gesichtet worden sei. Wir drangen in verlassene Häuser ein, betraten Wohnungen, deren Oberseiten wie eine Sardinendose aufgerissen waren, kletterten über gigantische Steine und Trümmerteile. Es war so heiß, dass mir das Shirt am Oberkörper klebte und die Soße an mir nur so runterlief. Ähnlich wie damals in Mailand, als ich Phia zum ersten Mal getroffen hatte. Nur hier in der Trümmerwüste gesellte sich der Staubnebel dazu und panierte mich wie ein Kohlrabischnitzel.

»Dieses Haus noch«, sagte Babette und wischte sich über die Stirn, wo ihr Handrücken eine Spur im Schweiß-Staub-Gemisch hinterließ. »Dann brechen wir ab.«

Wir betraten das Gebäude oder besser gesagt, das, was davon noch übrig war. In einem Zimmer hing die Decke zur Hälfte herunter, abgerissene Kabel und Leitungen ragten in die Luft. An der

Wand hingen verstaubte Bilderrahmen mit Fotos, darauf strahlende Gesichter von Kindern. Mir wurde klar, dass hier vor nicht allzu langer Zeit eine glückliche kleine Familie gelebt hatte.

»Shit, wo bin ich hier gelandet?«, flüsterte ich und atmete einmal tief durch, um meine Angst unter Kontrolle zu bekommen.

Egal, wie oft ich schon in der Türkei oder in der Ukraine war: Die Angst reist immer mit. Babette sagt, man gewöhne sich an sie. Ich bin mir nicht sicher, ob das stimmt. Auf mich trifft es jedenfalls nicht zu.

»Hier ist nichts«, hörte ich von Babette aus einem der Nebenzimmer, während ich eine verbogene Tür aufschob, die einen Spaltbreit offenstand. Die Scharniere quietschten, Steinbrocken prasselten von der Decke auf den Boden, Staub wirbelte auf und bedeckte die Luft.

Vorsichtig warf ich einen Blick in den Raum, dessen Wände vor nicht allzu langer Zeit mal rot gestrichen gewesen waren. Nun hatten sie durch Staub, Schutt und Dreck einen verdreckten Rosaton angenommen. Komisch, mir gefiel die Farbe so. Fokus, Malte! Ich schüttelte den Kopf.

Ich wollte mich gerade abwenden und gehen, da sah ich es: Schleifspuren im Staub auf dem Boden. Sie führten zu einer Wand, die von der Tür verdeckt war. Und dort lag etwas. Hellbraunes Fell. Ein Welpe. Er hob den Kopf ein Stück, sah in meine Richtung.

Das Tier war schwer verletzt. Die Hinterläufe hingen von ihm, als würden sie gar nicht zu diesem kleinen, schwachen Körper gehören. Als hätte jemand zwei verschiedene, gleichfarbige Stofftiere aneinandergenäht. Der Welpe, ein Hundemädchen, vielleicht vier oder fünf Monate alt, war allein in dieser Ruine und konnte nur durch ein Wunder überlebt haben.

Ich ging langsam auf die Kleine zu. »Hallo, mein Herz«, begrüßte ich sie und ging vor ihr in die Hocke.

Sie war erschöpft und am Ende ihrer Kräfte. Und sie stank bestialisch. Ich sah, dass sie völlig eingekotet und eingenässt war. Außerdem hatte sie offene Wunden an den Hinterläufen, vermutlich weil sie die Beine nur noch hinter sich herziehen konnte. Wie war sie in dieses Haus gekommen? Es war absurd. Zwar waren die Scheiben der Fenster zerborsten, aber alle anderen Zugänge zum

Haus waren verschüttet. Wir selbst hatten nur durch ein zerbrochenes Fenster einsteigen können. Sie war gefangen. Es war ein kleines Wunder.

Auch ohne der absolute Tierschutz-Profi zu sein, wusste ich sofort, dass wir sie ohne Umwege zum Arzt bringen mussten. Ich nahm sie hoch, umschloss sie mit meinem verschwitzten Arm und kletterte mit ihr aus der Ruine. Trug sie ins Auto und versorgte die Wunden mit einer Damenbinde, die im Auto herumlag. Wir hatten nichts anderes dabei, und die Wunden mussten verschlossen werden. Wenn die Fliegen erst einmal anfangen, ihre Eier ins Fleisch zu legen, hätten wir ein ganz anderes Problem.

Ich wickelte die Kleine in ein Handtuch und hielt sie in den Armen, während wir zur zwei Stunden entfernten Tierklinik fuhren. »Ich werde auf dich aufpassen«, versprach ich ihr, und ließ sie nicht los, bis wir in der Klinik angekommen waren.

In einem improvisierten, sandigen Wartebereich saßen wir auf Bänken und warteten. Ich ließ die Kleine nicht los, auch wenn meine Arme mittlerweile vor Anspannung zu zittern anfingen.

Ein Mann im weißen Kittel kam vorbei, eine Spritze in der Hand. Er trat auf uns zu, sagte kein Wort und jagte der Hündin ohne Vorwarnung eine Nadel in den hinteren Oberschenkel.

Ich zuckte vor Schreck zusammen, aber die Hündin interessierte es gänzlich wenig. Was war das gewesen? Als ich sah, wie die Kleine schläfrig wurde, kapierte ich es: Er hatte sie betäubt. Ohne zu wissen, ob es überhaupt notwendig war – bislang hatte sie ja noch niemand untersucht.

Ich legte meine Nase an ihre, sah ihre riesigen braunen Augen. Sie schaute mich an, ihre Lider wurden schwer, dann schlief sie langsam ein. Ich ließ sie immer noch nicht los, auch wenn ich sämtliches Gefühl in meinen Armen verloren hatte. Seit Stunden trug ich sie nun schon herum. Vielleicht würde sie bald mit mir verwachsen. Dann könnte sie für immer bei mir bleiben. Gesetzt den Fall, wir würden den Gestank loswerden.

Aus dem Nichts kam der Mann im weißen Kittel wieder auf uns zu, riss mir die Hündin kommentarlos aus den Armen und lief davon.

»Hey!«, rief ich viel zu verunsichert und folgte ihm durch die ganze Klinik. Keine Ahnung, ob ich hier überhaupt rein durfte. Aber wer mir mein kleines Herz entriss, musste damit rechnen, dass ich ihm am Arsch klebte.

Wir betraten einen Raum mit einem Röntgengerät. Der Arzt legte die Hündin auf den kalten metallenen Behandlungstisch und fing an, ihren Körper zu untersuchen. Ihn dabei zu beobachten, machte mich unruhig, denn es sah nicht so aus, als würde er ein fühlendes Lebewesen untersuchen. Er war grob, wirkte so, als würde er ein Gerät von allen Seiten betrachten, um herauszufinden, wo er es aufschrauben konnte. Meine Augen wurden wässrig, während ich die Kleine dort so liegen sah. Sie war hilflos und sichtlich am Arsch. Und der Arzt behandelte sie wie einen Gegenstand.

Dann machte er ein Röntgenbild, studierte die Bilder und sagte nach einer längeren Pause trocken: »Wheelchair dog. I can't help.«

Er drehte sich um und verließ den Raum.

Okay. Wow, dachte ich und blickte auf die narkotisierte und nichts ahnende Hündin hinab. Dann fing ich an zu weinen. Ich war wie gelähmt, konnte mich nicht bewegen. Das alles machte mich völlig fassungslos. Diese emotionale Kälte, dieser Pragmatismus. Wo war denn hier die Empathie? So ging man doch nicht mit Lebewesen um! Ja, wir waren in einem Krisengebiet, die humanitäre Lage war katastrophal, es gab kaum fließendes Wasser, nur an wenigen Orten Strom … aber man konnte doch nicht einfach mit den Schultern zucken und sagen: »I can't help.«

Ich nahm die schlafende Hündin wieder in die Arme und fühlte mich sofort ein bisschen besser. Ich hatte mein kleines Herz zurück. Auch wenn offenbar niemand an sie glaubte, ich würde sie nicht allein lassen. Niemals. Die Angst in mir wurde groß. Ich musste hier raus.

Durch die Flure der Tierklinik bahnte ich mir einen Weg, bis ich an einer geöffneten Tür vorbeilief. Sie führte in einen Innenhof. Er war dreckig, aber erstaunlich grün und bot dank einiger Bäume jede Menge Schattenplätze. Ich stieg eine rostige, alte Metalltreppe hinunter und stand vor einem wunderschön geformten Baum. Mein Blick wanderte nach oben, zur Baumkrone. Es war eine bildschöne Trauerweide, die mich an den sprechenden Baum von Pocahontas erinnerte. Ihr bildschöner Blättervorhang umhüllte uns, lud uns ein, als wollte sie nur sagen: »Setzt euch zu mir, meine Kinder.«

Ich nahm die Einladung an, ließ mich nieder, lehnte mich gegen den Stamm der Weide und atmete tief durch. Meine kleine Begleiterin hielt ich dabei immer noch fest. Auch wenn sie mich nicht hören konnte, redete ich beruhigend auf sie ein: »Ich bin bei dir.« Dann ließ ich den Hinterkopf gegen den Stamm sinken und blickte durch die Blätter in den Himmel, schloss die Augen und fing an zu lauschen. Und da war nichts.

Moment … fast nichts. Erst jetzt fiel mir auf, dass ich, seitdem wir in Antakya waren, keine Vögel mehr gehört hatte. Hier aber, in diesem Innenhof, vernahm ich ein leises Zwitschern. Ansonsten war alles still. Kein Straßenlärm, keine schrillen Sirenen der Einsatzfahrzeuge, keine Schreie, kein Bellen, kein Weinen, kein Zweifeln. Nur die Geräusche der Natur. So stellte ich mir den Central Park in New York vor, eine grüne Oase inmitten des Chaos. Und so fühlen sich auch die Speicherorte in den Videospielen an. Plätze, an denen du deinen Charakter skillst, dein Arsenal wechselst oder deine Leben wieder auffüllst. Du holst kurz und tief Luft, nimmst dir die Pause, lädst die Akkus wieder auf und wirfst dich ein weiteres Mal in die Odyssee.

So einen Ort hatte ich auf meiner ganzen Tierschutzreise noch nicht erlebt. Immer war es heiß und stank, oder es war kalt und regnete. Es war kräftezehrend. Berge brannten. Hunde wurden von Rudeln zerfetzt. Taubennester von Menschen zerstört. Katzen versteckten sich in tödlichen Trümmern. Tiere wurden in der Not ausgesetzt. Baustellen standen still. Verzweifelte Seelen bettelten in Schweineställen um Liebe. Ein Phoenix erhob sich nicht aus seiner Asche. Und dabei war immer eines da: dieses endlos laute Chaos, unendlich präsent. Auch in meinem Kopf war es nie still, selbst dann, wenn ich bei Phia war.

Doch hier war nichts. Hier war nur die Sonne, die unbarmherzig vom Sommerhimmel brannte, durch das Blattwerk der Bäume gebrochen wurde und in sanften Strahlen in den Hof fiel. In diesem Innenhof fand ich eine unglaubliche, tiefe Ruhe. Dieser Ort, an dem ich die Hündin in meinen Armen hielt, war das Paradies. Zugegeben, die kleine Rasenfläche an diesem Ort sah aus wie die Köpfe der Männer, die mit einer Haartransplantation im Flieger der Turkish (H)Airline aus Istanbul zurück nach Deutschland reisten. Nichts Halbes und nichts Ganzes. An verschiedenen Plätzen am Rand des Hofs lagen Hunde, die meisten verletzt und an irgendeiner Stelle des Körpers kahlrasiert, alle erschöpft von der Operation oder schlafend nach der Narkose. Ich war umgeben von Versehrten, die verbundene Pfoten, abgeklebte Augen, blutige Kopfwunden hatten. Eigentlich sah es hier aus wie in einem Feldlazarett, und objektiv betrachtet, gab es mit großer Wahrscheinlichkeit weitaus schönere Flecken auf dieser Erde. Doch hier war es anders. Es war wunderschön. Hier drohte nichts über mir zusammenzubrechen. Kein Alarm zerriss die Luft. Es herrschte einfach Frieden.

Und hier begann auch mein Kopf endlich ruhiger zu werden. Der Terror von außen fand sonst immer einen Weg in mich hinein. Wenn ich nicht in ständiger Alarmbereitschaft und im Einsatz war, schlug ich mich in Hamburg mit den Erinnerungen und Eindrücken herum. Es gab Tage, da kam mir mein Leben wie die Szene in einem Quentin-Tarantino-Film vor – und zwar eine dieser Szenen, in der die Handlung völlig aus dem Ruder läuft und die Figuren anfangen, sich auf brutalste Art abzuschlachten. So fühlte sich mein Kopf an, seitdem ich mein Leben den Tieren widmete.

Doch diese eine Stunde meines Lebens, die ich in diesem Innenhof saß, war anders. Etwas war anders. Vielleicht war es der Ort. Vielleicht war es der Hund in meinem Arm. Vielleicht war ich es … Ich wusste es nicht.

Ab und an betraten Menschen den Hof, aber nicht hektisch, sondern in Ruhe, überprüften Infusionen, füllten Wassernäpfe auf, fühlten Puls. Auch Babette kam, rauchte eine Zigarette, sagte nichts. Und sie spricht sonst immer. In diesem Innenhof war es aber wie in einem Kloster, in dem sich die Mönche ein Schweigegelübde auferlegt haben. Es war kein Knurren und kein Bellen zu hören. Nichts als das Gezwitscher der Vögel und der Wind, der leise durch die Blätter der Bäume strich.

Ich bemerkte eine Bewegung aus dem Augenwinkel und sah nach oben. Eine Frau stand am Fenster des oberen Stockwerks und blickte zu mir herunter. Sie lächelte, als sie sah, wie ich die Hündin in meinen Armen hielt. In der Regel weiche ich den Blicken der Menschen aus, doch hier war es in Ordnung. Ich fühlte mich sicher.

Es dauerte keine Minute, da stand die Frau vor mir, einen Chai-Tee in der Hand. Sie nickte mir freundlich zu, stellte das Glas vor mir ab und ging wieder. Die Geste war klein, eigentlich nicht der Rede wert, aber in diesem Augenblick kam es mir vor, als wäre ich wirklich im Paradies gelandet.

Ich trank den Tee und genoss die friedlich laute Stille. Als würde man die Pausetaste drücken, und das verrückte, gefährliche, laute Leben käme für einen Augenblick zur Ruhe.

Die Hündin lag mittlerweile sabbernd auf meinem Bauch, sie war immer noch bewusstlos. Eine Weile beobachtete ich sie beim Schlafen, studierte die Färbung ihres Fells, streichelte sie zärtlich, wachte über sie. Genau in dieser Zeit muss es passiert sein: Ich verliebte mich.

Mit der Liebe ist es so eine Sache. Du weißt, es kann jederzeit passieren, und doch bist du jedes Mal überrascht, wenn der Pfeil Amors dich trifft. Mein Herz schlug für die Schwachen, die Kranken, die Unsichtbaren und die Ängstlichen, aber dass ich mich ausgerechnet in diese ausgemergelte, stinkende, todeserschöpfte Hündin verlieben würde, die ihre Hinterläufe nie wieder würde bewegen können – damit hatte ich nicht gerechnet.

Ich streichelte ihr über den Rücken, ließ sie nicht los. Wie Gollum in *Herr der Ringe* flüsterte ich immer wieder »Mein Schatz«, und küsste ihren Kopf. Ziemlich schwer vorstellbar, wenn man weiß, wie widerlich die Kleine stank. Doch wie jeder Frischverliebte bemerkte ich ihre Fehler nicht, oder ich blendete sie aus. Sie war zwar nicht perfekt, aber sie war echt. Ich roch nicht, was für ein grauenhafter Gestank von ihr ausging, ich sah nicht, wie dreckig und staubig sie war. Ich fand sie einfach nur wunderschön, fühlte mich ihr unendlich verbunden und hatte das Gefühl, auf Wolke sieben zu schweben. Oder im Himmel zu sein, dem traurigsten auf Erden, der mir in dieser Sekunde wie das Paradies vorkam.

Alles, was mich in den vergangenen Monaten gequält hatte, fiel in diesem Augenblick von mir ab. Meine Zweifel, meine Ängste – sie waren nicht mehr da. Es war dieser traurige Himmel, eben jener Moment mit der verletzten Hündin auf dem Arm, in dem ich zum ersten Mal seit sehr langer Zeit meine Ruhe fand. Nicht nur im Außen, sondern ganz tief in mir.

Meine Gedanken wurden leise.

Mein Atem wurde ruhig.

Mein Herz wurde leicht.

Und ich wurde mir, seit langer Zeit mal wieder, bewusst, warum ich das alles eigentlich tue.

Weil da Hoffnung war.

Weil es mir Sinn gab.

Weil mein Herz dafür schlug.

Ich atmete tief ein. Schloss die Augen. Und atmete wieder aus. Endlich. Ich war an dem Ort angekommen, den ich so lange gesucht hatte: bei mir.

Ich bemerkte, dass sich die Hündin auf meinem Schoß regte. Sie schlief noch, schien aber langsam aus der Narkose zu erwachen.

»Du brauchst einen Namen«, murmelte ich und musste an Phia denken. Wir hatten schon mal übers Kinderkriegen gesprochen und beschlossen, falls wir ein Mädchen bekämen, es Matilda zu nennen. Natürlich hatten wir dabei an ein Menschenkind gedacht, keinen Hundewelpen.

Trotzdem fand ich, die Kleine in meinem Arm sollte so heißen. Und ich malte mir aus, wie Phia und ich Matilda zu uns holen würden. Wie sie mit uns leben würde, wie wir für sie da sein könnten. Ich fing an, über unser Leben mit Matilda zu tagträumen.

Ich konnte nicht ahnen, dass Matilda niemals einen Rollstuhl bekommen würde. Dass sie weder Deutschland noch Phia kennenlernen würde. Dass ich das letzte Mal mit ihr zusammensaß. Ich hatte keine Ahnung, dass sie sich kurz darauf mit Parvo anstecken würde, weil man ihr aus Arroganz und männlicher Ignoranz die Impfstoffe vorenthielt. Ich ahnte nicht, dass diese unschuldige kleine Seele bald einen grausamen Tod sterben würde.

In diesem Moment wusste ich nichts von alledem. Matilda lag auf meinem Schoß. Ich streichelte sie, wachte über ihren Schlaf und malte mir aus, wie schön unsere Zukunft werden würde.

Nach einer Weile schlug Matilda die Augen auf und blickte mich an, gähnte und seufzte tief. Dann geschah das Unfassbare:

Sie drehte den Kopf und begann, mir die Hand abzulecken. Mein Herz fing vor Freude heftig zu schlagen an. Die Kleine mochte mich also auch.

»Ich liebe dich auch«, erwiderte ich, während mir die Tränen in die Augen stiegen. »Du wirst ein Rollstuhlmädchen, Matilda. Das coolste Rollstuhlmädchen der Welt.«

Malte, Malte, Malte. So viele Hoffnungen. Und so wenig Ahnung.

Pass auf dich auf, da wo du gerade bist, Matilda. Du hast das alles nicht verdient.

*

Immer wieder werde ich von Menschen, die mir folgen, gefragt, warum ich den Tieren helfe und nicht den Menschen. In Situationen wie in der Zeit nach Matildas Tod spürte ich die Antwort sehr deutlich in mir: Tiere enttäuschen, verletzen und betrügen dich nie. Sie nehmen dich, wie du bist, es ist ihnen egal, ob du arm oder reich bist, groß oder klein, ob du im Rollstuhl sitzt oder kein Dach über dem Kopf hast. Tiere interessieren sich nicht für dein Bankkonto, deine Hautfarbe oder deine Followeranzahl, nicht für deine Fehler oder Schwächen. Sie geben dir etwas, was du von Menschen nicht bekommst, und sie wollen im Gegenzug nicht viel von dir. Tiere haben unendlich viel Liebe zu geben und empfangen jede Art der Zuneigung. Sie haben nichts Böses im Sinn, und sie können am allerwenigsten für die Welt, in der wir leben.

Tiere haben keine eigene Stimme. Es ist mir nicht nur einmal passiert, dass sich Redaktionen bei mir gemeldet haben und einen Beitrag über unseren Aktivismus mit der Notpfote planten. Alles war schon fertig und bereit, aber dann kam immer irgendein Sender oder Chefredakteur und war der Meinung, man könne in einer Region, in der Menschen leiden, nicht über Tiere berichten. Sie sagten wortwörtlich: »Es gibt Wichtigeres als ein paar sterbende Tiere.« Solange sich der Großteil der Menschheit wichtiger nimmt als die Tiere, sich über sie stellt, sie ausbeutet, jagt, bekämpft oder isst, muss es Leute geben, die die Tiere an erste Stelle setzen. Ich möchte einer dieser Menschen sein.

Ich wünschte, es wäre anders. Ich wünschte, ich würde auf einem Planeten beheimatet sein, auf dem das Leben eines Elefanten denselben Stellenwert hat wie das eines Staatspräsidenten. Ich wünschte, mein Auftrag wäre nicht, der Welt zu erzählen, wie schlecht sie Tiere behandelt. Ich wünschte, ich könnte mein Handy weglegen und aufhören, in sechzig Sekunden das Elend eines ganzen Tages zusammenzufassen.

Ich wünschte, ich könnte auf PUSH FOR RESTART drücken, und Matilda, Amor, Phoenix und die anderen Seelen wären noch am Leben, und nichts von dem Grauen wäre passiert.

Ma♡

Es gibt auf diesem Planeten sehr viele Dinge, von denen wir nur einen Bruchteil mitbekommen. Das meiste spielt sich im nicht sichtbaren Bereich, unter der Oberfläche oder im Dunkeln ab. Von etwa 300 Millionen Quadratkilometern Meeresboden sind beispielsweise gerade einmal 5 Prozent erforscht – ähnlich viel wie vom menschlichen Gehirn. Nur das obere Zehntel eines Eisberges sieht man aus dem Wasser ragen. Und auch wenn sich die Erdplatten verschieben, bekommen wir es in der Regel nicht mit. Neuntausend Mal bebt die Erde täglich. Aber nur 2 Prozent der Ereignisse haben so starke Auswirkungen, dass wir sie überhaupt bemerken.

Das Beben, das am 6. Juni 2023 die Erde im von Russland und der Ukraine umkämpften Grenzgebiet erschütterte, wurde nur von einigen weit entfernten Seismografen registriert. Auf der Richterskala hatte es gerade mal eine Stärke von 1 bis 2. Und doch waren die Auswirkungen verheerend.

Denn erstens war das Beben kein natürliches Phänomen, sondern die Folge einer Explosion durch eine Bombe. Und zweitens explodierte die Bombe in einem Maschinenraum der ukrainischen Kachowka-Stauanlage. Der Damm brach, Millionen Liter Wasser flossen, teilweise in einer zerstörerischen Flutwelle, aus dem Staudamm und überfluteten ein Gebiet von bis zu 600 Quadratkilometern. Da die ukrainische Regierung sofort die Evakuierung anordnete, verloren »nur« 62 Menschen das Leben. Doch Abertausende verloren ihre Heimat. Darunter nicht nur Menschen, sondern auch Tiere, die in der Not zurückgelassen wurden.

Ich weiß noch, dass ich zu Hause saß, wie ein Zombie durch die Nachrichten scrollte und mir der Staudammbruch in der Ukraine auf den Bildschirm gespült wurde. Ich dachte: Jetzt also doch ins Kriegsgebiet. Kurz darauf klingelte mein Telefon. Babette war dran. »Wir müssen nach Cherson.«

Ich erinnerte mich an das erste Mal, als ich mit Babette über die Ukraine gesprochen hatte. Ich hatte mir fast in die Hosen gemacht, weil ich gedacht hatte, ich würde direkt ins Artilleriefeuer fahren. Dann hatte ich kapiert, dass ich nicht in Kiew oder Cherson, sondern in Berehowe und Beregsurány unterwegs sein würde, also 1200 Kilometer entfernt von der Region, in der sich Russland und die Ukraine bekriegen. Die Notpfote unterstützte UAnimals, eine Organisation, die Tiere aller Art von der Front rettet und an die Grenze nach Ungarn oder der anderen Nachbarländer bringt, wo wir sie in Empfang nehmen und versorgen, bis wir sie in unsere Tierheime bringen und anschließend in ein sicheres Zuhause vermitteln können.

Und jetzt sollten wir also selbst dorthin. Dort, wo die Bomben fielen.

»Überleg es dir gut«, sagte Babette. »Wir fahren noch heute los.«

In meinem Kopf tauchten die Bilder aus dem längst vergessenen Ahrtal auf. So viele Tiere und Menschen waren gestorben, so viele hatten ihre Häuser und Existenzen verloren. 2021 war die Katastrophe passiert, bis heute war die Region nicht vollständig wiederaufgebaut. Und das Ahrtal liegt in Deutschland, wo seit mehr als achtzig Jahren Frieden herrscht. Nicht in einem Kriegsgebiet, wo jeder Tag einen Überlebenskampf darstellt.

Natürlich hatte ich Angst. Aber machte mich bereit für Cherson.

Wir flogen noch am selben Tag nach Budapest. Von dort aus ging es drei Stunden im Auto nach Beregsurány zu unserer Tierheimbaustelle weiter, wo wir ein paar Stunden schliefen, um am nächsten Morgen um sechs Uhr in den Tiertransporter zu steigen, mit dem wir an die Ostgrenze fahren würden, einmal quer durch Transkarpatien und dann weiter durch die ganze Ukraine.

Auch Phia und Broder kamen mit, zumindest bis nach Beregsurány, wo sie die Tiere versorgen und auf Tom, Babette und mich warten würden, bis wir zurückkehrten. Ich hatte Angst vor diesem Tag, aber wir bereiteten uns vor, so gut es ging. Wir waren ja keine Kriegstouristen, sondern Helfershelfer, und dafür mussten wir Vorkehrungen treffen. Das bedeutete Recherchen, Kontakte zu den lokalen Behörden, Locals und NGOs im Krisengebiet und eine Ausbildung der besonderen Art durch Patrick Münz. Er war Vorstandsmitglied der Organisation Leave No One Behind und gerade in Cherson, wo er die Einsätze koordinierte.

Patrick ist ein inspirierender Mensch. Keiner von der narzisstischen Sorte, mit denen habe ich abgeschlossen. Sondern einer mit Herz. Der den Menschen und Tieren hilft, weil er tief in seinem Inneren die Überzeugung spürt, dass es richtig ist. Er hat schon vieles gesehen und weiß, wie man sich in Kampf- und Katastrophengebieten verhält. Seit der russischen Invasion hielt er sich fast dauerhaft in der Region um Donezk auf, also da, wo die Luft wirklich brannte, und hatte zwanzig Kilometer entfernt von der Frontlinie eine Basis von Leave No One Behind und humanitäre Ersthelfer-Zentren in den umkämpften Städten aufgebaut. Direkt neben ihm waren Bomben vom Himmel gefallen, er hatte Silvester in einem Luftschutzbunker verbracht, er war wirklich anders. Babette hatte über ihn gesagt: »Er ist von unserem Blut.« Damit meinte sie, dass Patrick ein Mensch war, der voller Hingabe und Leidenschaft versuchte, die Welt besser zu machen. Einer von uns eben. Zugegeben, er hatte einen am Baum. Aber wer von uns hatte das nicht?

»Habt ihr euch das gut überlegt?«, fragte er, als wir nach einer 16-stündigen, nicht enden wollenden Fahrt mit schmerzenden Gliedern in Mykolajiw angekommen waren, eine Stunde von der umkämpften Front in Cherson entfernt. »Hier geht es aktuell richtig ab. Heute wurden acht Volunteers getötet und 21 verletzt.«

Mein Blick wanderte zu Babette. Ich sagte nichts, aber mein Gesicht sprach vermutlich Bände. Hatten wir uns das gut überlegt? Ihre Miene wirkte wie immer unbeeindruckt. Okay. Dann hatten wir uns das wohl gut überlegt.

Patrick zog sein Handy aus der Tasche, hielt uns das Display hin und spielte ein Video vom selbigen Tag ab. Das Bild ruckelte, es zeigte eine schnelle Fahrt aus dem Inneren eines Fahrzeugs. Plötzlich fiel links etwas vom Himmel. Eine Stimme schrie: »Incoming!« Der Fahrer riss das Lenkrad herum, der Wagen machte einen hektischen U-Turn. Dreck flog durch die Luft, für einen Moment konnte man nichts als Staub sehen, der Bildausschnitt wackelte. Es sah aus wie in einem Computerspiel.

»Wir wollten heute eine ältere Frau evakuieren. Momentan ist es saugefährlich dort«, erklärte Patrick. »Wir mussten uns unter einem Baum vor den Drohnen verstecken. Das kann dort jederzeit passieren. In so einem Fall: Raus aus dem Auto, Deckung suchen und flach auf den Boden legen.«

Ich war einfach geschockt. Was wartete da auf uns? Die Fahrt quer durch die Ukraine war zwar elendig lang, aber eben auch wunderschön gewesen. Transkarpatien ist eine zauberhafte Gegend mit gewundenen Flüssen und sanften Hügeln, zwischen denen der Morgennebel hängt, dichten Wäldern und hübschen Provinzen, aus dessen Herzen goldverzierte Zwiebelkirchtürme ragen. Es war gerade Sommer, auf den Feldern stand der gelbe Weizen, der in einen endlosen blauen Himmel mündete – wie im Märchen. Auf der Fahrt war es mir schwergefallen zu glauben, dass wir gerade in den Krieg fuhren. Wie wenn man zuerst einen Film von Disney guckt und dann auf »John Wick« umschaltet. Als würde Hans Zimmer mit seinen cineastischen Kompositionen die Vorband von Napalm Death sein. Ich hatte das auf der Fahrt nicht zusammenbekommen. Erst als ein Bataillon ukrainischer Drohnen, der wie ein wütender Killerbienenschwarm klang, über uns hinweggesaust war, war mir bewusst geworden, was das Ziel unserer Reise war. Und je näher wir Mykolajiw gekommen waren, desto häufiger hatten wir Militärfahrzeuge, Waffenkonvois, Panzer und Flakgeschütze gesehen.

Patrick berichtete uns von einer weiteren Situation des heutigen Tages und zeigte uns ein Video davon. Das Kamerabild war auf den Himmel gerichtet, auf dem weit oben ein schwarzer Punkt zu sehen war. »Run, run, run!«, riefen verschiedene Stimmen durcheinander, dann wurde das Video wackelig.

»Wenn dich eine russische Drohne sichtet, solltest du die Beine in die Hand nehmen und losrennen. Kurz darauf schlägt die Rakete ein. Heute erst in einen Checkpoint, den wir gerade passieren wollten.«

Ich blinzelte und sah mich um. Wir trafen Patrick nicht, wie ich es angesichts der Videos erwartet hätte, in einem Luftschutzbunker, sondern in einer Rooftop Bar in Mykolajiw, aßen unheimlich leckeres, veganes Essen und tranken Cocktails, im Hintergrund lief entspannte Lounge-Musik. Die Menschen um uns herum wirkten ruhig und genossen den Abend. Als wäre ihnen nicht bewusst, dass zu jeder Zeit eine Rakete einschlagen könnte. Nur eine Stunde von uns entfernt wurde gerade gekämpft. In diesem Augenblick schossen Menschen aufeinander!

Ich verstehe, dass man weitermachen muss. Das habe ich in Antakya gesehen, aber auch an allen anderen Orten, an die ich mit der Notpfote schon gereist war. Seit Kriegsausbruch in der Ukraine war über ein Jahr vergangen. Dieses Jahr hatten die Einwohner Mykolajiws natürlich nicht nur in Luftschutzkellern verbracht. Sie mussten Geld verdienen. Ihre Kinder zur Schule bringen. Lebensmittel einkaufen. Leben, lieben. Vielleicht war es doch so, wie Babette gesagt hatte: An die Angst konnte man sich gewöhnen.

Patrick erzählte, dass Mykolajiw keine gute Luftabwehr habe. Eine wirklich beruhigende Information für Angsthasen wie mich. »In Cherson ist das anders«, sagte er. »Da haben sie den Luftalarm abgeschaltet, weil er ansonsten ununterbrochen durchlaufen würde.«

Entspannt. Da fühlte ich mich gleich besser. *Nicht.*

Ich überlegte, warum die Menschen, die so nah an der Front lebten, nicht weggingen. Wenn jeden Tag irgendwo in der Stadt eine Bombe einfiel, wie konnte man da überhaupt ein Auge zumachen? Ich jedenfalls hätte keine ruhige Minute in so einer Situation. Aber Menschen sind nun mal unterschiedlich. Und es gibt Leute, die Putin den Triumph nicht gönnen wollten. Oder denen schlichtweg die Mittel fehlten, ihre Heimat zu verlassen, die keine andere Option hatten, als zu bleiben. Vielleicht blieben einige auch aus Solidarität, weil nur wenige Kilometer entfernt ihre Soldaten für sie kämpften. Und ja, es gab auch diejenigen, die die Wahrheit nicht erkennen wollten. Patrick hatte erzählt, dass die meisten Menschen, die er evakuiert hatte, Einwohner in direkt umkämpften Gebieten waren, die sich schlicht und ergreifend weigerten, ihre Wohnungen und Häuser zu verlassen. Sie lebten in Regionen, in denen man die Schüsse der kämpfenden Soldaten wirklich hörte, in denen die halbe Straße und ganze Brücken bereits zerbombt waren, und trotzdem blieben sie in ihren Buden, bis es wirklich nicht mehr ging. Sie guckten sich im Fernsehen die Bilder vom Krieg an, der unmittelbar vor ihrer Haustür stattfand. Sofern sie noch Strom hatten. Diese Menschen ließen sich erst evakuieren, wenn der Nachbar bei einer Explosion starb oder die Nahrungszufuhr vollständig zusammenbrach. Dann riefen sie die Notfallnummer von Patricks Team an, die auf den Plakaten, die die Volunteers in der Stadt an jeder Ecke aufgehängt hatten, abgedruckt war.

Es klang in meinen Ohren ziemlich irre. Aber was wusste ich schon? Vom Krieg jedenfalls nicht viel. Das würde sich jedoch bald ändern, denn morgen würden wir an die Front fahren, in Schussreichweite der russischen Artillerie. Vorher würde uns Patrick einen Crashkurs in Sachen »Überleben im Kriegsgebiet« geben.

Nach dem durchaus romantischen Kennenlernen mit Patrick liefen Babette, Tom und ich zu unserer Unterkunft. Obwohl die Stimmung in Mykolajiw verhältnismäßig entspannt war, spürte ich, dass ich allen Passanten, die uns entgegenkamen, misstrauisch begegnete. Waren das Russen? Würden sie uns gleich angreifen? Ich kam mir vor wie in einem Spionagefilm. Nur dass ich den lausigsten Agenten der Welt abgegeben hätte, ich blickte mich andauernd in alle Richtungen um und benahm mich so merkwürdig auffällig, dass es sogar ein Blinder bemerken musste.

»Alles okay mit dir?«, wollte Babette an einer unbeleuchteten Straßenkreuzung wissen und sah mich fragend an.

»Natürlich«, antwortete mein Mund, während eine Stimme in meinem Kopf brüllte: »Hau ab, solange du noch kannst!«

Auf der anderen Straßenseite stand ein Mann, der die Hand gerade in die Hosentasche steckte. Mein Herz schlug schneller. Zwei Sekunden später zog der Typ ein Smartphone aus der Tasche und nahm lachend einen Anruf entgegen.

So viel zu meinen überragenden Fähigkeiten als Doppelnull.

Unsere Unterkunft war ein Airbnb, eine Wohnung mit zwei Schlafzimmern mitten in Mykolajiw. Man konnte tatsächlich Wohnungen im Kriegsgebiet buchen – über Airbnb! Unsere Welt ist verrückt.

Wir gingen früh zu Bett, da wir uns am nächsten Morgen mit Patrick treffen mussten. Ich zog mich aus und legte mich ins Bett, konnte aber nicht schlafen. Wie auch? Die Nervosität hatte mich im Griff, ich war ein Nervenbündel. Wenn draußen eine Autotür zuschlug, saß ich senkrecht im Bett und bekam Schnappatmung. Ich versuchte, mich abzulenken, und schrieb mit Phia.

»Bitte komm nach Hause, Malte. Ich mache mir solche Sorgen.«

»Musst du nicht. Patrick passt auf uns auf.«

Tat er das wirklich? Keine Ahnung, ich kannte ihn im Grunde kaum. Aber irgendetwas musste ich Phia doch sagen, damit ich sie beruhigen konnte.

Irgendwann, es muss kurz vor Mitternacht gewesen sein, löschte ich endlich das Licht. Ich war drauf und dran, endlich loszulassen, endlich einzuschlafen. Doch dann hörte ich ein Geräusch. Ein rhythmisches Schlagen. Es war nah. Hier in der Wohnung. Jemand stöhnte.

Ich fiel beinahe aus dem Bett. Bitte was?

Es war mal wieder so weit. Babette und Tom machten Liebe. Und das taten sie wirklich überall. Aber wieso zur Hölle ausgerechnet hier? Ich wollte das nicht hören!

Plötzlich zerriss eine Sirene die Nacht. Bombenalarm! Fuck. Ich kam irgendwie auf die Füße, sah mich panisch um. Was sollte ich tun? Was taten Babette und Tom? Ich rechnete damit, dass sie jeden Moment nackt in mein Zimmer stürmen würden (was ich nicht unbedingt wollte), um mich in den Luftschutzkeller zu bringen (was ich unbedingt wollte). Doch nichts dergleichen geschah. Sie machten einfach weiter. Respekt, die beiden liebten sich wirklich bedingungslos.

Immerhin: Durch die Sirene waren die Geräusche aus dem Nebenzimmer kaum mehr zu hören.

Das Bumsen hörte irgendwann auf. Der Bombenalarm nicht. Die halbe Nacht ging das so, und natürlich fand ich keinen Schlaf. Ich beobachtete die Lichter der Stadt auf dem gammligen Vorhang des Airbnbs, lauschte auf jedes Geräusch vor dem Fenster und versuchte, meine aufsteigende Panik in den Griff zu bekommen. Babette hatte die Angst in Kriegsgebieten einmal »heimtückisch« genannt, weil man sie zwar spürte, aber nie ahnen konnte, wann sie real werden würde. Nun wusste ich, was sie damit meinte. Jederzeit, zu jeder Sekunde könnte hier etwas passieren. Ich kauerte im Dunkeln und sah zwischen heulenden Sirenen meinen Gedanken beim Rotieren zu.

Option 1: Eine Bombe schlägt in diesem Haus ein. Dann bist du weg. Dann war's das.

Option 2: Eine Bombe schlägt im Nachbargebäude ein, durch die Detonation zerspringt die Scheibe. Dann bist du zwar nicht weg, aber bestehst aus tausend Einzelteilen.

Option 3: Phia anrufen, ihr von allem erzählen und damit rechnen, dass sie dich auseinandernimmt, sobald du wieder zu Hause bist. Dann bestehst du erst aus tausend Einzelteilen und bist danach weg.

Fazit: Du bist am Arsch, egal, was du tust.

So ging es die ganze Nacht. Da mich niemand abholte, weder angezogen noch nackt, und in einen Luftschutzkeller brachte, wusste ich auch nicht so recht, was ich tun sollte. Also blieb ich dort sitzen und grübelte vor mich hin.

Am nächsten Morgen traf ich völlig übermüdet und fertig mit der Welt um sechs Uhr Babette in der Küche der Wohnung. »Wie hast du geschlafen?«, wollte sie, die offenbar eine geruhsame Nacht verbracht hatte, von mir wissen. Diese Frau. Sie ist wirklich anders.

»Wie ich geschlafen habe?«, fragte ich. »Gar nicht! Es war ja die ganze Zeit so laut.«

»Malte, es ist ganz normal, dass Menschen im Alter Sex haben. Da muss man sich nicht schämen«, erklärte Babette.

Ich rollte mit den Augen und versuchte, die Bilder in meinem Kopf zu vergessen, die sich in mein Bewusstsein brennen wollten. Nur damit wir uns verstehen: Stell dir bitte vor, wie deine Eltern leidenschaftlichen Sex haben … Richtig, muss man nicht wissen. So jedenfalls fühlte es sich für mich an. Ich war so müde, dass ich mir eine Antwort an Babettes befriedigende Nacht ersparte.

Richtig wach wurde ich erst wieder, als wir eine Stunde später Patrick und sein Team trafen. Ich konnte es nicht fassen, als wir vor den vier Mitgliedern von Leave No One Behind standen. Die waren ausgerüstet wie echte Soldaten! Helm, schusssichere Weste, Medi-Kits überall, Brille gegen Bombensplitter, riesiger Notfallkoffer … Ich wünschte, ich hätte meinem World-of-Warcraft-Charakter so etwas bieten können, wenn ich es irgendwann aus dem Charakterbuilding-Menü geschafft hätte.

Patrick schlug in die Hände. Er erklärte uns, dass er heute der

Spotter sei, also jemand, der anhand der Geräusche in der Luft hören könne, in welcher Entfernung eine Bombe einschlagen würde. »Los geht's. Wenn ihr dieses Geräusch hört«, er pfiff laut durch die Zähne, »dann ist das ein Outgoing-Signal. Das heißt, die Bombe fliegt von hier auf die russische Seite.« Er imitierte einen anderen Laut. »Das hingegen ist ein Incoming-Signal. Die Bombe fliegt auf die ukrainische Seite. Wenn ich Incoming rufe, solltet ihr bereit sein. Aber immer ruhig bleiben.«

Er wiederholte und pfiff die Signale noch einmal. Es hörte sich für mich fast identisch an.

»Wenn eine Bombe in unserer Nähe einschlägt, geht in Deckung. Am besten in der Nähe einer Mauer, zumindest aber einer Bordsteinkante. Und dann flach auf den Boden legen.« Er hob die Hand, legte sie sich seitlich an den Hals. »Schützt den Kopf, vor allem die wichtigen Arterien. Das ist eure Lebensversicherung.«

Ach. Du. Scheiße. Ich versuchte, ihm zuzuhören, aber meine Angst warf gute Argumente ein: »Malte, das ist eine Nummer zu groß für dich!« Es war einer der wenigen Momente in meinem Leben, in denen ich mir einen dieser narzisstischen Männer an meiner Seite gewünscht hätte, der mir lachend sagt, dass ich hier nicht hingehöre.

»Falls jemand von einem Schrapnell getroffen wird«, sprach Patrick weiter, »müsst ihr die Wunde schließen.« Er griff nach einem der Medi-Kits an seinem Gürtel und zog eine Mullbinde raus. »Mit einem Finger drückt ihr die blutende Arterie zu, dann nehmt ihr diese Dinger hier und stopft sie in die Wunde, so tief es geht. Bis nichts mehr herauskommt.«

Bei der bloßen Vorstellung breiteten sich Phantomschmerzen in mir aus. Schon kleine Spritzen beim Zahnarzt machen mich wahnsinnig. Und er sprach von abgetrennten Körperteilen und klaffenden Wunden.

»Die verletzte Person wird vermutlich vor Schmerzen ohnmächtig, aber ihr müsst das Ding wirklich gut reinstopfen. Vielleicht auch zwei oder drei. Hauptsache, die Blutung wird gestoppt.«

So ging das fünfzehn Minuten lang. Mir schwirrte der Kopf von all den möglichen Szenarien, die Patrick ausmalte. Ich hatte doch kaum das Trauma der unter Bombenalarm Liebe machenden Babette im Nebenzimmer verarbeitet. Und Patrick sprach von Luftröhrenschnitten, Inkubationsschläuchen, offenen Bauchdecken und Oberschenkelarterien, als würde er uns die einfachsten Verkehrsregeln erklären. Nur dass wir keine Gelegenheit bekommen würden, auf dem Verkehrsübungsplatz ein paar Runden zu drehen. Wir würden in weniger als einer halben Stunde direkt ins Kriegsgebiet gebracht werden und höchstwahrscheinlich sterben, wenn wir uns im Ernstfall nicht an seine Anweisungen erinnerten.

Das waren doch wunderbare Aussichten.

Ab diesem Zeitpunkt wurde mir der Krieg mit all seinen Konsequenzen wirklich bewusst, und die Realität klatschte mir wieder einmal volle Breitseite ins Gesicht. Die acht toten Volunteers und die 21 Verletzten vom gestrigen Tag tauchten in meinem Kopf auf, und ich fragte mich mit einem mehr als mulmigen Gefühl im Bauch: Was hat mich hier nur hergeführt?

»Das Wichtigste zum Schluss«, riss mich Patricks Stimme aus den düsteren Gedanken. »Ten for ten. Egal, was passiert, ob euer Trommelfell von der Detonation geplatzt ist oder ihr nichts mehr sehen könnt: Nehmt euch zehn Sekunden für die nächsten zehn Minuten. Atmet durch und überlegt, was ihr als Nächstes tut. Die nächsten zehn Minuten sind entscheidend für euer Überleben.«

Ich, der Typ, der seine Figur bei World of Warcraft tagelang ausstattete, bevor er auch nur ein Level spielte, zog mit einer Ladung Mullbinden und null Plan ins umkämpfte Gebiet von Cherson. Mitten ins Visier der russischen Artillerie.

Normaler Mittwochvormittag.

*

Wir saßen im Auto und warteten an einem Checkpoint in Cherson. Die ukrainischen Soldaten schielten misstrauisch ins Wageninnere. Achtzehnjährige Jungs mit Milchbärten, die man mit einem Zwieback rasieren konnte. Maschinengewehre baumelten um ihre Oberkörper. Sie blickten uns mit zusammengekniffenen Augen an, ihre Mienen waren leicht zu lesen: Was *wollt* ihr hier?

Hätte ich auch gern gewusst. Eigentlich wollte ich nur ein paar Hunde retten. Jetzt aber hatte ich das Gefühl, in meinem persönlichen Computerspiel-Albtraum gefangen zu sein.

Vor ein paar Minuten hatten wir an einem anderen Checkpoint ein Fernsehteam der ARD getroffen. Die Auslandskorrespondentin hatte uns gewarnt. »Heute ist es wirklich heftig da draußen. Passt auf euch auf«, hatte sie gesagt und war dann in einen gepanzerten und kugelsicheren Jeep gestiegen und davongefahren. Danke für nichts.

In Horrorfilmen gibt es eigentlich immer einen Moment, in dem die Hauptfigur entscheiden muss, ob sie auf einer gut beleuchteten, sicheren Straße oder in einem dunklen, unheimlichen Wald Schutz suchen will. Und immer rennen die Deppen in den Wald rein, genau dorthin, wo man die Gefahr förmlich riechen kann.

Der Soldat neben dem Fahrerfenster nickte, gab Tom unsere Volunteer-Pässe zurück und machte ein Zeichen, dass wir passieren durften. »Good luck«, sagte er. Good luck? Was antwortet man bitte darauf? »Danke schön, das ist aber nett«?

Tom drückte aufs Gas und fuhr los. Ich atmete tief durch und pulte vor Aufregung meine Fingernägel.

Wir kamen an Ruinen vorbei, die vor einiger Zeit noch Wohnhäuser gewesen waren. Die Fassaden waren zerfetzt, die Löcher in den Wänden erinnerten mich an riesige, weit aufgerissene Mäuler. Je weiter wir fuhren, desto deutlicher wurden die Zeichen des Kriegs. Das hier war kein Computerspiel. Hier hatten vor einigen Monaten noch Menschen gelebt, überall entdeckte ich die Spuren der Gefechte.

Aber auch hier, mitten im Kriegsgebiet, ging das Leben weiter. Ich sah Menschen in kurzen Hosen und Flipflops auf der Straße entlanglaufen, an ihren Händen Kinder, die sie vielleicht zur Schule oder zu einem Spielkameraden begleiteten. Es fuhren kleine Stadtbusse. Ich fand das völlig wahnsinnig und gleichzeitig bewundernswert.

»Wir sind jetzt fünfzehn Kilometer entfernt von der Artilleriereichweite«, gab Patrick, der mit seiner Crew in einem eigenen Wagen vor uns fuhr, durch das Walkie-Talkie durch. »Ab jetzt kann uns jederzeit eine Bombe erwischen. Seid wachsam!«

Wir fuhren tiefer hinein in die Stadt, drangen in die gefährliche Zone vor. Die Straßen wurden mit jedem Meter leerer, die Zerstörung größer. Ich starrte aus dem Fenster, versuchte zu verstehen, was nicht zu verstehen war, zu verarbeiten, was mich noch lange Zeit in meinen Träumen heimsuchen würde.

Patricks Auto vor uns fuhr schnell. Er bog ein paar Mal so rasant ab, als wollte er uns abhängen, bis er schließlich auf einem verdreckten Hof in die Bremsen trat. Wie besprochen, parkte Tom den Lieferwagen so, dass wir im Fall eines Angriffes sofort fliehen konnten.

Wir stiegen aus und schauten uns um. Überall, wirklich überall, waren Hunde. Ich habe selten so viele bellende Seele auf einem Haufen gesehen.

In diesem Augenblick kam eine alte Frau aus dem heruntergekommenen Gebäude, das auf dem verrumpelten Hof stand. Sie hatte eine Fluppe im Mund, die Arme vor der Brust verschränkt, und grüßte uns grinsend. Ludmilla – furchteinflößend und beeindruckend zugleich. Eine der Frauen, der die Menschen, die in Cherson gelebt und die Stadt nach Putins Invasion verlassen hatten, ihre Tiere überlassen hatten. Sie war härter, als ich es in einhundert Jahren sein könnte. Denn sie blieb in ihrem provisorischen Tierheim, egal ob die Russen kamen oder nicht. Sie war umringt von Hunden, die ihr nicht von der Seite wichen. Ihr hartes Auftreten sagte: »Leg dich nicht mit mir an!« Aber man spürte sofort den weichen Kern, dass sie nur für diese Tiere lebte. Und die liebten sie, über alles.

16 Plätze hatten wir frei. Ich habe schon einmal erzählt, wie schwer es ist, in einer solchen Lage eine Auswahl zu treffen. Wen nimmt man mit, wen lässt man da? Es war schrecklich. Ich sah Tiere, die nicht mehr als Haut und Knochen waren, die zitterten wie Espenlaub, denen man das Trauma förmlich ansehen konnte. Mit Babette und Tom hatte ich besprochen, dass wir die Hunde mitnehmen würden, die am dringendsten Hilfe brauchten. Also die schweren Fälle. Denn die Überlegung war, dass die Gesunden und Starken es irgendwie schaffen könnten, in Cherson klarzukommen, bis wir zurückkehrten und sie in Sicherheit brachten. Dieses rationale Auswählen fiel mir immer noch unglaublich schwer. Wie priorisiert man, wem gibt man eine Chance? Es

fühlte sich an, als würde ich Gott spielen, und ich hasste alles daran. Da sind diese 699 Augen, die dich anstarren. Und du bist der Mensch, der entscheidet, wer weiterleben darf. »Du kommst mit. Du nicht.« Treffen Helden solche Entscheidungen? Ich denke nicht.

Irgendwann hatten wir unsere Crew zusammengestellt. Es war eine erbärmliche Truppe, kranke, erschöpfte, alte und zusammengekauerte Tiere. Wir hatten gerade damit begonnen, sie in die Boxen des Transporters zu verfrachten, da ertönte plötzlich ein Geräusch. Ein Sirren in der Luft, das über unsere Köpfe flog ... und dann irgendwo weiter weg mit einem lauten Knall einschlug.

Bomben.

Man kann sich das Geräusch nicht vorstellen, wenn man es nicht selbst gehört hat, und es ist auch egal, wie viele Kriegsfilme man schon angeschaut hat: Wenn du checkst, dass eine Bombe über dir hinwegfliegt, bricht in deinem Inneren das Chaos aus. Mit einem Mal wird dein Tod ziemlich real.

Ich wusste nicht, was ich tun sollte und überlegte kurz, den Bomben die Arbeit abzunehmen und innerlich schon einmal zu sterben. Dann erinnerte ich mich: Ten for ten. Innehalten. Durchatmen. Sammeln.

Die Tiere. Ihretwegen waren wir hier.

Patrick rief: »Outgoing!«

Ich atmete durch. Outgoing hieß, dass die Ukrainer auf die russische Seite schossen. Das war gut. Oder? Na ja. Geht so. Die russische Antwort würde nämlich nicht lange auf sich warten lassen.

Fuck. Ich spürte Panik in mir aufsteigen. Sollten wir nicht sofort von hier verschwinden? Aber was würde dann aus den Hunden werden? Und Ludmilla? Wir konnten doch nicht einfach abhauen! Wenn wir losfuhren, würden wir aber vielleicht direkt in einen Bombenhagel geraten. Mir wurde schlecht. Am liebsten hätte ich das Spiel pausiert. Doch ich fand keine Taste.

In Windeseile verluden wir die Tiere, die sich natürlich in heller Aufregung befanden. Wer ein Haustier hat, weiß, dass Silvester der schlimmste Tag des Jahres ist, weil das Knallen, Donnern und Zischen die Tiere vor Angst erstarren lässt.

Nach drei Minuten waren wir fertig. Ist schon erstaunlich, wie schnell man plötzlich arbeiten kann, wenn es drauf ankommt. Noch erstaunlicher war, dass unser klappriger Lieferwagen offensichtlich in den drei Minuten seit Patricks Warnung gepimpt worden war, wie bei Need for Speed. Das Auto konnte mit einem Mal nämlich erstaunlich schnell fahren.

Tom ballerte über die Schlaglöcher, mit denen die Straßen übersät waren. Ich saß hinten bei den Tieren und hielt eine alte Hundedame in den Armen, die kurz vor dem Kollaps war, mich von oben bis unten einspeichelte und sich ganz eng an mich drückte. Auf jedem Tiertransport hat man seine Sorgenkinder, die hyperventilieren. Doch bei diesem Einsatz war es anders, ich konnte mich selbst kaum beruhigen. Noch schwerer fiel es, da der Wagen bebte und rumpelte und ich draußen immer wieder die Einschläge hörte.

Nach einer halben Stunde waren wir raus aus der Artilleriereichweite und passierten den Checkpoint, durch den wir reingekommen waren. Zu diesem Zeitpunkt wusste ich noch nicht, dass ich die gesamte 15-stündige Rückfahrt mit der Hündin auf dem Arm verbringen würde, deren Sabber bis in die letzte Faser meiner Klamotten sickerte. Vielleicht hätte ich es mir dann zweimal überlegt, ob ich sie aus der Box hole und für sie da bin … Doch ich wusste, sie brauchte das in diesem Moment.

Bevor wir uns auf in den Westen machten, hielten wir noch einmal kurz an, um uns von Patrick zu verabschieden. Dann fuhren wir weiter. Fünfzehn endlose Stunden. Aus dem umkämpften Gebiet zu unserer Tierheimbaustelle an die ungarische Grenze. Einstein hatte mal wieder recht. Zeit ist relativ, und in jeder einzelnen Minute schwor ich mir: So etwas mache ich nie, nie, nie wieder.

*

Ich saß mit Phia in einem der Zwinger des Tierheims und versuchte in Worte zu fassen, was eigentlich nicht zu beschreiben war. Mit uns im Zwinger befanden sich Hunde verschiedener Größen und Altersklassen. Ein Welpe kaute gerade genüsslich an meinem Schnürsenkel herum. Zwei andere kabbelten sich zwischen meinen ausgestreckten Beinen. Phia streichelte Rosika, eine bildschöne Hündin mit langen Beinen und einer noch schöneren Färbung. Ihr Kopf war tiefbraun, der Körper heller und gefleckt wie eine Kuh. Broder hatte uns am Morgen auf Rosika aufmerksam gemacht. »Die wäre doch was für euch.« Er wusste, dass wir schon seit Längerem mit dem Gedanken spielten, einen Hund aufzunehmen. Aber alle Seelen, die ich an unserer Seite gefühlt hatte, waren gestorben. Ich scheute mich davor, mein Herz wieder zu öffnen. Zu groß war meine Sorge, dass auch der nächste Hund elendig sterben würde, kurz nachdem ich ihn ins Herz geschlossen hatte.

Ich erzählte Phia von Cherson. Es fiel mir schwer zu beschreiben, was ich gefühlt hatte. Aber es tat gut, mit ihr in diesem Zwinger zu sitzen, umringt von Hunden, die miteinander spielten. Hunde, die teilweise selbst bis vor Kurzem dort gewesen waren, woher ich gerade kam. Sie hatten im Kriegsgebiet gelebt, waren ausgesucht und mitgenommen worden. Sie hatten das Goldene Ticket gezogen, teilten dasselbe Schicksal und waren der Grund, warum wir hier waren. Jedes dieser Tiere hatte eine Geschichte, und für jeden dieser Hunde wünschte ich mir eine Zukunft. Aber obwohl mich die Tiere in diesem Zwinger schmerzlich an die Hunde bei Ludmilla erinnerten, vor allem an die, die wir zurückgelassen hatten, schien der Krieg in diesem Augenblick sehr weit weg. Es war ein wunderschöner, sonniger Tag. Im Tierheim war es ruhig, fast wie unter der Trauerweide im traurigsten Himmel auf Erden, und wir hatten ein paar Stunden für uns.

Ich nahm Phias Hand, schloss die Augen und lehnte mich gegen die Zwingerwand. Für eine Minute saßen wir einfach nur da und schwiegen. Dann hörte ich Trippelschritte. Eine Hündin kam auf Phia zu. Sie war schwarz-weiß gescheckt und sah aus wie ein viel zu klein geratener Miniaturwolf, hatte braune, wunderschöne Augen und einen tiefen Schnitt im linken Ohr.

»Hallo, mein Schatz«, sagte Phia in ihrer hohen Hundestimme und streckte die Hand aus. »Wer bist denn du?«

Ich erkannte die Hündin wieder. Angelica und Aleksandra hatten mir von ihr erzählt. Sie war mit neun Welpen gefunden worden, doch im Tierheim waren all ihre Kinder am Parvo-Virus gestorben – vor ihren Augen. Das hatte sie traumatisiert und verstört, doch sie hatte sich aufgerappelt und fortan um die anderen

Junghunde im Tierheim gekümmert. Darum wurde sie Mama genannt. Sie war eine Beschützerin, deshalb erinnerte sie mich an meine verstorbene Oma. Auch sie hatte neun Kinder gehabt, und alle hatten sie Ma genannt. Ein merkwürdiger Zufall. Oder?

Ich streckte die Hand aus und bot Ma an, daran zu riechen. Sie schnüffelte kurz, hatte aber nur Augen für Phia. Es war eigenartig. Ma trat einen Schritt auf sie zu und stupste sie an. Von diesem Moment an wich Ma Phia nicht mehr von der Seite. Sie kuschelte sich eng an sie, legte die Schnauze auf Phias Bauch und ließ sich von ihr den Kopf kraulen, stundenlang.

Phias Augen wurden glasig. Ich kannte diesen Blick.

*

Nach diesem Nachmittag war alles klar. Ma hatte uns ausgesucht und entschieden, dass sie zu uns ziehen würde.

Einige Wochen später kam sie mit dem Transporter nach Hamburg, und natürlich fühlte sich alles fürchterlich neu und aufregend an. Viele stellen sich so eine Zusammenkunft unfassbar romantisch vor. Aber so viel sei gesagt: Romantik stinkt nicht.

Und Ma stank. Nach Kot und Urin. Aber das war egal. Wir waren schockverliebt und sahen ihr mit Herzchen in den Augen dabei zu, wie sie die Wohnung erkundete, vollstank und aufs Bett sprang, als ich es ihr anbot. Dann begann sie, sich in die Decke reinzuwühlen, sie ließ sich richtig fallen. Ich hatte das Gefühl, dass sie das erste Mal seit Langem loslassen konnte. Sie war endlich angekommen.

»Sie ist so mutig«, flüsterte Phia, deren Augen vor lauter Mutterliebe tränengefüllt waren. »Ich liebe sie so sehr!«

Das Band zwischen Phia und Ma war von Anfang an ein ganz besonderes. Ma beschützt Phia, manchmal sogar vor mir, und vor allem dann, wenn Phia eine Migräneattacke bekommt.

Genau wie an dem Tag im Tierheim, als wir Ma kennenlernten. Da hatte sie an Phia geklebt, und wie wir später herausfinden sollten, aus gutem Grund. Nach dem Nachmittag im Zwinger hatte Phia nämlich einen Migräneanfall bekommen, der seinesgleichen suchte. Ihre Augen waren glasig geworden, dann kollabierte sie und wurde ohnmächtig – und Ma hatte das gespürt. Bis heute sitzt Ma, wenn Phias Bombenkopf mal wieder ausbricht, auf ihrem Bauch, um sie zu beschützen.

Natürlich blieb sie für immer. Wir hatten uns zwar nicht gesucht, aber wir fanden uns. Es wäre gelogen, wenn ich sagen würde, dass es immer einfach mit ihr ist. Wir kennen ihre Vergangenheit nicht, können nur vermuten, dass sie vor uns einmal eine Familie hatte. Sie beherrschte von Anfang an das Hunde-Einmaleins und kannte das Leben in der Stadt. Das ist nicht immer so, viele Tiere aus dem Tierschutz brauchen Zeit, um in ihrer neuen Heimat anzukommen und sich an das andere Leben zu gewöhnen. Vor allem aber brauchen sie Menschen, die ihnen mit Geduld und tonnenweise Liebe begegnen und an sie glauben.

Ich habe in diesem Buch von einigen Tieren erzählt. Sie stehen für Abertausende andere, die da draußen unter erbärmlichen Bedingungen leben müssen. Auch jetzt, in diesem Augenblick. Manche auf der Straße, manche in Tierheimen, einige in Tötungsstationen, an Ketten, in SOS-Camps oder in einem winzigen Zwinger mit einer Schüssel im Maul. Ein Teil von ihnen wird es womöglich nicht schaffen, wird verrückt werden oder krank. Diese Lebewesen sind die Opfer unserer von und für Menschen gemachten Welt, unserer Kriege und unseres Egoismus, mit dem wir den Planeten ausbeuten.

Doch es gibt Hoffnung. Denn es finden sich Menschen da draußen, die auch diesen Tieren eine Chance geben. Die zu den Helden der Tiere werden, weil sie nicht wegschauen und sich ihrer annehmen. Die alles für die Tiere geben, immer, um einen Unterschied zu machen und einem Tier, das keine Stimme hat, eine zu geben.

Sie brauchen dich.

Nachwort ♡

Es gibt Momente, da wäre ich gern ein anderer. Da wüsste ich gern nicht, wie Tiere auf dieser Welt gehalten werden. Da hätte ich gern keine Bilder von verstümmelten, misshandelten, todkranken Lebewesen in meiner Erinnerung und meiner Cloud. Da wäre ich gern einfach der nette Ostfriese von nebenan, der in einer Bar bedient und manchmal lustige Videos von seiner Kieferoperation zeigt.

Doch in diesen Momenten, in denen die Realität kickt und ich der Verzweiflung näher bin als allem anderen, weiß ich auch: Du hast die Schwelle übertreten. Ab jetzt gibt es keinen Weg zurück.

Es gehört zu den schmerzhaftesten und schrecklichsten Erkenntnissen im Leben eines Tierschützers, zu begreifen, dass egal was du tust, wie sehr du dich engagierst, wie oft du dein eigenes Leben in Gefahr bringst, es dir niemals gelingen wird, das Tierleid dieser Welt zu beenden. Man kann an diesem Gedanken verzweifeln. Dann bleibt nichts anderes, als die leidenden Tiere dieser Welt sich selbst zu überlassen, sich abzuwenden und zu versuchen, alles zu vergessen, was man gesehen, gehört, gerochen, geschmeckt und gefühlt hat.

Oder du beginnst zu verstehen, dass selbst die kleinste Sache, die du anpackst, einen Unterschied macht. Dass es eben nicht sinnlos ist, wenn du einem Tier hilfst, weil dein Handeln für dieses einzelne Lebewesen alles bedeutet. Es ist dabei egal, ob du Kröten über eine Straße trägst, Schmetterlinge aus deiner Wohnung befreist oder einmal in der Woche mit einem Hund aus dem Tierheim nebenan einen Spaziergang machst. Für dieses Lebewesen veränderst du in diesem Augenblick möglicherweise die Welt.

Tierschutz ist das Schlimmste, was mir je passiert ist, und das Schönste, was ich je getan habe. Nie zuvor wurde ich so sehr mit mir selbst konfrontiert und musste mich all meinen inneren

Dämonen stellen. Ich habe die schrecklichsten Dinge gesehen und die wunderbarsten Augenblicke meines Lebens gehabt. Wenn ich heute diese Welt verlassen müsste, dann wüsste ich, dass ich für sie da war. Das kann mir niemals wieder jemand nehmen.

Ich habe auf meiner Reise vieles falsch gemacht. Aber wenn ich es hätte perfekt machen wollen, wäre ich niemals losgefahren, vor lauter Angst, es zu verkacken. Ich fände es schön, wenn dich dieses Buch dazu inspiriert, einfach loszulegen. Es ist egal, wie groß oder klein die Aufgabe ist. Du musst kein Held sein, vor allem musst du kein Vorbild sein – aber es wäre schön, wenn du versuchst, deine Welt an irgendeiner Stelle ein kleines bisschen besser zu machen. Wir brauchen nicht Tausende, die es perfekt machen, sondern Millionen, die es unperfekt machen.

Vor einigen Jahren habe ich mir gewünscht, mit einem Van durch die Welt zu reisen und den Menschen die Schönheit dieses Planeten zu zeigen, in Portugal, auf Bali, in Indien. Ich hätte niemals gedacht, dass ich dieses Ziel wirklich erreiche. Nur eben anders als gedacht. Heute bereise ich die Welt – aber ich zeige nicht die schönsten, sondern die schrecklichsten Seiten. Aus meinem unerreichbaren Traum ist ein wahr gewordener Albtraum entwachsen, der nicht mehr enden will.

Klingt schlimm, oder? Das ist es nicht. Ich kann mir nichts Schöneres vorstellen. Es ist mein Paradies. Der traurigste Himmel auf Erden.

Danke ♡

Es gibt Menschen, die mit mir ins tiefste Innere meines Herzens gegangen sind, um ihn zu finden – den traurigsten Himmel auf Erden. An diesem Ort ist ein Platz für besondere Menschen reserviert, die ihn für immer halten werden.

Lisa, Alexandra und *Regina.*
Ohne euch würde dieses Werk niemals existieren.

Mama, Papa, Jana, Jörg & *Wilke.*
Auch wenn ich nicht immer da bin, denke ich zu jeder Zeit an euch.

Babette und *Tom.*
Ihr habt mir gezeigt, wie sehr mein Herz für die Tiere schlägt.

Meine große Liebe *Phia.*
Auch wenn der spezielle *Phia*-Blick oft mehr als tausend Worte sagt, hast du mir geholfen meinen Schattenhund zu verstehen, und du hast mich zu dem gemacht, der ich heute sein darf. Dafür bin ich dir für immer dankbar.
Ich liebe dich.

Zu guter Letzt möchte ich mich bei all denjenigen bedanken, die sich jeden Tag für Tiere einsetzen. Fernab der Presse, jenseits der Kameras, ohne Öffentlichkeit verändert ihr mit eurem Tun die Welt. Ihr allein seid die wahren Helden.
Danke ♡

DIES IST DIE GESCHICHTE
DER VERGESSENEN SEELEN
DIESER WELT.
DIE, DIE KEINER SIEHT.
UND NIEMAND HÖRT.
DAS, OBWOHL SIE JEDEN
TAG, ZU JEDER ZEIT
NACH HILFE RUFEN

TIERSCHUTZ IST

WAS MIR JE

UND DAS SCHÖNSTE

AS SCHLIMMSTE,
ASSIERT IST,

IAS ICH JE GETAN HABE.

AD

PT.

Dieses Buch ist mein Herz, mein größter Verlust und meine ehrliche Stimme für die vergessenen Tiere dieser Welt. Dies ist der traurigste Himmel auf Erden.

ALLES
FÜR DIE
TIERE,
IMMER.